Wolfgang Burger

Projekt Dark Eye

Wolfgang Burger

Projekt Dark Eye

ESPRESSO VERLAG

»Du musst aber schwören!«

»Okay, ich schwöre.«

Edith trat zwei Schritte zurück und sagte feierlich: »Hebe deine rechte Hand und sprich mir nach!« Grinsend hob Marc die Hand. »Ich, Marcello Pasteur schwöre ...«

»Ich, Marc Pasteur schwöre ...«

»... dass ich mich während der nächsten zwei Wochen immerzu und ohne Ausnahme um meine kolossal liebenswerte Frau kümmern werde ...«

Mit erhobener Hand stand er auf dem schmalen, wie ein Schwalbennest an die Autobahn geklebten Parkplatz, nur wenige Meter von den Fahrspuren, über die zwei endlose Fahrzeugschlangen zum Gotthard hinaufqualmten, und wiederholte mit gespieltem Ernst und, wegen des Lärms, mit lauter Stimme Wort für Wort, was sie ihm vorsprach.

»... keinen noch so kleinen Gedanken an meine blöde Firma verschwenden werde ...«

Das »blöde« ließ Marc natürlich weg.

»... unablässig ein Wunder an Aufmerksamkeit und Charme sein werde ... Und ... Ähm ...« Langsam ließ Edith die Hand sinken. »Mehr fällt mir nicht ein.«

Eine Weile sahen sie stumm in die Schlucht der tobenden und schäumenden Reuß hinunter. Auf der gegenüberliegenden Talseite, nur zwei Steinwürfe entfernt, rauschte der Intercity von Mailand nach Norden.

Edith schauderte plötzlich. »Marc, wir könnten jetzt tot sein!«

»Denk nicht mehr dran. Ist ja nichts passiert.«

»Wenn du nicht im letzten Moment die Spur gewechselt hättest ...«, sagte sie tonlos. »Mir wird ganz anders.«

»Dazu hat das Auto einen Rückspiegel. Damit man sieht, was von hinten kommt.«

»Dieser riesige Laster!« Edith sah ihm ins Gesicht. »Ich verstehe immer noch nicht, warum du nicht angehalten hast!«

Marc drückte sie an sich. »Was sollten wir denn da? Bezeugen, dass ein Schwede gepennt hat, weil er seit Hamburg keine Pause mehr gemacht hat? Und dabei einen halben Tag von unserem bisschen Urlaub vertrödeln? Die Schuldfrage war ja sonnenklar.«

»Dass du das einfach so wegsteckst«, murmelte Edith.

Marc ließ sie los und räusperte sich. »Jetzt bist du dran mit Schwören!«

Unsicher lächelnd nahm sie die Hand hoch. Aber dann kam schon wieder dieses erwartungsvolle und immer eine Spur frivole Straßengören-Lächeln zum Vorschein, das ihn damals getroffen hatte wie ein Schuss in den Bauch.

»Ich, Edith Debertin-Pasteur ...«, sagte er ernst.

»Ich, Doktor Edith Debertin-Pasteur ...« Natürlich konnte sie die Gelegenheit nicht ungenutzt lassen, ihn damit aufzuziehen, dass sie promoviert war und er nicht.

»... die aufgehende Sonne der internationalen pharmazeutischen Forschung ...«

Sie begann zu glucksen und hatte jetzt Mühe mit dem Nachsprechen.

»... schwöre, dass ich in den nächsten vierzehn Tagen meinem mir angetrauten Mann keine zerbrechlichen oder harten Dinge vor die Füße oder an den Kopf werfen werde. Dass ich nicht an den wunderbaren Gerichten herummeckern werde, die er für mich kochen wird. Und dass ich nicht rauchen werde.«

»Nicht rauchen?«, fragte sie erschrocken.

»Bitte.«

Da reckte sie sich und sagte mit Würde: »So wahr mir der Chianti Classico helfe!«

Dann hob sie auch den zweiten Arm, umhalste ihn, legte den Kopf in den Nacken und strahlte ihn an. Diese blassblauen Augen mit weißblonden Wimpern, aus denen auch die teuersten Eyeliner nichts anderes zauberten als einen hinreißend koketten Teenagerblick. Das seltsame Friesen-Blond ihres Haars, das bei jeder Beleuchtung anders war. Der Wirbel an der Stirn, der jeden Friseur früher oder später in die Depression und sie selbst von einem Upper-Class-Coiffeur zum nächsten trieb.

»Angeklagter, schwöre ein letztes Mal!«, sagte sie an seinem Ohr.

»Was immer du willst.«

»Schwöre, dass du mich niemals betrügen würdest.«

»Niemals.« Marc küsste sie auf den Mund. »Nie. Ich schwöre!« Er war immer schon ein begabter Lügner gewesen.

»Wir sind sehr katholisch in Münster!«

»Du bist drei Wochen nach der Trauung aus der Kirche ausgetreten!«

»Aber das hat doch damit nichts zu tun!«

Sie legte den Kopf an seine Schulter und war eine Sekunde still. Dann wurde sie unruhig, ihre Hände wanderten nach unten und sie begann ihn abzutasten. Er wand sich aus ihren Armen.

»He! Was soll das?«

»Mal sehen, ob du nicht doch irgendwo ein Handy oder einen Piepser versteckt hast«, kicherte sie. Plötzlich ließ sie ab von ihm. »Lass uns fahren. Mir ist kalt.«

Marc warf sein Jackett auf den Rücksitz und handelte sich dafür einen »Wenn du schon zweitausend Mark für einen italienischen Anzug ausgeben musst, dann könntest du ja wenigstens anständig mit dem Teil umgehen«-Blick ein.

Er fand selbst, dass sein Lachen unecht klang. »Mädchen, noch 'ne halbe Stunde, dann sind wir drüben. Dort wird schon

Italienisch gesprochen. Und du wirst sehen, spätestens bei Como machen wir das Verdeck runter!«

Edith sah nach vorn und schien zu frösteln. Nach einer Weile schaltete sie das Radio ein. Ein Schweizer verlas Nachrichten in einer Sprache, die er vermutlich für Hochdeutsch hielt. Aber Marc hörte nicht hin. Er hatte nicht vor, sich in den nächsten zwei Wochen für Nachrichten zu interessieren. Das Bild des im Rückspiegel viel zu schnell größer werdenden Scania-Kühlers erschien wieder vor seinen Augen. Wieder hörte er das Krachen, mit dem der schwedische Sattelschlepper auf den italienischen Kühllastzug aufgefahren war, hinter dem sie eben noch im zweiten Gang dahingekrochen waren. Die Lücke, die sich links gerade auftat, hatte ihnen zweifellos das Leben gerettet. Und natürlich ging ihm dieses verfluchte Projekt nicht aus dem Kopf, das ihn seit Wochen den Schlaf kostete und Katastrophen offenbar anzog wie eine Leiche die Fliegen.

Nebelfetzen trieben über die Autobahn. Seit Luzern regnete es nicht mehr, aber die Wolken hingen zum Greifen tief und versteckten die Berge. Marc beobachtete den nachfolgenden Verkehr im Spiegel und versuchte ein Lachen.

»Wetten, drüben ist schöneres Wetter als hier!«

»Ich wette dagegen: Drüben ist noch viel besseres Wetter!«

»Worum?«

»Drei Küsse für den Gewinner?«

»Nur?« Er tat enttäuscht.

Kichernd knuffte sie ihn in die Seite. »Nun gut, fünf.«

Auf dem letzten Parkplatz vor dem Tunnel stand der silbergraue Mercedes, den er bei Sursee schon einmal überholt hatte. Ein älteres Ehepaar mit traurigen Gesichtern stieg gerade ein. Vermutlich wohlhabende Rentner auf Italientour, acht Wochen von einem Luxusschuppen in den nächsten und kein bisschen gute Laune.

»Guck mal da vorne, der Tunnel! Gleich sind wir auf der Sonnenseite!«

Mit weiten Augen starrte sie ihn an. Er legte die Hand auf ihr Knie. »Du machst einfach die Augen zu. Wird nicht lange dauern.«

»Aber wenn es einen Stau gibt?«

»Dann wären die Ampeln rot.«

»Und wenn das Auto kaputtgeht?«

»Das Auto war noch nie kaputt.«

»Kunststück, das ist ja noch ganz neu. Aber wenn es brennt?«

»Im Gotthard-Tunnel hat's noch nie gebrannt.«

»Aber das ist ja gerade das Gefährliche! Umso größer ist die Wahrscheinlichkeit, dass es heute brennt!«

Mit gespielter Verzweiflung schlug er sich an die Stirn. »Weiber! Das ist mal wieder die perfekte Östrogen-Logik! Mach die Äuglein zu und zähl bis tausend und ...«

»Still!«

Verwundert sah er sie an. »Was ist denn in dich gefahren?«

»So sei doch still!« Sie drehte das Radio lauter.

»... werden gebeten, Herrn Kalmar unter folgender Nummer anzurufen ...«

»Das waren wir!«

»Was waren wir?«

»Im Radio! Herr und Frau Pasteur aus Karlsruhe ... Marc, das war für uns!« Sie wartete, ob die Meldung wiederholt würde, aber der Sprecher sagte schon die nächste Sendung an. »Kalmar? Kennst du jemanden, der Kalmar heißt?«

Marc bremste hart, um nicht auf einen bis übers Dach beladenen Kölner VW-Bus aufzufahren.

»Du hast dich verhört. Ich kenn niemanden, der so heißt.«

»Ich habe mich nicht verhört!«, schnaubte sie und warf einen Blick auf ihre Armbanduhr. »Sie werden es wiederholen, um zwölf. Dann werden wir ja sehen.«

»Um zwölf sind wir durch den Tunnel, da kriegst du keinen deutschsprachigen Sender mehr.« Er schaltete die Scheinwerfer ein. »Hör auf zu rotieren, Mädchen! Du hast dich einfach nur verhört, weiter nichts! Und jetzt Augen zu und zählen!«

Erst nach kurzem Zögern legte sie die Hände vors Gesicht und begann mit tapferer Stimme: »Eins, zwei drei ...«

Es wurde dunkel. Hier galt achtzig. Eine Qual für einen Saab-Turbo.

»Einhundertsiebenundvierzig ... Und du bist ganz sicher, dass du niemanden kennst, der Kalmar heißt?«

»Absolut.«

»Einhundertzweiundsechzig ... Oder so ähnlich?«

»Auch nicht so ähnlich. Kennst du denn jemanden?«

»Einhundertachtundsechzig ... nicht dass ich wüsste.«

Der Verkehr floss zäh. Inzwischen fuhren sie nur noch knapp sechzig, Edith würde über tausend hinaus zählen müssen.

»Es könnte was mit diesem Unfall bei Basel zu tun haben. Vielleicht werden wir als Zeugen gesucht?«

»Quatsch. Es war 'ne Nummer in Karlsruhe.«

»Vierhunderteins ... Das ist doch nicht etwa jemand aus der Firma?«

»Du weißt ganz genau, wie die acht Leute in meiner Firma heißen!«

Marc schluckte. Seit Samstag waren es nur noch sieben. Giga war seit vier Tagen tot und Näschen, die stupsnäsige Literatur-Studentin, die merkwürdigerweise eine echte Gräfin von Waldenburg war, konnte man ja wohl kaum mitzählen. Zora hatte Näschen vor zwei Wochen eingestellt, damit sie ihnen wenigstens ein paar Sekretariatsarbeiten abnahm und so gut es ging am Telefon nörgelnde Kunden abwimmelte.

Edith riss die Hände vom Gesicht. »Das ist doch nicht einer von deinen Tricks? Ein Codewort, dass du in der Firma anrufen sollst?«

»Du spinnst. Augen zu, weiterzählen!«

Sie hatte die Hände schon wieder oben. »Schrecklich! Tunnels sind einfach schrecklich! Wo war ich?«

»Vierhundertsiebenundvierzig.«

Noch elf Kilometer. Edith zählte mit monotoner Stimme.

»Und wann wirst du mir die Überraschung verraten?«, klang es hohl unter ihren Händen hervor.

Marc schwieg.

»Es würde mich nämlich sehr beruhigen, wenn du sie mir jetzt schon verraten würdest!«

»Wenn wir in Italien sind.«

»Gleich hinter der Grenze?«

»Gleich hinter der Grenze.«

»Siebenhunderteins, du bist wirklich ein schrecklicher Schuft, siebenhundertzwei ...«

Inzwischen floss der Verkehr wieder besser, Edith zählte ohne weitere Unterbrechungen und bei Eintausendeinhundertvierundzwanzig wurde es hell.

Edith atmete auf, blinzelte hinaus. »Die Sonne! Endlich Sonne!« Sie fiel Marc um den Hals. »Und ich habe gewonnen! Hier ist eindeutig viel besseres Wetter als drüben! Hier ist ja fast schon Sommer! Und dabei haben wir erst April!«

Lachend küsste er sie fünfmal auf den Mund. »Mädchen, ab sofort haben wir Urlaub!« Er setzte den Blinker und trat aufs Gas.

Mit einem Blick auf den Tacho fiel sie in den Sitz zurück. »Soll ich dir mal das Wort Geschwindigkeitsbegrenzung buchstabieren?«

Marc lachte nur. »Zwanzig mehr geht immer.«

Ja, jetzt begann der Urlaub. Zwischen ihm und der Firma lagen sechshundert Kilometer Autobahn und siebzehn Kilometer Gotthard-Granit. Zwischen ihm und allen Problemen.

Edith ließ das Radio einen neuen Sender suchen. Musik – Gianna Nannini. Sie jauchzte. »Du, das ist bestimmt ein gutes Zeichen, wenn man als erstes Gianna Nannini hört! Es wird ein toller Urlaub werden!« Sie begann mitzusingen. »Autostrada ... Autostrada ...«

Er ließ die Tachonadel noch ein wenig über hundertzwanzig hinausklettern. Bei Biasca kamen Verkehrsnachrichten auf Italienisch. Edith hörte mit krauser Stirn zu. »Kein Reiseruf.«

»Staus?«

Langsam schüttelte sie den Kopf. »Alles frei. Und kein Reiseruf.« Plötzlich lächelte sie. »Und wenn irgendwann euer dunkles Ei über uns rumdüst, dann wird es nie wieder Staus geben?«

»Zumindest werden sie früh genug im Radio kommen. Nur wenn man sie rechtzeitig erkennt, kann man was dagegen tun. Aber vorläufig ist Dark Eye ja nur ein Pilotprojekt, ein Experiment. Noch weiß niemand, ob das wirklich funktioniert. Und auch wenn alles klappt, wird man später 'ne Menge von diesen Satelliten brauchen, um den Verkehr in ganz Europa lückenlos aus dem All zu überwachen.« Marc wechselte das Thema. »Irgendwann musst du was unternehmen gegen diese Tunnelphobie! Das ist ja nicht zum Aushalten.«

Gequält schloss Edith die Augen. »Ich kann nichts dagegen tun. Mir wird jetzt noch schlecht, wenn ich daran denke, wie ich damals in diesem Tunnel bei Mesina ... Alles dunkel und ich mit klapperndem Motor im Schritttempo weiter und hinter mir eine Million hupende Autos ...«

Eine Weile fuhren sie schweigend.

»Was für eine seltsame Sache, dieser Reiseruf!«

Seine Stimme klang schärfer als gewollt: »Nun vergiss das doch endlich! Du hast dich verhört!«

»Wie kann man sich da verhören? Das war eindeutig – Herr und Frau Pasteur! Aus Karlsruhe! Hältst du mich für blöde?«, fuhr sie ihn an.

Er stöhnte auf. »Also gut, du hast dich nicht verhört. Wir rufen diesen Kalmar an, obwohl wir ihn nicht kennen und seine Nummer nicht wissen. Wir wissen nicht, wo er wohnt, wir haben nichts mit ihm zu tun, aber wir rufen ihn an ...«

Sie klappte die Sonnenblende herunter, sah in den Spiegel

und begann, an den Ponyfransen zu zupfen. Dann spreizte sie Zeige- und Mittelfinger der rechten Hand.

»Peace. Wir wollten doch nicht streiten. Und wenn es etwas Wichtiges sein sollte, werde ich es von Fred erfahren.«

»Du willst sie anrufen?«

»Muss doch hören, wie es den Vögeln geht.«

Marc grinste. »Sie rupfen sich die Federn aus und kotzen sich gegenseitig Körner in den Hals.«

»Igitt!« Lachend beugte Edith sich herüber und küsste ihn auf die Schläfe. »Was bist du nur für ein ekliger Kerl!« Dann ließ sie das Fenster herunter und hielt die Hand hinaus. »Warm! Es ist schon richtig warm! Und dabei sind wir doch noch nicht mal in Italien!« Sie warf den Kopf gegen die Nackenstütze, atmete tief und ließ die Hand in der warmen Frühlingsluft des Tessin flattern. Leise sang sie: »Autostrada ...«

*

Der Eurocity Rätia von Hamburg Hauptbahnhof über Köln, Frankfurt und Zürich nach Chur hatte an diesem Mittwoch, dem fünfundzwanzigsten April, auf Grund einer defekten Weiche schon seit Bremen Verspätung. Der Lokführer, ein siebenunddreißig Jahre alter schmächtiger Mann namens Siegbert Lamprecht, hatte den Zug in Frankfurt mit einer Verspätung von elf Minuten übernommen und war vom Ehrgeiz getrieben, diese bis zum Lokwechsel in Basel aufzuholen.

Bis Karlsruhe war es ihm zusammen mit dem Zugchef gelungen, vier Minuten herauszuschinden. Bei jedem Halt hatte er so spät wie möglich gebremst und bei der Abfahrt zügig beschleunigt. Die Standzeit in Karlsruhe hatten sie auf neunzig Sekunden beschränken können und bis Freiburg waren im Streckenplan keine Baustellen oder andere Langsamfahrstrecken mehr verzeichnet, so dass Lamprechts Chancen so schlecht nicht standen.

Um zwölf Uhr acht verließ der Zug den Bahnhof in Richtung Süden mit der äußersten Beschleunigung, die die betagte E 103 hergab. Wegen des Regens, der immer noch stärker zu werden schien, war die Sicht sehr schlecht.

Lamprecht dachte an seine Frau Katharina, die daheim in Groß-Gerau in ihrem geerbten und für zwei Personen viel zu großen Reihenhaus mit einer bösen Grippe im Bett lag. Er dachte daran, dass ihr gemeinsamer Wunsch nach einem Kind auch nach acht Jahren Ehe immer noch nicht in Erfüllung gegangen war. Erst vor drei Wochen waren sie bei diesem Professor an der Frankfurter Uni-Klinik gewesen, aber selbst der hatte weder bei ihm noch bei Käthchen irgendwelche Unregelmäßigkeiten feststellen können. Die Anzahl der Spermien lag sogar deutlich über dem Durchschnitt, was Lamprecht mit einem gewissen Stolz erfüllte, Käthchens Tage kamen so regelmäßig wie der Vollmond, aber es wollte und wollte einfach nicht klappen.

Heute wäre wieder einmal der richtige Tag gewesen, er würde abends sogar früh zu Hause sein, weil es von Basel bereits um fünfzehn Uhr zehn zurück nach Frankfurt ging, aber nun hatte Käthchen Fieber und Husten und würde sich wohl kaum in Stimmung bringen lassen.

Der Geschwindigkeitsanzeiger stand knapp über einhundert Stundenkilometern, als Lamprecht weit voraus das dunkle Viereck der Unterfahrung des Autobahnzubringers Süd erahnen konnte, das rasch größer wurde. Auch nach zwölf Jahren auf der Lok war da noch jedes Mal dieses Vakuum im Bauch, wenn er blind in ein schwarzes Loch hineinraste, nur im Vertrauen darauf, dass dort kein schweres Hindernis stand und dass die Schienen dahinter weiterführten wie überall. Aus den Augenwinkeln sah er neben den Gleisen zwei Personen rennen, Männer, wie er später aussagen würde. Dann wurde es schon wieder hell und der Regen platschte wieder gegen die Scheibe.

Er ahnte den Schatten auf den Gleisen mehr, als dass er ihn

sah. Er hörte den Bums, es gab diesen leichten Ruck, den er vor Jahren schon einmal hatte fühlen müssen. Damals hatte sich später glücklicherweise herausgestellt, dass er nur einen Hirsch überfahren hatte. Danach durfte er sich von den Kollegen eine Weile den Spitznamen »Zwölfender« anhören, aber auch das war längst vorbei.

Lamprecht schlug die Bremse in die Stellung »Schnellbremsung« und riss den Fahrhebel zurück. Nach etwas über vierhundert Metern kam der Eurocity zum Stehen und Lamprecht griff mit zitternder Hand zum Zugtelefon. Er war sicher, dass das auf den Gleisen diesmal kein Hirsch gewesen war. Heute würde er keine Verspätung mehr aufholen und wohl auch kein Kind zeugen.

*

Hinter Bellinzona gab es einen kleinen Stau. Ein Belgier hatte seinen Wohnwagen umgeworfen und den Inhalt über die Autobahn verteilt. Aber die Polizei war schon da und fegte den Hausrat von der Fahrbahn. Noch sechzig Kilometer bis zur Grenze. Später die vielen kurzen Tunnels bei Lugano, der Damm über den Luganer See, ultramarinblauer Himmel, Sonne und Segelboote wie auf der billigsten Postkarte. Im Auto wurde es warm.

»Toll.« Edith rieb sich die Augen.

»Guten Morgen! Gut geschlafen?«

Gähnend blinzelte sie ins Licht. »Waren furchtbar stressige Wochen.« Sie löste den Gurt, kniete sich auf den Sitz und begann, in der Kühltasche zu wühlen. Er strich mit der Hand ihren Oberschenkel hinauf. Sie quiekte. »Finger weg! Fünf Küsse haben wir gesagt!«

»Wetten, dass an der Grenze ein Riesenstau ist?«

Schnaufend plumpste sie auf den Sitz, eine große Colaflasche in der Hand. »Gut. Ich wette dagegen.«

»Worum diesmal?«

»Wer verliert ist nächstes Mal oben?«

Eine Viertelstunde später waren sie in Italien.

»Gewonnen! Es war Stau!«, lachte Marc.

»Vier Minuten, das ist doch kein Stau«, sagte Edith empört. Dann packte sie Marc aufgeregt am Arm. »Was ist es denn nun für eine Überraschung? Wenn wir über die Grenze sind, wirst du es sagen. Du hast es versprochen! Wir sind über die Grenze, also sag es! Sofort! Ich schreie!«

»Hab's mir anders überlegt.«

Sie riss Augen und Mund auf und begann zu pumpen wie ein Maikäfer vor dem Abheben.

»Okay, okay! Wir machen Station in Mailand.«

Sie klappte den Mund wieder zu.

»Hab gestern Abend noch schnell übers Internet das Zimmer gebucht. Aber das Abendprogramm wird nicht verraten.«

»Du bist ja so was von gemein!« Sie schmollte wieder einmal sehr überzeugend. »Ich hätte damals wirklich auf meine Mutter hören sollen!«

»Deine Mutter ist ein Fan von mir.«

Sie kam näher, knabberte an seinem Ohr und schnurrte: »Du, ich freue mich drauf, mal wieder oben zu sein!« Plötzlich biss sie zu. »Und nun gestehe: Was machen wir in Mailand?«

Er versuchte, den Kopf wegzuziehen, aber sie hielt ihn fest. »Sag, was machen wir? Ich schreie wirklich!«

»Fängt mit ›S‹ an und hat fünf Buchstaben.«

Sie überlegte kurz und dann schrie sie wirklich, dass es in seinem Ohr gellte: »Die Scala? Hast du etwa Karten für die Scala?«

»Hat das Hotel organisiert.«

»Und was gibt's? Sag, was gibt's?«

»Ein letztes Erpressungsmittel musst du mir lassen.«

Schon schmollte sie wieder. »Dann verrate ich dir eben jetzt zur Strafe, dass Johannes und Susanne uns besuchen.«

Marc ging vor Schreck vom Gas. »Wieso das denn? Wollten wir die zwei Wochen nicht allein sein?«

»Du hast selbst Schuld. Hättest du gesagt, was es in der Oper gibt, dann hättest du es erst morgen erfahren müssen.«

»Du weißt, dass ich ihn nicht leiden kann.«

»Das letzte Mal wart ihr noch ein Herz und eine Seele. Zumindest nach dem dritten Glas Wein.« Edith studierte ihre Fingernägel. »Ich wollte Susanne gerne mal kennen lernen. Sie fahren nach Siena. Und irgendwo müssen sie ja übernachten.«

»Aber wenn er wieder damit angibt, dass er den Scharping duzt und mit Schröder Bier trinkt, dann tret ich ihn dahin, wo es richtig weh tut!«

»Am Telefon ist Susanne sehr nett. Du wirst sie mögen.«

»Was macht sie?«

»Beruflich? Dolmetscherin. Im Ministerium.«

»Ich hab's gewusst: Er vögelt seine Tippse und musste sie heiraten.«

»Eine Dolmetscherin ist keine Tippse! Eine Dolmetscherin tut nicht solche schrecklichen Dinge!«, erklärte sie im Gouvernantenton.

Marc grinste. »Und promovierte Biochemikerinnen?«

Edith hob den Zeigefinger und spitzte die Lippen. »Die geben sich höchstens hin und wieder zur Erfüllung ihrer ehelichen Pflichten hin.« Mit einem verruchten Augenaufschlag und ganz anderer Stimme fuhr sie fort: »Außer im Urlaub natürlich.«

Das Tal öffnete sich, die Kurven hatten endlich ein Ende und mit ihnen die Geschwindigkeitsbegrenzungen. Ein blauer Lancia mit römischem Kennzeichen hielt noch eine Weile mit, Gianna Nannini sang noch einmal im Radio, die Stereoanlage musste ihr Letztes hergeben und einmal kam der Saab fast von der Straße ab. Erst kurz vor Mailand bemerkten sie, dass sie vergessen hatten, das Verdeck herunterzuklappen.

*

»Oh nein, oh nein, oh nein!« Kriminalkommissar Schilling wedelte entsetzt mit dem Zeigefinger. »Das würde euch so passen!«

»Richtlinie Nummer eins: In solchen Fällen muss der Jüngste ran«, erklärte sein Kollege und Bürogenosse Petzold und schlug ihm aufmunternd auf die Schulter.

Gerlach, der Älteste der drei, hatte immer noch die Hand am Telefonhörer und überflog seine Notizen. »Wir haben einen Toten, einer muss hin. Und ich bin es heute bestimmt nicht.«

»Ich aber auch nicht!«, sagte Schilling. »Mir wird nämlich schlecht, wenn ich so was sehe. Unter 'nen Intercity, das ist doch eklig! Ich hab noch genug von diesem Besoffenen, der im Januar unter die Straßenbahn geraten ist!«

»Du guckst dich ein bisschen um, redest ein paar Takte mit den Typen von der Bahn und in spätestens 'ner Stunde bist du wieder da«, sagte Petzold aufmunternd.

»Wir lassen dir auch genug Sekt übrig«, sagte Gerlach.

»Und Häppchen«, lockte Petzold. »Ich pass auf.«

Schilling warf ihm einen alarmierten Blick zu. »Du bist der Letzte, den ich auf meine Häppchen aufpassen lassen möchte.« Er kratzte sich an seiner langen Nase und fuchtelte mit den Händen auf der verzweifelten Suche nach überzeugenden Argumenten.

»Und wie es pisst!«, stieß er schließlich hervor und hustete demonstrativ. »Ich glaub, ich hab eh schon 'ne Erkältung!«

Gerlach hob die Hände. »Dagegen hilft frische Luft. Altes Hausmittel.« Plötzlich hielt er inne und blickte auf den leeren Stuhl am zweiten Schreibtisch im Raum.

»Wir könnten natürlich ausnahmsweise auch mal nach Richtlinie zwei verfahren.«

Beunruhigt sah Schilling auf. »Lass mich raten: Der Jüngste wird zu Beförderungsfeiern grundsätzlich nicht eingeladen?«

Gerlach lehnte sich entspannt zurück. »Einen Fall kriegt immer der aufs Auge, der gerade nicht da ist.«

»Hirlinger!«, sagten die anderen im Chor.

»Dann kann er schon nicht stänkern, weil er ja nie befördert wird.« Schilling wischte sich erleichtert über die Stirn.

»Aber ihr bringt's ihm bei. Ich muss mich umziehen.« Gerlach erhob sich, drückte Petzold die Notiz in die Hand und ging.

»Hast du dir das mit dem Schlafzimmer überlegt?«, fragte Schilling, als sie in ihr angrenzendes Büro hinübergingen. »Kaufst du dir jetzt was Neues oder nicht?«

»Vorgestern hab ich das Wasserbett bestellt«, erklärte Petzold strahlend. »Und 'nen Schrank und so. Alles zu 'nem super Preis! Sobald alles da ist, könnt ihr den Krempel haben. Und wenn ihr Pedro dazu nehmt, geb ich's euch sogar ein bisschen billiger.«

»Hat sich immer noch niemand auf deine Anzeige gemeldet?«

»Wer will schon 'nen fünf Jahre alten Kater mit Hang zum Vandalismus.« Petzold setzte sich seufzend. »Hab schon überlegt, ob ich ihn nicht einfach ins Tierheim bringen könnte und behaupten, er sei mir zugelaufen.«

»Führt er immer noch Krieg gegen dich?«

»Hast du jemals von einem Kater gehört, der Telefonbücher bekämpft? Heut Nacht hat er Konfetti draus gemacht. Der ist doch pervers, oder? Und seit neuestem versucht er, Türen aufzumachen.«

Schilling hob zärtlich eine kleine, polierte Skulptur aus hellem Holz von seinem Schreibtisch.

»Was hast du da eigentlich?«, fragte Petzold misstrauisch.

»Delfine«, sagte Schilling verträumt. »Gelten nach der Lehre des Feng-Shui als Boten der Liebe. Von Christel.«

Petzold stöhnte auf. »Von wem auch sonst.«

»Können wir es mal besichtigen? Morgen Abend vielleicht?«

»Das Schlafzimmer?« Kopfschüttelnd klappte Petzold eine Akte auf. »Morgen geht nicht.«

Schilling stellte die umeinander gewundenen Meeresbewohner wieder hin und rollte die Augen. »Wie konnt ich's vergessen. Du bist ja der Mann, der donnerstags nie kann.«

»Wie wär's mit Sonntag? Zum Kaffee?«, schlug Petzold vor. »Ich back zur Feier des Tages auch 'nen Kuchen.«

»Möchte ja zu gern wissen, was du am Donnerstagabend Geheimnisvolles treibst. Irgendwann lass ich dich noch beschatten«, sagte Schilling mit forschendem Blick.

Petzold studierte schon wieder seine Akte und schwieg. Drüben klappte die Tür, schnaufend kam Hirlinger hereingepoltert. Vermutlich kam er vom Klo, wohin er sich zum Rauchen zu verdrücken pflegte. Petzold und Schilling nickten sich zu und sprangen gleichzeitig auf.

*

»Auch kein kleines? Kein klitzekleines?«

»Auch kein klitzekleines.«

Edith legte das Kinn auf Marcs Brust und sah ihm lange in die dunkelbraunen Augen. »Marcellino, sag, sind wir jetzt glücklich?«

Marc gähnte. »Ich kann nicht klagen. Und selbst?«

Schnurrend versuchte sie, in die widerspenstigen schwarzen Locken auf seiner Brust Ordnung zu bringen. »Wenn ich ein Zigarettchen rauchen dürfte, wäre ich bestimmt noch ein bisschen glücklicher.«

»Zwei Wochen! Du hast es geschworen!«

»Wenn man aufhört zu rauchen, wird man aber dick!« Sie fuhr mit dem unlackierten, kurz geschnittenen Nagel ihres Zeigefingers seinen Bauch hinab, umkreiste den Nabel. »Habe ich nun eigentlich oben gelegen oder nicht?«

»Hin und wieder schon.«

Ihr Finger bewegte sich weiter abwärts, bis wieder mehr Haare kamen. »Aber ich war brav? Ich habe nicht geschrieen?« Seufzend schmiegte sie die Wange an seine Brust. »Ich will nämlich in Zukunft ein braves Mädchen sein. Und nächstes Mal darf es ruhig auch ein etwas billigeres Hotel sein.«

»Wenn schon, denn schon.« Marc begann zu lachen. »Das Gesicht von diesem Lackaffen an der Rezeption werd ich so schnell nicht wieder vergessen.«

»Da spricht er diesen Yuppie mit römischem Profil und Mailänder Edel-Klamotten in feinstem Italienisch an und der guckt wie ein Ochse und stottert was auf Deutsch und Englisch ...«, gluckste Edith.

»Und die Ostfriesin, die dabeisteht, als ob sie gar nicht dazugehört, antwortet ihm in fließendem ...«

Weiter kam er nicht. Ihre Stimme klang gequetscht vor Empörung: »Wie oft muss ich dir noch sagen: Mün-ster-liegt-nicht-in-Ost-fries-land, Mün-ster-liegt-nicht ...« Bei jeder Silbe schlug sie auf seinen Bauch, dass es knallte. Marc rollte sich auf die Seite, sie verfolgte ihn bis zur Bettkante. Plötzlich ließ sie von ihm ab. Ihre Augen weiteten sich vor Entsetzen.

»Ich habe nichts anzuziehen!«

»Liegt alles neben dem Bett. Hier wird ja 'ne Menge geklaut, aber das ...«

»Für die Oper, du Kerl! Ich habe doch überhaupt nichts Passendes für die Oper!«

»Bei eurer Präsentation letzte Woche in Boston warst du auch in Levis und Schlabberpulli.«

Wohlig gähnend setzte sie sich auf. »Wenn du dem Vorstand erklären kannst, dass du ein marktreifes Migränemittel entwickelt hast, die Zwanziger-Packung kostet in der Herstellung vierundfünfzig Pfennig und in den Apotheken können wir sie für achtundzwanzig Mark verkaufen, dann kannst du in Slip und Strapsen kommen.« Edith sprang aus dem Bett. »Es ist gleich fünf. Ich muss sofort los, was zum Anziehen kaufen!«

Sie wirbelte ins Bad, rumorte dort zwei Minuten herum, schoss wieder heraus und war Sekunden später angezogen.

Marc räkelte sich auf dem Bett. »Gegenüber ist Dolce und Gabbana und um die Ecke hab ich 'nen riesen Fendi-Laden gesehen. Ist dein Konto denn wenigstens gedeckt?«

»Was interessiert mich mein Konto, wenn ich in Italien bin?« Edith kramte drei Kärtchen aus ihrem braunen Lederrucksack. »Bitte sehr: Amex, Euro und Visa. Ich bin reich! In einer Stunde bin ich zurück und dann gehen wir essen.«

Marc schlenderte ins Bad und sah sich seufzend um. Italien: Achthunderttausend Lire für ein Doppelzimmer, überall goldene Armaturen und Carrara-Marmor, aber von den fünf Halogenstrahlern in der Decke brannten nur drei und die Dusche tropfte. Er drehte die Hähne an der Wanne auf, immerhin kam warmes Wasser.

*

»Hör mal«, Petzold fasste Gerlach an der Schulter, »er will mit seiner Freundin zusammenziehen. Red ihm das um Gottes willen aus! Wo du doch jetzt Hauptkommissar bist!«

Gerlach musterte Schilling aufmerksam. »Ich bin ja noch gar nicht befördert.«

»Aber man kann doch nicht zusehen, wie ein junger Kollege ins Verderben rennt!«

Schilling lachte. »Ich hab eher das Gefühl, dass du zum Büfett siehst. Vergiss es, du kriegst nichts!«

Petzold schnappte nach Luft. »Ich hab nichts gefrühstückt! Und zu Mittag nur ein Salätchen mit Joghurtdressing!«

»Und wie ist die Lage?«

»Knapp über siebenundachtzig!«, strahlte Petzold.

»Du nimmst ab, weil du das Rauchen wieder angefangen hast«, sagte Gerlach nüchtern.

Petzold reckte sich, um das Büfett besser zu überblicken.

»Aber heute ist echt 'ne Ausnahme! Es gibt sogar Lachs-Schnittchen! Und Trüffel-Leberwurst! Er hat sich nicht lumpen lassen.«

Gerlach fummelte an seiner Krawatte, die ein wenig nach Beerdigung aussah. »Wenn man schon mal befördert wird.«

»Aber das mit seiner Christel musst du ihm ausreden. Hast du gemerkt, dass er seit neuestem mit 'ner Designerbrille rumrennt? Und angezogen ist wie ein Azubi bei der Deutschen Bank? Gerlach, du bist seit zwanzig Jahren verheiratet, du kennst dich doch mit so was aus!«

Petzold packte Schilling am Arm. »Junge! In jeder Kneipe hängen die schönsten Schmetterlinge am Tresen und warten nur drauf, dass sie einer abpflückt! Wie kann man sich da nur mit einer einzigen zufrieden geben?«

»Schmetterlinge?«, fragte Gerlach verständnislos. »In der Kneipe?«

»Frauen«, erklärte Schilling müde. »Sein neues Hobby.« Er sah Gerlach interessiert an. »Seit zwanzig Jahren bist du verheiratet?«

»Sechzehn.« Gerlach zupfte schon wieder an der Krawatte.

»Hast du damals keine Zweifel gehabt, ob es die Richtige ist?«

Gerlach lächelte auf seine glänzenden Schuhe in Größe sechsundvierzig hinunter. »Es gibt 'ne todsichere Methode rauszufinden, ob eine Frau zu dir passt oder nicht.«

»Und die wäre?«, fragte Schilling gespannt.

Jemand klatschte in die Hände, es wurde still.

Die Polizeipräsidentin, Frau Doktor Kaufmann, stieg in der Nähe der Tür auf einen Stuhl und musterte lachend die Runde. »Alle da?«, fragte sie fröhlich und schob mit einer schnellen Bewegung eine ihrer schwarzen Locken hinters Ohr. Sie war eine gepflegte, schlanke Frau, Mitte fünfzig und als überaus durchsetzungsfähig bekannt.

»Liebe Kolleginnen, liebe Kollegen, im Leben einer Polizeipräsidentin gibt es ja nicht so viele Tage, wo man sich morgens auf die Arbeit freut.« Mit einer feierlichen Bewegung schlug sie ihre Mappe auf und sah über die Brille, die sie jetzt immer öfter trug, auf ihre Mannschaft herunter.

»Ich will Sie nicht lange mit Vorreden quälen, Sie kennen alle die Personen, die heute für die Verpflegung aufkommen müssen.«

Vor Gerlach war Hellmann, ihr gemeinsamer Chef und Leiter des Dezernats für Gewaltverbrechen, an der Reihe. Unter höflichem Beifall wurde er zum Kriminalrat befördert und ließ sich natürlich die Gelegenheit nicht entgehen, eine seiner wegen ihrer außergewöhnlichen Länge und deprimierenden Langweiligkeit gefürchteten Ansprachen zu halten, die wie üblich begann: »Dies ist heute zweifellos ein Anlass, bei dem es mir erlaubt sei, kurz das Wort an Sie zu richten ...«

»Ich hab läuten gehört, er will uns verlassen«, flüsterte Schilling Petzold ins Ohr. »Hat sich um 'nen Posten als Abteilungsleiter beim BKA beworben.«

»In Wiesbaden? Woher weißt du das?«

»Man hat so seine Kontakte.«

Irgendwann kam Hellmann doch zum Ende, die Präsidentin ergriff erneut das Wort und viele Köpfe kamen wieder hoch. Gerlach wischte sich die Hände an der Hose trocken.

»Und unseren geschätzten Kollegen Gerlach, den ich seit Jahren von einer Beförderungssperre zur nächsten vertrösten musste, darf ich heute nun endlich zum Hauptkommissar ...«

Das »Bravo«-Geschrei und Getrampel wollte kein Ende nehmen, so dass niemand verstand, was die strahlend lächelnde Präsidentin zu dem rot angelaufenen Gerlach sagte.

»Hirlinger ist immer noch weg«, sagte Petzold leise zu Schilling. »Das muss da ja übel aussehen!«

»Hör auf! Ich will beim Essen nicht an so was denken.« Schilling schauderte. »Und die Zigaretten kannst du stecken lassen. Hier wird nicht geraucht.«

*

Als Edith wiederkam, lag Marc noch in der Wanne und schmökerte in einem mitgebrachten PC-Magazin.

»Nicht gucken!«, rief sie.

Er hörte Seidenpapier rascheln. Nach einer Minute kam sie. »Tatatata!« Mitten im riesigen Badezimmer drehte sie mit erhobenen Armen eine Pirouette. Marc war sprachlos.

Sie ließ die Arme sinken. »Gefällt es dir nicht?«

»Doch«, er räusperte sich, »doch, doch. Schick, wirklich.« Ein eng anliegendes kurzes Kleid aus dunkelrotem Samt mit Spaghetti-Trägern, im Rücken tief ausgeschnitten, dazu schwarz glänzende Strümpfe, Schuhe, deren Konstrukteur ein genialer Statiker sein musste ... Woher zum Teufel wusste sie von dem roten Kleid?

»Ich habe mir so viel Mühe gegeben!« Diesmal war ihr Schmollen echt.

Nein, das war nicht gespielt. Sie war eine verdammt gute Schauspielerin, aber das war nicht gespielt. Zufall, einfach nur ein blöder Zufall. Mit gespieltem Gleichmut sagte er: »Doch, Edith, wirklich sehr hübsch. Gibst du mir mal das Handtuch?«

»Es gefällt dir? Ehrlich? Ich kann es umtauschen!«

»Ich war nur überrascht. Ist ja sonst nicht gerade dein Stil.« Das große weiße Handtuch um die Hüften gewickelt folgte er ihr ins Zimmer, wo sie ein Chaos aus edlen Tragetaschen, Kartons und feinstem Seidenpapier angerichtet hatte. Edith begann, alles in eine Trussardi-Tüte zu stopfen. Er beobachtete das Muskelspiel ihres bloßen Rückens. Das Kleid stand ihr wirklich vorzüglich. Nur die hohen Absätzen bereiteten ihr Probleme, weil sie sonst nur flache Schuhe trug, die sie in ihrem Tempo und Bewegungsdrang nicht behinderten.

Er umarmte sie von hinten und küsste ihren Nacken. »Muss mich eben erst an meine neue Frau gewöhnen.«

Edith bog sich zurück und schmiegte den Kopf gegen seine

Schulter. Mit beiden Händen fuhr er über ihren nach 5th Avenue duftenden Körper, die Hüften, die Taille, das Handtuch fiel von alleine, sie tastete nach hinten und quiekte: »Wie läufst du denn herum! In Gegenwart einer Dame!«

Sie drückte sich fester an ihn und atmete heftiger. Ungeduldig schob er den Rock hoch. Da riss sie sich los. »Nicht«, sagte sie verwirrt und legte eine Hand an seine Brust. »Nicht jetzt, bitte.«

Eilig verschwand sie im Bad. Er hörte, wie sie den Schlüssel umdrehte.

Eine Viertelstunde später war Edith wieder die Alte, stand vor dem Spiegel und versuchte ungeduldig, ihrem Haar eine Frisur aufzuzwingen. »Zieh sofort deinen Cerruti-Fummel an, ich habe Hunger wie eine Bestie. Auf dem Corso Venezia habe ich ein süßes Ristorante gesehen!«

Das Da Gino war gut besucht, es herrschte das in Italien übliche Geschnatter und Handy-Gebimmel und natürlich waren sie die Einzigen, die so früh am Abend schon essen wollten. Während sie auf die Pasta warteten, nahm er Ediths schmale Hände zwischen die seinen. Wie immer waren sie kalt.

»Siehst aus, als könntest du Urlaub vertragen, Mädchen.«

»Die letzten Wochen hatten es in sich« sagte sie mit gesenktem Blick. »Aber es ist bestimmt nicht schlecht für meine Karriere, dass ich das Migragon-Projekt am Ende praktisch alleine durchgezogen habe.«

»Wenn Brunner nicht wiederkommt, wirst du Laborleiterin, wetten?«

»Es gibt Momente, da weiß ich nicht, ob ich den Job wirklich haben will«, sagte sie nach einer Weile nachdenklich.

Überrascht ließ er ihre Hände los. »Aber das ist doch die Chance!«

Edith antwortete lange nicht. Dann sah sie ihm müde lächelnd in die Augen. »Marc, ich bin ja so froh, dass es nun doch noch geklappt hat mit unserem Urlaub. Dass du dich losreißen konntest von eurem dunklen Ei. Es wird uns beiden gut tun, ein paar Tage auszuspannen.«

Marc sah hinaus auf die Straße. »Wer konnte ahnen, dass Dark Eye auf einmal solche Fortschritte macht.«

»Erst wolltest du nicht und dann konnte es plötzlich gar nicht schnell genug gehen. Heißt das, ihr kommt jetzt gut voran?«

»Wir sind praktisch durch.«

»Obwohl euer Mathematiker verunglückt ist?«

»Giga?« Marc senkte den Blick. »Das war schon ein Schlag.«

»Wie hieß der eigentlich wirklich?«

»Gisbert Ganske.«

»Hast du das in einem von deinen Managerseminaren gelernt? Sind die Leute motivierter, wenn man ihnen Spitznamen gibt? Oder ist das günstig für die Corporate Identity?«

Marc lachte gequält. »Hat sich irgendwann so ergeben. Zora zum Beispiel, die heißt Marie-Louise Zorankovsky. Wer zur Hölle kann das aussprechen? Und wie viel Arbeitszeit dabei draufgehen würde!«

Edith wurde wieder ernst. »Was ist eigentlich passiert, mit eurem ... Giga? Wie ist er verunglückt?«

»Das Verrückte ist: Niemand weiß es genau. Er war nach der Arbeit noch in irgend 'ner Kneipe und hat ein paar Bierchen genommen. Als Mathematiker war er ein Genie, aber gesoffen hat er wie ein finnischer Kegelverein und ausgesehen, als würd er unter den Brücken pennen. Auf dem Heimweg ist er dann unter einen Laster gekommen. Er war selbst schuld, er hatte Rot.«

Die Pasta kamen. Marc war erleichtert, dass das Thema damit beendet war.

Um halb acht schlenderten Edith und Marc im abendlichen Gewühl den Corso Venezia hinunter. Edith hatte sich bei ihm untergehakt, hielt ihm Vorträge zur Geschichte diverser Palazzi und genoss das Aufsehen, das ihr Kleid bei männlichen Passanten erregte. Später bestaunte er pflichtschuldig den im Licht der Abendsonne golden glänzenden Dom, sie schlossen Wetten ab, wie hoch die Türme und wie lang das Gebäude sei, und er wusste schon vor dem Blick in den Reiseführer, dass sie nächstes Mal wieder oben liegen würde.

»Du hast geschummelt!« Sie knuffte ihn in die Seite. »Gib zu, du hast vorher nachgeguckt!«

Lachend drückte er sie an sich, so dass sie sich nicht mehr regen konnte. Sie versuchte noch, ihm auf den Fuß zu treten, dann gab sie auf. Sie bogen in die Galeria ein, ließen kein Schaufenster unbeachtet und dachten keine Sekunde mehr daran, dass sie vor acht Stunden nur durch einen rechtzeitigen Blick in den Rückspiegel und den entschlossenen Tritt auf das Gaspedal eines kräftig motorisierten Wagens dem Tod entronnen waren.

Schließlich standen sie vor der Scala, von deren Anblick Edith erschüttert war. »Da ist ja meine alte Volksschule in Münster-Gievenbeck schöner!«, sagte sie empört. »Und Marcellino, was zappelst du so?«

»Hab vergessen, die Karten an der Rezeption abzuholen.«

Edith bot ihm eine Wette an, dass er vor Vorstellungsbeginn nicht zurück sein würde, aber da rannte er schon davon. Sie vertrieb sich die Zeit mit dem Studium der Programmplakate und erfuhr nun endlich, was heute Abend gegeben wurde: Donizetti, Der Liebestrank. Ein vorbeigehendes weißhaariges Paar fuhr erschrocken herum, als sie jauchzte. Strahlend und ohne Rücksicht auf Preis und Kürze ihres Kleids setzte sie sich auf eine Bank, sah den knatternden Vespas und den dröhnenden Bussen zu und summte Vissi d'arte, vissi d'amore. Eine halbe Minute vor acht stürzte Marc prustend um die Ecke.

»Jetzt weiß ich doch wenigstens, warum du mich ständig zum Joggen zwingen willst«, japste er.

Als sie ihre Plätze einnahmen, wurde es schon dunkel.

»Innen ist sie aber doch ein kleines bisschen schöner als unsere Volksschule«, flüsterte Edith.

»Pst!«

»Habe ich dir übrigens erzählt, dass ich auch mal in einer Oper mitgespielt habe? Eigentlich war es ja mehr ein Singspiel, ein Krippenspiel, um genau zu sein, und ...«

»Bist du jetzt wohl still!«

Sie legte den Kopf an seine Schulter. »Da war ich zwei. Ich war nämlich das Jesuskind und soll sehr ergreifend geplärrt haben! Und hinterher hat der Münsteraner Bote sogar ...«

Er hielt ihr den Mund zu, hilflos zappelte sie in seinem Griff. Erst als die Sitznachbarn unruhig wurden, ließ er sie los.

*

Das Kap war an diesem Abend noch fast leer, als Petzold eintrat, um seinem neuen Hobby zu frönen. Aus den Boxen klimperte eine alte Miles-Davis-Platte und an der Bar saß eine einsame Kastanienbraune in engem schwarzem Kleid und mit Goldschmuck. Eine dieser Frauen, bei deren Erscheinen Männer im Stande sind, mitten im Satz das Gesprächsthema zu vergessen. Sie trug einen hellgrünen Seidenschal um den Hals, hielt eine lange Zigarette zwischen schlanken Fingern und starrte mit hinreißenden, fast schwarzen Augen ein Loch in die Theke.

Mit einem Siegerlächeln ging er auf sie zu. Regel drei: The winner takes them all. Und Nummer sieben: Gerade die attraktivsten Frauen sind oft dankbar, wenn man sie anbaggert, weil der Durchschnittsmann sich gar nicht an sie rantraut. Petzolds Ehrgeiz war es, die zehn besten Flirt-Regeln zu finden und in der Praxis zu erproben. Er war bei Nummer acht. Er schwang sich neben der Dunklen auf einen Hocker, warf Schlüsselbund und die Lucky Strikes auf den Tresen und bestellte mit einer entschlossenen Handbewegung Pils. Die Frau musterte ihn mit ausdrucklosem Blick.

Er lachte sie an. »Du siehst aus, als hättest du einen wunderschönen Vornamen!«

Regel zwei: Frauen mögen Komplimente. Alle.

»Ich heiße Dagmar.« Sie senkte den Blick und schnippte gelassen die Asche von ihrer Zigarette. »Und du kriegst das silberne Körbchen für die Anmache der Woche.«

Wortlos packte Petzold Bierglas, Zigaretten und Schlüsselbund, verzog sich an einen Ecktisch und fand, dass es Zeit war, Regel Nummer neun zu formulieren: Jeder Misserfolg ist eine Herausforderung, es nächstes Mal besser zu machen. Fehlte noch Regel zehn.

Später kam ein Lackaffe mit tief geschnalltem Handy am Gürtel herein, fläzte sich neben sie und beglückte sie mit optimistischen Jung-Manager-Sprüchen. Ein BMW-Fahrer vermutlich.

Petzold bestellte ein zweites Pils und überlegte, dass er künftig wohl oder übel alle Zimmertüren abschließen musste. Pedros Fortschritte beim Betätigen von Klinken waren inzwischen beängstigend. Beim Abendessen hatte er ein Stück Thüringer Leberwurst für den menschlichen Verzehr unbrauchbar gemacht, als Petzold ans Telefon musste.

Als er um Viertel nach elf seine Wohnung wieder betrat, stellte er fest, dass er auch an diesem Abend schon einige Türen hätte verschließen sollen. Fluchend begann er aufzuräumen. Aber zum Glück war lediglich der blaue Keramik-Kerzenständer zu Bruch gegangen. Der stammte noch von Steffi und er hatte ihn sowieso nie leiden können.

*

»Der Grauhaarige da, der ist Anwalt!«, flüsterte Edith mit Verschwörerblick.

»Quatsch, Klempner ist der. Oder Automechaniker. Hast du seine Hände nicht gesehen?«

Edith blieb stur. »Vielleicht sammelt er Oldtimer. Oder repariert seiner schönen Nachbarin jeden zweiten Tag die Heizung. Aber Anwalt ist er bestimmt.«

Sie saßen vor einem kleinen Cafe in der Via Bigli und spielten Berufe Raten. Schon sahen sie sich nach dem nächsten Opfer um.

»Der ist beim Militär!«

Zur beiderseitigen Enttäuschung waren sie sofort einig. Edith rümpfte die Nase: »Soll sich was schämen!«

»Dein großer Bruder ist doch auch beim Militär.«

»Beim Verteidigungsministerium ist er und das ist ja nicht richtig Militär. Er verwaltet da nur irgendwas. Und ich habe oft genug gezankt mit ihm.«

»Übertreibst du die Friedensliebe nicht manchmal ein bisschen?«

»Das sind nun mal meine Überzeugungen, Marc. Respektiere das bitte«, erwiderte sie unerwartet scharf.

Ein gepflegtes Paar kam um die Ecke. Der Mann Ende fünfzig mit Nussknackergesicht, die Frau zwanzig Jahre jünger, in einem edlen, tief ausgeschnittenen Kleidchen, hohen Schuhen, mit den Bewegungen eines Top-ten-Models und der Miene einer sizilianischen Devotionalienverkäuferin.

»Bankdirektor mit Sekretärin, die heimlich seine Geliebte ist!«, sagte Marc, aber Edith schien auf einmal den Spaß am Spiel verloren zu haben.

»Ohne Waffen gäbe es tausendmal weniger Unglück auf der Welt«, sagte sie fest.

»Man kann Menschen auch mit einem Ast erschlagen.«

»Gegen Äste kann man nichts tun. Gegen Waffen schon.«

»Waffen sind so alt wie die Menschheit. Waren wir nicht immer dann am kreativsten, wenn es darum ging, unsere Nachbarn um ihre Schätze oder ihre Frauen zu bringen? So sind wir nun mal, das ist unsere Natur. Dem letzten Friedfertigen hat ein cleverer Kollege vor zehn Millionen Jahren wegen eines Körbchens Pilze den Schädel eingeschlagen.«

Edith schüttelte heftig den Kopf. »Nein. Du hast nicht Recht. Wenn sich keiner finden würde, der sie herstellt, dann ...«

»Ich stelle jedenfalls keine her.«

»Keine mehr«, sagte Edith ohne einen Blick.

Stöhnend schlug Marc auf das Marmortischchen. »Mädchen, es war 'ne kleine, doofe Software zur Steuerung einer Panzer-Waschanlage! Saubere Panzer sind nicht schlimmer als schmutzige. Kannst du die Geschichte nicht endlich vergessen?« Edith schwieg.

Die Neuankömmlinge hatten sich inzwischen zwei Tische weiter niedergelassen. Die Frau pflückte ein winziges Handy aus einer goldbeschlagenen Handtasche und begann, leise zu telefonieren. Einmal sah sie einen Wimpernschlag lang herüber, ihre Blicke trafen sich und Marc hatte plötzlich das Gefühl, selbst Gegenstand dieses Telefonats zu sein. Dann packte sie das Handy ein und sah mit gleichgültigem Gesicht in die andere Richtung. Ein Kellner im Frack kam und der Mann bestellte auf Englisch mit einem undefinierbaren, kantigen Akzent zweimal Espresso mit Grappa. Marc sah noch einmal verstohlen hinüber. Hatte er die beiden nicht vor kurzem gesehen? In der Scala? Unterwegs, irgendwo auf der Autobahn? Und war da wirklich eine Ausbeulung unter der Achsel des Mannes oder nur eine Falte des Anzugs?

Edith ergriff ihr Weinglas und sah nachdenklich hinein.

»Seltsamer Name, das.«

Marc wandte sich ihr wieder zu. »Was?«

»Kalmar. Habe ich noch nie gehört. Oder doch? Ich weiß nicht«, sagte sie hilflos. »Ist das denn überhaupt ein Name?«

Sie drehte noch eine Weile den Stiel ihres leeren Glases zwischen den Fingern. Dann stellte sie es mit plötzlicher Entschlossenheit ab. »Ich rufe Fred an.«

»Um diese Zeit?«

»Eine gute Freundin kann man immer anrufen.«

Schon war sie im Lokal verschwunden und Marc hörte sie mit dem Kellner verhandeln. Nach zehn Minuten kam sie enttäuscht zurück.

»In Karlsruhe gibt es niemanden, der so heißt. Fred hat im Telefonbuch nachgesehen. Jetzt will sie noch nach anderen Schreibweisen gucken. Vorne mit ›C‹ oder hinten mit ›er‹.«

»Na siehst du. Hab ich's nicht gesagt?«

Edith antwortete nicht und Marc wechselte das Thema. »Was macht ihr als Nächstes? Weiter dieses Migräne-Wundermittel?«

Langsam schüttelte sie den Kopf. »Die klinischen Tests machen die Amerikaner. Das geht da leichter und schneller wegen der Gesetze. Wir machen was Neues.«

»Darf man erfahren, was?«

»Top secret. Weißt du doch.«

»Ihr mit eurer Geheimniskrämerei.«

»Du erzählst mir ja auch nicht jeden Pups aus deiner Firma.« Sie sah ihn ernst an. »Dieses Migränemittel, zum Beispiel, hat uns bis heute vierzig Millionen Dollar gekostet. Und das ist noch fast geschenkt, weil wir praktisch darüber gestolpert sind.« Sie lachte auf. »Eigentlich sollte es ein Abführmittel werden.«

Eine Weile beobachteten sie stumm den immer noch regen Verkehr. Die milde Nachtluft war staubig und roch nach Abgasen. Ein leichter Wind wehte.

»Es wissen ohnehin immer viel zu viele von diesen Dingen. Ein Wunder, dass die Konkurrenz nicht jedes Mal vor uns die Patente anmeldet.« Ihr Blick folgte einem gelben Lamborghini, der auf der Suche nach einem Parkplatz oder einer abenteuerlustigen Beifahrerin langsam die Via Bigli herunterkam. »Wir werden was mit Gentechnik machen. Es geht um eine bestimmte erbliche Form von Leukämie. Die Amerikaner haben einen Vertrag mit GenSys geschlossen und wir haben jetzt Zugriff auf deren gesamte Datenbanken.« Sie unterdrückte einen Jauchzer. »Und ich habe die kommissarische Leitung für Europa! Bis Brunner wieder da ist!«

Das ungleiche Paar bezahlte, die Frau hakte sich bei ihrem großen Begleiter unter und die beiden gingen fast feierlich und ohne einen Blick zurück davon.

»Gentechnik? Hoffentlich kriegt ihr keinen Ärger, wenn das raus kommt!« Marc faltete die Hände auf dem Bauch und ließ die Daumen umeinander kreisen. »Ich weiß nicht, irgendwo hab ich diesen Namen auch schon gehört.«

Edith sah verwirrt auf. »Brunner?«

»Kalmar. Fällt mir aber absolut nicht ein, wo.«

Edith lachte. »Jetzt fängst du ja auch schon damit an!«

»Siehst du, ich habe zugenommen!« Hilflos lachend stand Edith neben dem Saab und versuchte, sich zwischen dem Kotflügel und der Betonsäule des Parkhauses durchzuzwängen. »Gestern war hier noch genug Platz für mich!«

»Dann geh halt außen rum, Pummelchen.« Marc lud das Gepäck auf den Rücksitz und warf sein Jackett darauf. Edith ging kopfschüttelnd um die Säule herum und ließ sich in den Sitz fallen. Heute trug sie wieder die gewohnten Jeans und ihr geliebtes, schon arg verblichenes Stanford-T-Shirt.

»Du bist schuld!«, maulte sie und warf die Tür zu.

»Logo. Bin letzte Nacht heimlich aufgestanden und hab die Säule ein kleines bisschen ...«

»Hättest du dem Boy den Wagen überlassen, hätten wir überhaupt nicht in dieses blöde Parkhaus gemusst!«

»Ich lass nun mal keine fremden Leute mit meinem Auto fahren.«

»Und weil du mir das Rauchen verbietest. Wenn ich rauchen dürfte, hätte ich bestimmt durchgepasst.«

Marc legte den Rückwärtsgang ein. »Du wirst schwanger sein«, sagte er grinsend. »Das ist alles.«

Erschrocken presste sie die Hände auf den Bauch. »Marcello, ich fühle, es sind Zwillinge!« Dann setzte sie die Sonnenbrille auf und räkelte sich in den Sitz.

In der Ripa di Porta Ticine hielt Marc an einer Bushaltestelle, sie klappten das Verdeck herunter und wechselten die Plätze.

»Andiamo a Genova!«, jubelte Edith, als sie auf die Autobahn einbogen. »Ich freue mich schon so auf den Fisch! Moscardini! Weißt du, dass ich sterbe für Moscardini in Weißwein?« Sie lachte zu Marc herüber. »Und ich bin ja so gespannt, wie Olis Haus ist. Die Bilder waren wirklich wunderschön.«

»Ich nehm Kaninchen. Wie heißt Kaninchen?«

»Coniglio. Sieh mal, die Sonne! Zu Hause regnet es bestimmt immer noch!«

»Mit viel Knoblauch. Pass auf, wir müssen auf die A7.«

Bald wurde der Verkehr dünner, am Horizont tauchten die ersten Ausläufer des Apennin auf, die Po-Ebene mit ihren Industrien blieb zurück und die Autobahn wurde wieder kurvig.

»Fred sagt, Brunner ist verschwunden«, sagte Edith ernst.

»Du hast sie noch mal angerufen?«

»Als du vorhin weg warst. Wo hast du überhaupt gesteckt?«

»Hab gestern Abend bei Garlando im Fenster ein paar tolle Slipper gesehen. Die musste ich haben. Was heißt das, verschwunden? Aus dem Krankenhaus?«

»Er wollte sich nicht noch mal operieren lassen. Ist einfach gegangen. Es gibt übrigens auch niemanden mit einem ähnlichen Namen wie Kalmar in Karlsruhe. Den Vögeln geht es gut und Anton übt schon eifrig, Freds Telefon nachzumachen.«

»Wie schön für sie.« Lachend verschränkte Marc die Arme vor der Brust und betrachtete die Landschaft. Im Radio kam eine Schnulze von Eros Ramazotti.

»Wir könnten den Sender anrufen. Die haben doch vermutlich die Nummer dieses Herrn Kalmar notiert«, begann Edith nach einigen Minuten wieder.

»Hab ich das Handy daheim gelassen, um hier von einem Telefon zum nächsten zu rennen?«, fragte Marc bissig. »Lass mich jetzt bitte endlich in Ruhe mit dem Quatsch!«

Edith warf ihm einen überraschten Blick zu. »Was machst du für ein Theater? Ich kann auch gerne selbst da anrufen!«

»So hör doch endlich auf! Du hast dich verhört, so was kommt vor. Warum vergisst du die Sache nicht endlich?«

»Ich habe mich nicht verhört!« Jetzt wurde Edith böse. »Denkst du, ich bin zu doof, meinen Namen im Radio zu verstehen? Kann ich was dafür, dass du taub bist?«

Gequält schloss er die Augen. »Aber wir kennen diesen Kerl nun mal nicht! Wie sollen wir ihn anrufen, wo er anscheinend nicht mal ein Telefon hat? Mädchen, ich hab wirklich keine Lust, den Urlaub mit diesem Schwachsinn zu vertrödeln!«

Die nächsten zwanzig Kilometer fuhren sie in gallebitterem Schweigen. Die Straße stieg langsam an, die Kurven wurden enger. Der Dunst hatte sich inzwischen verzogen und die Sonne machte deutlich, dass man im Süden war. Marc hielt die Augen geschlossen und tat, als sei er völlig entspannt.

*

Die morgendliche Routine-Besprechung im Polizeipräsidium brachte angenehm wenig Neues. Zwei alte Fälle machten keinerlei Fortschritte und der Mann, der gestern unter den Zug gekommen war, schien auch nicht viel Arbeit mit sich bringen.

Hirlinger fasste zusammen: »Klare Sache. Das war ein Penner. Hat anscheinend in der Nähe gewohnt. Da ist so 'ne Art Hütte im Gestrüpp. Drin waren zwei Aldi-Tüten voller Plunder und jede Menge Flaschen, leere natürlich. War vermutlich stockbesoffen und hat nicht aufgepasst, wo er hintorkelt. Vielleicht hat er in die Kleingärten auf der anderen Seite gewollt. Da ist in letzter Zeit öfter eingebrochen worden. Der Lokführer hat so gut wie nichts gesehen.«

»Ein Obdachloser, sagen Sie?«, fragte Förster aufmerksam. Hauptkommissar Förster, ihr unmittelbarer Vorgesetzter. Sein Büro grenzte an das von Gerlach und Hirlinger. Auch nach dort gab es eine Verbindungstür, die aber immer geschlossen war. Förster war als ebenso korrekt wie unzugänglich bekannt und wegen seines Faibles für Grammatik und Orthografie gefürchtet, das ihm den Spitznamen »Das Lexikon« eingebracht hatte.

»Einbruch? Mittags um zwölf?«, fragte Schilling zweifelnd.

Hirlinger zog die Nase hoch. »Die Brüder schrecken doch vor nichts mehr zurück.« Er nahm ein neues Blatt aus der dünnen Aktenmappe. »In seinen Tüten waren ungefähr siebzig Mark Kleingeld. Papiere Fehlanzeige, den Ausweis wird er wie üblich für 'nen Hunni vertickt haben. Den werden wir so schnell nicht identifizieren.«

»Schilling könnte seine Wünschelrute mitbringen«, schlug Petzold vor. »Der kennt sich doch seit neuestem mit solchen Sachen aus.« Die einzige Reaktion war ein wütender Blick von Schilling.

»Ist denn das Gesicht so weit unbeschädigt geblieben, dass wir ein Phantombild von dem Mann anfertigen können?«, fragte Förster mit einem Blick auf seine goldene Armbanduhr. In seinem perfekt sitzenden grauen Anzug und mit seinen hochglanzpolierten Schuhen hätte niemand ihn für einen Polizisten gehalten.

Hirlinger lachte bitter. »Was für ein Gesicht denn? Der Typ hat vierhundert Meter unter dieser Lok gehangen! Man weiß ja kaum, wo vorn und hinten ist!«

»Da fällt mir ein Witz ein«, unterbrach Petzold. »Eine Frau steigt mit einem kleinen Hund in die Straßenbahn. Es ist so ein Mops mit ganz viel Fell überall und der beißt sofort einen Mann ins Bein ...« Er bemerkte die müden Blicke und verstummte.

Schwer atmend fuhr Hirlinger fort: »Fingerabdrücke sind erfasst, soweit das noch ging. Wiesbaden und Interpol sind informiert. Keine Zeugen außer dem Lokführer. Der meint, unter der Brücke wären eventuell zwei Männer gewesen, aber beschwören will er's nicht. Und falls es stimmt, dann waren die mindestens zwanzig Meter weg von da, wo's passiert ist. Die sind gerannt, sagt er. Er meint, sie wollten ihn vielleicht noch festhalten. Könnte aber auch sein, dass sie ihn gejagt haben. Er hat sie ja kaum gesehen.«

Plötzlich war es still. Hirlinger sah auf. »Habt ihr was?«

»Liest du denn keine Zeitung?«, fragte Schilling mit belegter Stimme.

»Doch. Wieso?«, fragte Hirlinger verständnislos.

»Letzte Woche haben zwei Typen bei Darmstadt einen Obdachlosen von 'ner Autobahnbrücke geworfen«, sagte Gerlach sehr langsam. »Direkt vor einen Lastzug. Mann, was für ein Glück, dass ich ab Montag auf Lehrgang bin!«

Eine Weile hörte man nur Hirlingers empörtes Schnaufen.

»Aber doch nicht bei uns!«, stöhnte Schilling und legte das Gesicht in die Hände. »Bitte, bitte nicht auch noch bei uns!«

Hirlinger hustete und fuhr fort: »Was von dem Kerl übrig ist, liegt in 'nem Plastiksack in der Pathologie und seine Müllsammlung ist in der KT. Vor Montag läuft nichts mehr.«

Förster fuhr sich über die kurz geschnittenen silbergrauen Haare, überlegte kurz und deutete dann auf Petzold. »Sie fahren mit Hirlinger zusammen noch einmal hinaus. Versuchen Sie, Zeugen zu finden. Fordern Sie Verstärkung von der Schutzpolizei an, wenn Sie Bedarf haben. Ich selbst werde mit der Präsidentin sprechen, wie ernst wir die Sache nehmen. Ich denke, zunächst können wir nur abwarten, was die Gerichtsmedizin und die Kriminaltechnik berichten.«

»Ich wollt doch bloß die Stimmung ein bisschen aufheitern bei diesem Sauwetter«, maulte Petzold und zog seine schwarze Lederjacke über. »Werd ich eben keine Witze mehr erzählen, wenn man dafür scheinbar gleich zur Strafkompanie versetzt wird!«

»Anscheinend wollten Sie sagen«, murmelte Förster, das Lexikon. »Nicht scheinbar.«

Mit den Autos war es das Übliche. Der kleine BMW, der inzwischen über zweihundertzwanzigtausend Kilometer runter hatte, war schon wieder in der Werkstatt, mit dem nagelneuen Siebener war Hellmann unterwegs. Den grünen Audi wollte Petzold nicht nehmen.

»Hab keine Lust, die Karre die halbe Strecke zu schieben. Hast du Lust, mal Porsche zu fahren?«, fragte er und schloss seinen Wagen auf, einen nachtblauen 911er Carrera, Baujahr neunzehnhundertachtzig.

Hirlinger quetschte sich ächzend in den Sitz. »Da lob ich mir meinen Omega, da ist wenigstens Platz drin. Was ist eigentlich mit deinen Haaren passiert? Hat dein Föhn den Veitstanz?«

Petzold schaltete die Scheibenwischer ein. »Wieso?«

»Siehst aus wie 'ne Schwuchtel.«

»Das ist cool, Mann! Die Frauen steh'n auf so was!«

Hirlinger grunzte etwas Unverständliches. »Wie war das nun mit diesem Hund, der den Mann gebissen hat?«

»Der Mann bückt sich und gibt dem Hund ein Stückchen Schokolade. Das find ich aber total nett von Ihnen, dass Sie meinem Hündchen Schokolade geben, obwohl er Sie doch eben gebissen hat, sagt die Frau. Ich will bloß rausfinden, wo bei dem Mistvieh vorne und hinten ist, sagt der Mann, damit ich es in den Hintern treten kann.«

»Aha«, sagte Hirlinger.

»Du lachst nie über irgendwas, oder?«

Hirlinger lehnte sich zurück. »Junge, ich bin seit zweiunddreißig Jahren Bulle!«

*

Edith ging vom Gas und setzte den Blinker. »Da vorne kommen Tunnels. Ab jetzt fährst du wieder.«

Wortlos tauschten sie die Plätze. Die Autobahn war schwach befahren und Marc ließ den Saab laufen. Edith betrachtete schweigend die Berglandschaft. Als sie vor Genua ihre Autobahngebühren bezahlten, reckte sie endlich zwei Finger.

»Peace?«

Marc steckte die Kreditkarte in die Hemdtasche. »Peace.«

Nachdenklich betrachtete sie ihre Knöchel. »Und wenn ich nun wirklich schwanger wäre?«

»Du hast doch nicht etwa die Pille vergessen?«, fragte er erschrocken.

»Ich meine ja nur«, sagte sie müde. Dann kramte sie eine Flasche Sonnenmilch aus dem Handschuhfach und cremte sich das Gesicht ein. »Wir werden übrigens verfolgt.«

Marc fuhr hoch. »Was?«

Edith lachte auf. »Mein Gott, wie du erschrickst! Der silberne Mercedes da vorn hat uns in der letzten halben Stunde schon zweimal überholt.«

Aber als Marc hinsah, war der Mercedes schon um die nächste Kurve verschwunden. »Hast du dir das Kennzeichen gemerkt?«

»Das sollte ein Scherz sein, lieber Marcello! Bestimmt wollen die auch nur an die Riviera, ein bisschen Sonne tanken wie wir.«

Sie räkelte sich und streckte die Arme in den Fahrtwind. Plötzlich sah sie ihn mit krauser Stirn an. »Hörst du das?«

Marc stöhnte. »Was soll's diesmal sein? Das Radio ist aus!«

»Da vorne tickert was! Hörst du das denn nicht?«

Er horchte. »Da ist nichts. Du bildest dir was ein.«

»Natürlich, denn ich bin ja alt und doof und bilde mir ständig Dummheiten ein.« Wütend verschränkte sie die Arme vor der Brust. »Heute Abend werden wir diesen Sender anrufen. Und dann werden wir sehen, wer Recht hat!«

»Ja, Mädchen. Wenn's dich beruhigt, werden wir anrufen«, seufzte Marc. »Und vielleicht ist dann endlich Ruhe.«

»Nenn mich nicht immer Mädchen!«, fauchte sie und sah an ihm vorbei aufs Meer. »Nicht wenn ich wütend bin!«

Marc drückte zwei Tasten am Bordcomputer. »Demnächst sollten wir mal tanken.«

Kurz vor eins verließen sie bei Finale Ligure die A10 und bezahlten ein letztes Mal Gebühren. Edith schob die Sonnenbrille ins Haar und hatte endlich wieder gute Laune.

*

Petzold und Hirlinger standen mit den Händen in den Taschen unter der Brücke neben den Schienen. Draußen rauschte der Regen, als wollte er nie wieder aufhören. Über ihren Köpfen brauste und rumpelte der Verkehr zur Autobahn.

»Na, wenigstens ist deine Karre wasserdicht«, grunzte Hirlinger und schüttelte sich.

»Pfui Teufel, stinkt's hier.« Petzold trat gegen einen der herumstehenden Müllcontainer und sah sich um. Aber natürlich gab es hier nichts zu sehen. Missmutig hob er den Deckel eines der Container. Er war fast bis zum Rand voller Bauschutt.

»Wo ist es passiert?«

»Da vorne.« Hirlinger ging an das südlich Ende der Brücke. »Da ist 'n richtiger Trampelpfad. Anscheinend rennen da regelmäßig Leute über die Schienen. Ein Wunder, dass es nicht schon früher einen erwischt hat.«

»Und die Hütte?«

»In dem Wäldchen da. Willst du sie sehen?«

Entsetzt schüttelte Petzold den Kopf. »Kann mich beherrschen! Ihr habt doch Fotos gemacht?« Hirlinger nickte. »Und wo waren die Männer?«

»Welche Männer?«

»Na, die zwei, die der Lokführer gesehen haben will.«

Hirlinger wies in die entgegengesetzte Richtung. »Da. Vielleicht zehn, fünfzehn Meter von hier.«

»Ob die ihn wirklich verfolgt haben?«

»Jedenfalls sind sie weg«, brummte Hirlinger.

»Und was jetzt?«, fragte Petzold.

»Wer ist hier Oberkommissar? Ich bin Obermeister, sag du, was wir machen.«

»Wir könnten Streifenwagen anfordern und die Jungs ein bisschen im Regen rumscheuchen«, schlug Petzold nach einigem Nachdenken vor.

»Damit sie dir bei nächster Gelegenheit 'ne Anzeige wegen Raserei mit deinem Porsche anhängen?«

»Aber was sollen wir hier? Falls hier je 'ne Spur war, dann hat sie der Regen weggeschwemmt oder die Unfall-Touries haben sie zertrampelt. Und wo willst du bei diesem Wetter hier Zeugen finden?« Petzold zog den Kopf zwischen die Schultern. »Ich sag dir was: Wir gehen irgendwo gemütlich essen und dann fahren wir heim und schreiben unseren Bericht.«

Hirlinger ging an den Gleisen entlang zum nördlichen Ende der Brücke und spähte in den Regen. »Ich hab 'ne bessere Idee«, rief er. »Willst du mal 'nen richtig guten Kirsch trinken?«

Petzold sprang einen Schritt zur Seite. Der Intercity nach Süden schoss vorbei, er hatte ihn überhaupt nicht kommen hören. Der Luftzug zerrte an ihm und einen Augenblick fürchtete er, unter den Zug gerissen zu werden. Dann war er vorbei und Petzold folgte Hirlinger leise vor sich hinfluchend.

Hirlinger überquerte die Straße im Laufschritt und trat das Törchen zu einem neben den Gleisen liegenden, verwahrlosten Garten auf. Auf dem Grundstück stand ein heruntergekommenes Eisenbahnerhäuschen, das aussah, als würde es nur durch seine zahlreichen Anbauten vor dem Einsturz bewahrt. Aus dem krummen Schornstein quoll grauer, breiiger Rauch. Vor der Haustür gab es einen trockenen Fleck unter einem Wellblech-Vordach, das wirkte, als wollte es beim nächsten Windzug herunterstürzen.

Petzold schüttelte das Wasser aus seinen Haaren und trampelte den Dreck von den Sohlen seiner Sportschuhe. »Und hier soll's Schnaps geben?«

»Wart's ab. Hier drin kriegst du ...«

Das Gerumpel eines Güterzugs unterbrach das Gespräch. Noch bevor er vorüber war, öffnete ein knochiger, großer Mann in einem ehemals vermutlich weißen Unterhemd und fadenscheiniger Hose die Tür. Hinter ihm stand ein knurrender Rottweiler mit gesenktem Kopf. Der Mann war noch größer als Petzold, mindestens einsfünfundneunzig, dürr, leicht gebeugt und seit Tagen nicht rasiert. Aus dem Misstrauen in seinem Gesicht wurde Überraschung, ein Anflug von Freude und schließlich mürrischer Gleichmut.

»Hirlinger! Komm rein, altes Arschloch! Was treibt dich denn her?« Er lachte meckernd und riss die Tür bis zum Anschlag auf. »Und wer ist der Komiker da?«

»Kollege«, brummte Hirlinger. »Ist in Ordnung.«

»Seid ihr bewaffnet?«

»Meine liegt im Auto. Er hat seine dabei, glaub ich.« Hirlinger wandte sich an Petzold. »Deine Wumme musst du draußen lassen. Leg sie dahin, da ist es trocken.« Er wies auf einen kleinen Holzkasten mit Deckel, der neben der Tür am Boden stand.

Zögernd legte Petzold seine Walther PPK in die Kiste, auf deren Boden ein altes ölfleckiges Geschirrtuch lag, klappte den Deckel zu und warf einen Blick auf Garten und Straße. Der Regen strömte, alles war menschenleer, niemand hatte ihn beobachtet. Sie betraten einen erstaunlich aufgeräumten und atemberaubend überheizten Raum, der zugleich Wohn- und Schlafzimmer zu sein schien. In der Ecke brummte ein Kanonenofen.

»Oben regnet's rein.« Der Gastgeber wies auf zwei wacklige Stühle. Der Hund war ihnen mit spitzen Ohren und gesträubtem Fell gefolgt, setzte sich auf ein scharfes Kommando hin aber sofort. Es roch nach verwesendem Obst, nassem Hund und Rasierwasser von Woolworth.

»Hier stinkt's ja wie im Russenpuff«, sagte Hirlinger.

»Ich lass den Hund nicht gern draußen bei dem Wetter.« Der Mann lachte laut und sinnlos. »Kaffee?«

»Wenn's Kirsch dazu gibt.« Hirlinger wandte sich an Petzold. »Der hier ist der Kollege Piekenhahn. Ehemaliger Kollege. War vor deiner Zeit.«

Piekenhahn lachte schon wieder ohne erkennbaren Grund.

Minuten später saß er auf dem mit militärischer Präzision gemachten Bett, jeder hielt einen Becher Kaffee in den Händen und eine grüne Flasche ohne Etikett kreiste. Der Kirsch hatte wirklich ein vorzügliches Aroma.

»Irgendwann werden sie dich drankriegen mit deiner Schwarzbrennerei.« Hirlinger setzte die Flasche an und nahm einen großen Schluck. »Aber bis dahin komm ich noch hie und da vorbei.« Er sah auf. »Hör mal, Hühnerpick. Du hast doch mitgekriegt, dass es gestern da hinten einen erwischt hat?«

Piekenhahn wollte sich fast totlachen. »War ja alles da, was Blaulicht auf dem Dach hat!«

»Wir suchen Zeugen.«

»War's denn kein Selbstmord?«

»Wir wissen's noch nicht.«

»Und was springt dabei raus für mich?«

»Niemand erfährt was von deiner Destille hier.«

Piekenhahn grinste beeindruckt. »Hirlinger, immer noch das alte Arschloch. Ich kann ...« Er unterbrach sich, weil wenige Meter vor dem Fenster ein Zug vorbeidonnerte. Petzold sah auf die Uhr. Es war der Zwölf-Uhr-Eurocity nach Chur. Vor genau vierundzwanzig Stunden war wenige Meter von hier ein Mensch gestorben. Als er vorbei war, fuhr Piekenhahn fort: »Ich kann ja mal rumfragen. Aber bei diesem Wetter sind nicht so viele Leute in der Gegend. Auf dem Golfplatz drüben ist eh noch tote Hose.« Ernst nickend nahm er einen Schluck aus der

Flasche. »Vielleicht weiß der Sheriff was. Drüben in den Gärten. Der war gestern Mittag da, glaub ich.«

»Mach das.« Hirlinger erhob sich. »Gibt's noch von dem Fünfundneunziger? Also, ich nehm zwei Flaschen.«

»Für gute Kollegen immer.« Piekenhahn meckerte wie eine heimwehkranke Ziege.

»Nimm auch 'ne Flasche«, sagte Hirlinger zu Petzold.

»Der kriegt aber keinen Fünfundneunziger!« Piekenhahn ging hinaus und sie hörten, wie er in einem Anbau herumstöberte. Der Hund saß aufrecht und ließ sie nicht aus den Augen.

»Was ist denn das für ein Spinner?«, fragte Petzold halblaut.

»Halt die Schnauze«, grunzte Hirlinger. »Der Hund versteht dich.«

Petzolds Kirsch war ebenso teuer wie Hirlingers, obwohl es nicht der gesegnete Jahrgang war. Hirlinger ließ sich noch einige Male »Arschloch« nennen, dann verabschiedeten sie sich und stapften in den Regen hinaus.

Aufatmend steckte Petzold seine Walther wieder ein. »Mann! Der hat ja 'ne Meise wie 'ne Nebelkrähe!«

»Der Hühnerpick ist beim Revier Innenstadt gewesen, als ich auch noch bei den Grünen war«, berichtete Hirlinger, als sie wieder im Auto saßen. »Ist mit 'nem anderen Depp zusammen Streife gefahren und da ist über Funk ein Bruch gemeldet worden, in der Sternbergerstraße. Sie haben 'ne Verfolgung veranstaltet und im Hirtenweg haben sie sie erwischt. Aber sie haben sich dabei so bescheuert angestellt, dass die anderen türmen konnten. Sie sind dann hinterher, 'ne Weile im Wald rumgerannt wie die Idioten und am Ende haben sie aufeinander geschossen. Den Hühnerpick hat's am Kopf erwischt, der andere ist jetzt bei der Autobahnpolizei.«

»Er hat 'ne Kugel in den Kopf gekriegt?« Petzold steckte sich eine Zigarette an. Hirlinger nahm auch eine.

»Ist lang im Krankenhaus gelegen. Jetzt kriegt er 'ne kleine Rente und zu Weihnachten 'ne Karte von der Präsidentin.«

Petzold ließ den Motor an. »Kennst ja den alten Ausbilderspruch: Bei flüchtigen Tätern zielen wir bevorzugt auf die Beine ...«

Hirlinger nickte gelangweilt. »Dabei unterscheiden wir: das Stirnbein, das Nasenbein, das Brustbein ...«

»Und jetzt lebt der vom Schwarzbrennen?«

»Manchmal jobbt er auch als Nachtwächter und so. Aber er fasst keine Waffe mehr an.« Hirlinger sah eine Weile stumm aus dem beschlagenen Seitenfenster. »Drüben in Frankreich, da verkaufen die Kriegsinvaliden Tabak. Warum sollen sie sich bei uns nicht mit Schnapsbrennen was dazuverdienen?«

»Na, ein Kriegsinvalide ist er ja nicht gerade!«

»Sondern?«, fragte Hirlinger gähnend.

Als sie ihre Büros wieder betraten, waren diese leer. Gegessen hatten sie in einem kleinen, dunklen Lokal in Bulach, dessen Wirt Hirlinger von früher kannte und wo es verblüffend preiswert war und keine Quittung gab.

Kaffee war noch in der Maschine.

»Das gibt Stress ohne Ende, wenn sich rausstellt, dass den wirklich jemand vor den Zug getrieben hat.« Petzold warf zwei Süßstoffpillen in seinen Becher. »Dann haben wir die Presse auf dem Hals und ich sag dir, das wird noch schlimmer als bei diesem verrückten Bombenleger damals.«

»Einer weniger von dem Gesocks«, brummte Hirlinger.

»Lass das bloß die anderen nicht hören! Förster hängt dir 'ne Diszi an und Schilling erklärt dir den Krieg!«

»Der mit seinem Abiturientengetue! Bloß weil er mal ein paar Semester Jura studiert hat, braucht er sich nicht immer aufzuführen, als wär er der Generalstaatsanwalt!«

»He! Ich hab auch Abitur!«

»Aber bei dir merkt man's nicht so«, sagte Hirlinger liebenswürdig.

Noch einmal sichteten sie das spärliche Material und studierten die Liste der gefundenen Gegenstände. Nichts, was irgendeinen Hinweis auf die Identität des Toten gegeben hätte.

»Die Klamotten stammen aus 'nem Altkleider-Container oder von der Caritas«, meinte Petzold und schlürfte von seinem heißen Kaffee. »Unterhose von Calvin Klein, Hose und Mantel von 'nem englischen Schneider, aber mindestens zwanzig Jahre alt und Schuhe aus der Mülltonne.«

»Komische Socken sind das.« Hirlinger deutete auf eines der Fotos. »Seh'n aus wie selber gestrickt.«

»Vermutlich aus so 'nem Müsliladen«, sagte Petzold. »Schilling hat seit neuestem auch solche an.«

Schließlich leerte Hirlinger seinen Becher und schob den Stuhl zurück. »Warten wir ab, was die Medizinmänner aus seinen Eingeweiden lesen. Ich verschwinde, bevor Förster noch neue Arbeit verteilt.« Er packte seine alte Aktentasche, die, wie jeder wusste, nur eine Thermosflasche und eine Vesperdose enthielt, und ging ohne Gruß.

Petzold holte sich einen zweiten Kaffee und sah noch einmal die Fotos durch. Aber Hirlinger hatte Recht, es war kaum zu erkennen, dass dieses Bündel blutiger Stoff- und Fleischfetzen und Knochensplitter einmal ein Mensch gewesen war.

Kurz vor vier erschien Schilling mit nassen Füßen und miserabler Laune. Er hatte den Nachmittag damit verbracht, mit Phantombildern in der Hand durch die Innenstadt zu ziehen und Punks auszufragen auf der Suche nach zwei Kerlen in Bomberjacken, die in der Nacht zuvor auf dem Europaplatz eine sechzehnjährige Vietnamesin zusammengeschlagen und beraubt hatten. Die Bilder war nach den Angaben von nicht weniger als fünf Augenzeugen angefertigt worden, die sich nicht einmal getraut hatten, um Hilfe zu rufen. Die Beute waren vierzehn Mark und zwölf Pfennig und ein defektes Handy.

»Wenn diese Pest jetzt auch noch bei uns losgeht, dann gnade uns Gott!«, stöhnte er, stellte die Schuhe auf die Heizung und kochte sich einen Malventee.

»Was sind das für Socken?« fragte Petzold.

»Irische Schafswolle, reine Naturfarben. Warum?«

»Dieser tote Penner hat die selben angehabt.«

»Die gleichen, nicht die selben«, dozierte Schilling. »Das ist ein Unterschied.«

»Irgendwann hau ich dir einfach eine rein«, knurrte Petzold. »Du bist ja noch schlimmer als Förster.«

*

Seit Minuten führte die Straße nun in die Berge hinauf. Der Verkehr wurde mit jeder Abzweigung spärlicher und die Aussicht von Kurve zu Kurve beeindruckender. In Finalborgo hatten sie eine Kleinigkeit gegessen und waren dann bald weitergefahren.

»Doch, jetzt hör ich es auch. Da tickert wirklich was, da vorne«, sagte Marc.

»Na siehst du! Mitunter höre eben sogar ich richtig. Meinst du, es hat was zu bedeuten?«

»Werd beim Tanken mal nachsehen lassen.« Marc wies hinaus. »Da geht's wohl zu dem Dorf hinunter, von dem Oli erzählt hat.«

Edith erhaschte einen Blick auf ein atemberaubend steiles Sträßchen, das direkt in den Abgrund zu führen schien. Unten in einem Seitental Häuser und eine graue Kirche, ihr Einkaufszentrum für die nächsten zwei Wochen. Nun quälte sich die Straße in engen Spitzkehren einen kaum bewachsenen Hang hinauf, später führte sie durch einen lichten Wald von Kastanienbäumen.

»Da vorne, da müssen wir abbiegen.« Mit krauser Stirn studierte Edith den Zettel in ihrer Hand. »Nach der Steinbrücke links. Vorsicht sehr steil, steht hier.«

Gehorsam bog Marc von der schmalen Straße auf den noch schmaleren Weg. Schottersteine spritzten unter den Rädern weg, wieder und wieder wollte der Wagen ausbrechen. Nach zweihundert Metern wurde es wieder heller und sie fuhren oberhalb eines Weinbergs mit Blick auf das in der Ferne tief unter ihnen liegende Meer.

»Das muss es sein!«

Das Haus war ein ehemaliger kleiner Bauernhof. Ein graues, zweistöckiges Gebäude mit flachem Dach und braunen Fensterläden. Zwei riesige Pinien spendeten Schatten. Marc ließ den Wagen ausrollen und stellte den Motor ab. Ein letztes Knirschen, dann war es still. Ein leiser, warmer Wind rauschte durch die Bäume.

»Wahnsinn«, flüstere Edith ehrfurchtsvoll. »Wie ruhig es ist! Und man kann wirklich das Meer sehen!«

Sie stiegen die kleine Steintreppe zur Terrasse hinauf und staunten weiter. Edith drückte sich an Marc.

»Diese Stille! Die Sonne! Und diese Luft! Hier kann man sich wirklich erholen, Marcellino!«

»Sieh mal, da draußen, Segelboote.«

Sekunden standen sie regungslos, dann wurde Edith unruhig. »Lass uns das Haus erobern. Ich muss sofort alles sehen!«

Er hielt sie fest. »Schon vergessen, dass du noch Wettschulden hast?« Sie sah ihn verständnislos an. »Der Mailänder Dom ist hundertachtundfünfzig Meter lang und nicht zweihundertdreißig!«

»Erst Besichtigung, dann Auspacken, dann das Vergnügen!« Sie riss sich los und rannte davon. Marc umrundete das Haus, sah sich alles an und fand Edith später in der Küche wieder, die der größte Raum des Hauses zu sein schien.

»Der Pool muss ausgefegt werden. Alles voller Laub und Mäuse. Dann lassen wir Wasser ein und morgen können wir vielleicht schon baden.«

Er stieß die Läden auf, die tief stehende Sonne füllte den Raum mit festlichem Licht.

»Ist es nicht ein Wunder?« Edith fiel ihm mit so viel

Schwung um den Hals, dass er fast das Gleichgewicht verlor. »Sag, Marcellino, ist es nicht wunderschön hier? Hier werden wir ganz, ganz glücklich sein, nicht wahr?«

»Wann kommt eigentlich dein eingebildeter Bruder?«

»Übermorgen. Sonntag wollen sie in Siena sein.«

Bevor er sie küssen konnte, fegte sie schon wieder davon. Marc stieg die knarrende Eichentreppe ins Obergeschoss hinauf. Dort gab es zwei mit dunklen, rustikalen Möbeln schlicht aber gemütlich eingerichtete Schlafzimmer und ein Bad mit auf antik gemachten italienischen Fliesen und akzeptablem Komfort.

Auch aus dem Schlafzimmerfenster konnte man einen Zipfel Meer sehen, wenn man sich weit genug hinauslehnte. Vor dem Haus fiel das Gelände steil ab ins Tal eines unsichtbar rauschenden Flüsschens. Der terrassenförmig angelegte und mit Olivenbäumen bepflanzte Hang gegenüber lag jetzt, am Spätnachmittag, schon im Schatten. Rechts stachen die schneebedeckten Gipfel der Seealpen in den Himmel und glitzerten im Licht. Schräg gegenüber auf einer Kuppe ein altes halb verfallenes Kirchlein. Links unten Häuser und die graue Kirche, das Dorf. Von dort hörte Marc Schafe blöken und mit Glöckchen bimmeln. Er schloss das Fenster und ging hinunter. Edith hatte inzwischen das Auto ausgeräumt.

»Faulpelz!«

»Du hättest mir ja was übrig lassen können.«

»Ich brauche Bewegung. Ich kann nicht mehr stillsitzen.«

»Am besten, wir fahren gleich mal ins Dorf und kaufen ein paar Sachen fürs Abendessen.«

Edith sah von ihrem Koffer auf. »Macht es dir was aus, alleine zu fahren? Ich will gleich noch laufen. Oder soll ich auf dich warten? Kommst du mit?«

»Lauf du nur alleine.« Er küsste sie auf die verschwitzte Nase.

»Und bring ein paar Flaschen Wasser mit«, rief sie ihm nach.

»Ich weiß nicht, ob man das Leitungswasser hier trinken kann.«

Die Straße in den Ort hinunter war nach mitteleuropäischen Maßstäben lebensgefährlich. Die Leitplanken hatten, wenn überhaupt vorhanden, nur symbolischen Charakter. Auf weiten Strecken trennte ohnehin nur der Bordstein die Fahrbahn vom Abgrund.

Bald kam das Dorf in Sicht. Aus Natursteinen gemauerte, hohe und schmucklose Häuser mit flachen, steingedeckten Dächern. Eng aneinandergeschmiegt, ineinander verschachtelt und jeden Quadratmeter Boden ausnutzend bis an den Rand des Abgrunds gequetscht. Dazwischen der hohe Kirchturm mit offenem Glockenstuhl und barockem Zwiebeldach, ebenfalls aus groben, grauen Steinen gefügt.

Vor dem Ortsschild geriet Marc in die Schafherde, die er gehört hatte. Die Tiere starrten ihn an und blökten empört und Marc fürchtete ein wenig um seinen Lack. Der Schäfer, ein uraltes Männchen mit Ledergesicht, trieb sie weiter, wich seinem Blick hartnäckig aus und erwiderte seinen Gruß nicht.

Minuten später hielt Marc auf einem Plätzchen vor der Kirche gegenüber dem offenbar einzigen Alimentari. Die Oleanderbüsche und niederen Palmen, die den Platz umstanden, lagen schon im Schatten und es war kühler, als er erwartet hatte. In der Tür des Lädchens hing ein scheußlicher Vorhang aus bunten Plastikstreifen, innen befand sich die Miniaturausgabe eines Supermarkts, hässlich, bis unter die niedere Decke mit Waren vollgestopft, aber äußerst appetitanregend riechend. Nachdem eine schwarz gekleidete Alte mit schriller Stimme und mächtigem Damenbart den Laden verlassen hatte, war er der einzige Kunde.

In einem Kauderwelsch aus Deutsch, Englisch und viel Pantomime kaufte er Wein, Arabica-Kaffee, Weißbrot, eingelegte Oliven und verschiedene Käsesorten, von denen er nicht eine kannte. Dazu ließ er sich von der geduldig lächelnden, erstaunlich hübschen Verkäuferin eine große Tüte Gemüse einpacken, von jeder Sorte ein bisschen. Und am Ende noch ein großes Stück von etwas, das sie Sfogliate nannte, eine Pastete, von der er am liebsten gleich abgebissen hätte.

Das Lächeln der jungen Frau, die ein gar nicht ländliches, fein geschnittenes Gesicht und dichtes rötlich-braunes Lockenhaar hatte, wurde mit jeder Tüte herzlicher. Ganz zum Schluss kam noch ein Kilo Spaghetti dazu. Für alle Fälle. Und noch einmal Tomaten, nur weil sie so schön glänzten und schon so gut rochen. Sie hatte auch schmale gepflegte Hände und passte eigentlich überhaupt nicht in diesen ärmlichen Dorfladen. Vielleicht arbeitete sie hier nur aushilfsweise und studierte sonst in Bologna Medizin. Und natürlich, wie konnte er es vergessen, Olivenöl, vom Fass und ungefiltert. Nach den gestenreichen Erläuterungen der Frau auf den umliegenden Hängen gewachsen und in der Ölmühle gleich unten im Tal gepresst. Hungern würden sie die nächsten Tage nicht.

Am Ende ging er noch einmal zurück.

»Altro, dottore?«

»Gasoline? Gasolino? Gasoleo?« Marc wies auf das Auto und fuchtelte albern herum.

Sie beobachtete seine Verrenkungen mit liebenswürdiger Verständnislosigkeit.

»Gibt's hier vielleicht irgendwo Benzin?«

»Ah, benzina! Si, dottore, si! Benzina per la macchina, si!«

Erleichtert lachend führte sie ihn zum Ausgang und er entnahm ihrem Wortschwall, dass er der Hauptstraße folgen solle, ein paar Kurven weiter würde er bei »Pepe« tanken können. Er bemerkte, dass sie ein wenig hinkte, sich aber jede Mühe gab, es zu verbergen. Ihr einfaches Kleid verriet Geschmack, eine gute Figur und ärmliche Verhältnisse.

Im Wagen duftete es schon nach Tomaten, Basilikum und Knoblauch. Marc folgte der grob gepflasterten Straße und kurz vor dem Ortsende standen tatsächlich zwei nagelneue Agip-

Zapfsäulen am Straßenrand. Darüber ein Schild: Pepes distributore.

Der Saab stand noch nicht, als schon ein sehniger älterer Mann in einem sauberen taubengrauen Overall aus der Tür trat. Marc fluchte im Stillen, weil er keinen Sprachführer dabei hatte. Was mochte wohl »bleifrei« auf Italienisch heißen?

»Bon tschorno!«, sagte er beim Aussteigen und versuchte die Bedeutung der Aufschriften auf den Zapfsäulen zu erraten.

»Buona sera, signore. Sand jetzt in Deutschland scho' d' Ferien ausbrochen?«, antwortete der Tankwart in breitem Bayrisch und umrundete den Saab mit sachverständigen Blicken.

»Die Schweden bau'n fei scho' guete Autos, was?« Er strahlte Marc mit einem perfekten Don-Camillo-Gebiss an. »Aber die deutschen sand alleweil immer no' besser! Ich fahr jedenfalls nur Audi. Normal oder Super?«

»Normal, bleifrei.«

Pepe nickte. »Logisch. Der hat natürlich a Anti-Klopfregelung, der lauft mit jeder Oktanzahl. Ist auch besser hier unten in bella Italia.« Er schob den Stutzen in die Tanköffnung und zeigte schmunzelnd nach unten. »Hier wissen's nie so ganz genau, was Ihnen der Lieferant in die Tanks füllt. Und wenn hundertmal Agip aufm Lastwagen steht. ABS, Turbolader?«

Marc nickte zerstreut und trat ein wenig zurück, um Pepes Mundgeruch zu entgehen. »Sie kennen sich gut aus mit Autos.«

»Hab vierzig Jahr' lang Audis montiert, in Ingolstadt. Man verdient da halt schon besser als bei Fiat. Ich kann Ihnen a jed's Modell in die Einzelteile zerlegen und wieder z'sammbauen. Aber jetzt hab ich's a bisserl im Kreuz. Und für die letzten Jahr' langt mir das hier.« Er wies um sich. »Hier ist man groß g'worden, hier hat man die Familie und die Luft ist auch besser.«

Er hängte die Zapfpistole ein. »Öl, Wasser, Luft?«

»Was anderes. Da vorne rechts ist ein Geräusch. Da tickert's so komisch beim Fahren.«

Pepe ging neben dem Rad in die Knie. »Wird das Ticken schneller, wenn man schneller fährt?«

Marc nickte. Pepe rüttelte am Rad. »Lager sind gut.« Er richtete sich auf und kratzte sich unter seinen angegrauten störrischen Locken. »Ich mach Ihnen an Vorschlag. Mein Cousin hat a Hebebühne in seiner Scheune. Na ja, 's Finanzamt muss es nicht wissen, verstehen's?« Er zwinkerte. »Sie setzen sich am Kirchplatz vors Café und trinken ein, zwei Espressi. Und ich fahr den Wagen derweil hinüber und schau mir die Sache an.«

»Ich soll ...?«

Gutmütig lachend schlug Pepe ihm auf die Schulter. »Was wollen's da im Stroh herumsteh'n und sich langweilen.«

Marc zögerte immer noch.

»Wann's mir nicht trauen, dann kommen's halt mit. Kein Problem.« Pepes Strahlen war unerschütterlich.

»So hab ich's nicht gemeint.« Marc reichte Pepe die Schlüssel. »Aber passen Sie auf die Weinflaschen auf. Der Kofferraum ist voller Einkäufe.«

»Soso, waren's schon bei der Angelica? Gute Verkäuferin, was? Und a verdammt hübsche noch dazu, was?« Sein Lachen wurde noch eine Spur breiter. »Ist a Nicht'n von mir!«

Mit gemischten Gefühlen sah Marc seinem Wagen nach, dann schlenderte er zum Kirchplatz zurück, setzte sich wie geheißen an einen der vier Tische des Cafés und bestellte Cappuccino. Er nahm sich vor, Pepe nach einer Telefonzelle zu fragen, von der aus er den Radiosender anrufen konnte.

Die alte Wirtin knallte den Cappuccino wortlos auf den Tisch. Vermutlich war sie Pepes Großmutter, aber von ihr hatte er sein sonniges Gemüt nicht geerbt. An einem anderen Tisch saßen vier junge Kerle, die ihre Mopeds und Vespas auf dem Gehweg geparkt hatten, und erzählten sich mit krächzenden Stimmen und lautem Gewieher Anekdoten, deren Inhalt Marc auch ohne Sprachführer verstand. Als Angelica drüben vor ihren Laden trat, um in ihren Obstauslagen herumzuräumen, wurde es am Nachbartisch vorübergehend still.

Angelica winkte, lachte zu Marc herüber und rief etwas, was er nicht verstand. Er winkte zurück und von den Jungs gab es unfreundliche Blicke. In zwei Tagen würde ihn das ganze Dorf mit Vornamen anreden, wenn das so weiterging.

Dann kreisten Marcs Gedanken wieder einmal um sein Projekt »Dark Eye«, dessen Endtermin näher und näher rückte, während die Probleme immer nur größer statt kleiner wurden. Und nun war auch noch Giga tot, der wichtigste Mann im Team. Lange überlegte er, ob es technisch möglich war, einen Lastzug so zu dirigieren, dass er zu einem bestimmten Zeitpunkt hinter einem ganz bestimmten Auto fuhr, um dieses zu zerquetschen. Er beschloss, dass das eher unwahrscheinlich war. Vergeblich versuchte er sich zu erinnern, ob Edith in Mailand wirklich zwischen der Säule und dem Wagen hindurchgepasst hatte, ob der Saab am Morgen wirklich anders gestanden hatte als am Abend zuvor. Er kam zu keinem Ergebnis.

Als um halb sechs der Saab gemächlich um die Ecke bog und vor seinen Füßen hielt, war Marc nur eines klarer denn je: Er hatte Angst und wusste nicht einmal, wovor.

»War ein Klacks. Ein Steinchen im Bremsbelag.« Pepe drückte ihm die Schlüssel in die Hand, zog sein zerfleddertes Blöckchen aus der Tasche und rechnete mit zusammengezogenen Brauen. »Sagen wir hundertfünfunddreißig? Das Benzin macht hundertzehn, die Reparatur, sagen wir, fünfundzwanzig? Va bene?«

Marc drückte ihm hundertfünfzigtausend in die Hand. »Der Rest ist für Ihren Cousin.«

Pepe nahm das Geld ohne Zögern und winkte Angelica zu, die drüben in der Tür stand und auf Kundschaft wartete.

»Stellen's sich vor, wegen unserer Angelica hat's hier im Dorf scho' amal a Messerstecherei gegeben!«, raunte er vertraulich und ging mit strahlender Miene und elastischen Schritten davon. Marc atmete tief ein. Wegen Pepes Mundgeruch hatte er die Luft angehalten.

Auf der Rückfahrt begann es zu tröpfeln. Ohne dass Marc es bemerkte hatte, waren Wolken aufgezogen.

*

Schilling schob seine Akten zusammen und schlüpfte in seine inzwischen getrockneten Halbschuhe aus gelbem Leder.

»Und du verrätst mir immer noch nicht, was du heut' Abend treibst?« Als Petzold schwieg, fuhr er fort: »Es bleibt also dabei, du willst das Schlafzimmer verkaufen? Wir würden es nehmen. Wenn es Christel gefällt, natürlich.«

Petzold dehnte die Glieder, dass es krachte. »Geht okay. Ich will was anderes, dieses Holz-Zeug ist nicht mein Geschmack.«

»Und Steffi? Hast du die Hoffnung aufgegeben?«

»Steffi? Welche Steffi?« Petzold machte eine großspurige Geste. »Ich hab den Kanal voll von diesen Kuschelgeschichten.«

Mit einem entspannten Lächeln im Gesicht trat Gerlach ein. »Ihr macht schon Feierabend?«

»Hauptkommissare dürfen natürlich gern noch 'ne Weile dableiben«, sagte Petzold. »Wir haben gestern bis halb zwölf Überstunden geschoben, falls du dich erinnerst.«

»Überstunden nennt man das also jetzt, wenn man sich auf Kosten von Kollegen die Wampe voll haut!« Gerlach schmunzelte. »Die Staatsanwaltschaft sieht übrigens einen Anfangsverdacht auf Fremdverschulden bei eurem toten Obdachlosen. Vorläufig wird die Sache auf kleiner Flamme gekocht. Sie haben 'ne Pressemeldung rausgegeben, dass ein Unbekannter unter den Zug gekommen ist, mehr nicht.« Er sah auf die Armbanduhr. »Wollte mich dann verabschieden. Morgen hab ich

Urlaub und ab Montag bin ich ja für vier Wochen in Schwenningen auf Lehrgang.«

Schilling zog seinen neuen und immer noch feuchten Trenchcoat über.

»Verrätst du mir vorher noch den Trick, mit dem man rausfindet, ob eine Frau zu einem passt oder nicht?«

»Ganz einfach: Fahr mit ihr zwei Wochen in Urlaub. Irgendwohin, wo es garantiert regnet. Wenn du sie hinterher noch leiden kannst, dann ist es die Richtige.«

»Wohin bist du damals gefahren mit deiner Vera?«

Gerlach lehnte sich an einen Hängeregisterschrank und lächelte in sich hinein. »Trecking-Tour durch Lappland. Anfang Juni.«

»Und wie lange hat sie durchgehalten?«

»Hab ihr von Anfang an ein knallhartes Programm zugemutet. Aber sie hat keinen Moment gejammert. Nicht, als es zum Abendessen kalte Erbswurstsuppe gab, weil das Feuer immer wieder ausgegangen ist. Nicht, als wir im Platzregen das Zelt aufgebaut haben, und nicht mal, als es mitten in der Nacht beim Mückenjagen wieder zusammengebrochen ist.«

»Die Frau kann nicht normal sein«, brummte Petzold.

»Am dritten Tag hab ich Blasen an den Füßen gehabt und sie hat eine Weile meinen Rucksack getragen. Und am vierten bin ich beim Wasserholen in den Fluss gefallen und sie hat mich kurz vor der nächsten Stromschnelle mit 'nem Ast rausgefischt.«

»Und weiter?«

Gerlach sah schon wieder auf die Uhr. »Dann hab ich mir beim Beerenpflücken den Fuß verstaucht und sie musste bis zum nächsten Gehöft auch noch die Hälfte von mir tragen. Und da hab ich ihr dann den Heiratsantrag gemacht. Im strömenden Regen und auf einem Bein «

Petzold schüttelte den Kopf. »Sagt, was ihr wollt, aber ich bleib Single. Ich hab die Schnauze voll von dem ewigen Hormonstress und Plastik-Trödel im Bad.« Er sah Schilling beschwörend an. »Es gibt so viele einsame Frauen. Warum willst du mit einer einzigen zufrieden sein, wenn du jeden Tag ’ne andere haben kannst?«

Schilling hatte gar nicht zugehört. »Wenn man aber nun nicht gern wandert und zeltet, meinst du, es geht auch mit Radfahren und Jugendherberge?«

»Hauptsache, es regnet«, sagte Gerlach. »So, jetzt muss ich aber. Vera hat zum Abendessen Lachs gekauft und will auch noch ein Glas Hauptkommissars-Sekt mit mir trinken. Wenn ich mich nicht beeile, wird sie sauer.«

Petzold warf Schilling einen bedeutungsvollen Blick zu. »Siehst du? Genau das mein ich!«

*

»Ich hab’s vergessen, Herrgott noch mal! Einfach nur vergessen, verstehst du nicht?«

Edith verschoss flammende Blicke. »Natürlich hast du es vergessen! Das ist es ja, was mich so maßlos ärgert, dass dir schnurzpiepegal ist, was ich denke!« Sie rutschte an das Kopfende ihres Betts und zog die Beine an. »Ich habe dich mit Absicht nicht daran erinnert, um zu sehen, was du tust. Und natürlich hast du nichts getan!«

Marc fuchtelte hilflos herum. »Ich hab’s ja versucht, aber es hat niemand abgenommen. Und da wollte ich später noch mal ...«

»Wie heißt Telefonkarte auf Italienisch?«

»Was? Es war ein Münztelefon ...«

»Es gibt längst keine Münztelefone mehr in Italien!« Edith wurde lauter und lauter. »Warum lügst du mich nun auch noch an? Warum sagst du nicht, dass du mich für gekloppt hältst?« Ihre Stimme überschlug sich.

Marc ging auf sie zu. Sie wich zurück, als wollte er sie schlagen. »Mädchen, jetzt beruhige dich doch. Ich hab eingekauft und getankt und das Auto nachsehen lassen. Wegen diesem Geräusch, du erinnerst dich? Und ja, verdammt, dann hab ich's vergessen. Kann doch mal vorkommen, oder nicht? Was machst du nur für einen Stress wegen dieser blöden Geschichte? Ich werd morgen früh ganz bestimmt ...«

Sie schlug die Hände vors Gesicht. »Geh weg! Du lügst! Du lügst! Du lügst!«

Marc betrachtete sie noch einige Sekunden mit offenem Mund. Dann brüllte er »Weiber!« und knallte die Schlafzimmertür hinter sich zu. Das war ja ein feiner Anfang für diesen Urlaub, auf den sie sich so gefreut hatten. Seit Jahren zum ersten Mal länger als ein Wochenende zusammen. Kein Telefon, keine Freunde, keine Termine. Nur Friede, Sonne, Ferien. Scheiße.

In der Küche entkorkte er eine der Weinflaschen, füllte ein Becherglas und leerte es in einem Zug. Erst dann betrachtete er das Etikett: Ein billiger Rotwein aus der Gegend von Dolceaqua. Schmeckte gar nicht mal übel, ein bisschen ähnlich einem jungen Beaujolais. Zum Besaufen gerade richtig. Draußen war Wind aufgekommen. Die Fenster klapperten und die Bäume knarrten.

Nach einem zweiten Glas öffnete er die Speisekammertür und inspizierte seine Einkäufe. Edith würde sich beruhigen. Sie beruhigte sich immer irgendwann. Bald stand sein Entschluss fest: Spaghetti Puttanesca und Tomatensalat. Er setzte Wasser auf, zog ein paar Tomaten ab für die Sauce, hackte Sardellenfilets, schwarze Oliven, Kapern dazu und reichlich Knoblauch und nach Minuten füllte die Küche sich mit den Gerüchen Italiens. Während die Sauce eindickte, schnitt er Tomaten und Basilikum, mischte reichlich Olivenöl mit zwei Löffeln Weißweinessig. Als er die Spaghetti abgoss, knarzte die Treppe. Mit gesenktem Blick setzte Edith sich an den Tisch und nahm einen großen Schluck aus seinem Glas.

Sie aßen schweigend. Edith drehte die Spaghetti konzentriert auf die Gabel, sagte nichts als »bitte« und »danke« und sah plötzlich so erschöpft aus, dass er Mühe hatte, kein Mitleid mit ihr zu haben. Der Wind heulte jetzt im Kamin und der kräftige Regen prasselte gegen die Scheiben.

Endlich legte sie das Besteck weg. »Hat gut geschmeckt.« Ein erstes, verirrtes Lächeln. Er legte seine Hand auf ihre.

»Mädchen, ich werd morgen früh wirklich gleich anrufen, versprochen! Hilfst du mir beim Abspülen?«

An diesem Abend gingen sie früh zu Bett und Marc verkniff sich Hinweise auf Wettschulden. Und natürlich träumte er wieder von Computerabstürzen, tückischen Softwarefehlern, verzwickten Matritzenoperationen und nicht konvergierenden Iterationsschleifen, die ins Nirvana führten.

Das Erste, was er am nächsten Morgen hörte, war der Regen. Draußen schüttete es, und obwohl neun Uhr längst vorbei war, drang kaum Licht durch die Ritzen der Fensterläden. Im ungeheizten Schlafzimmer war es kalt und klamm.

Sofort fielen ihm seine Träume wieder ein. Sollten sie sich mit Dark Eye wirklich übernommen haben, wie Zora meinte? Hätte er den Auftrag gar nicht annehmen sollen, wie Giga schon am dritten Tag unter derben Flüchen behauptet hatte? Aber der Job war einfach zu verlockend gewesen, die gebotene Summe viel zu hoch, um nein zu sagen. Nicht ohne Grund hatte Zora ihn am ersten Tag »Projekt Megakohle« getauft. Wann würde er das nächste Mal Gelegenheit bekommen, in zehn Wochen reich zu werden?

Edith lag in ihrer Embryo-Haltung, unter der dicken Decke kaum zu sehen, und atmete lautlos. Draußen rauschte monoton der Regen, aber der Wind schien nachgelassen zu haben. Marc packte sein Kleiderbündel und schlich aus dem Zimmer. Der Steinboden der Küche war eiskalt, der Kamin schien die einzige Heizmöglichkeit zu sein. Hastig kleidete er sich an, zog die Regenjacke über und sprang durch die Pfützen zum Wagen, um im Dorf frisches Brot zu kaufen. Vielleicht führte Angelica auch die englische Orangenmarmelade, die Edith so gerne zum Frühstück aß. Und unter allen Umständen würde er diesen verfluchten Schweizer Sender anrufen, um diese dämliche »Kalmar«-Geschichte endlich aus der Welt zu schaffen.

Während der Fahrt ins Tal hinunter schien der Regen nachzulassen. Schemenhaft sah er die Schafherde von gestern am Hang. Heute stand die Tür des Alimentari nicht offen und der bunte Plastikvorhang war zur Seite gebunden. Der Laden empfing ihn mit einem unbeschreiblichen Duftgemisch nach Salami, Knoblauch, frischem Brot, Oliven und Kräutern. Angelicas Lachen war so herzlich, als wäre er seit hundert Jahren Stammkunde.

Die Orangenmarmelade kam leider nur aus Frankreich, das Brot vom Bäcker im Nachbardorf und Telefonkarten hießen auf Italienisch »schede telefoniche« und gab es beim Tabacchi gleich gegenüber. Und dort auf dem Platz war offenbar auch die einzige Telefonzelle des Ortes.

Angelica hielt ihm die Tür auf und verabschiedete ihn mit einem tiefen Blick und einem gehauchten »Ciao, dottore«. Der Laden war eng, sie machte sich vielleicht auch absichtlich ein wenig breit und er konnte nicht vermeiden, dass sein Arm ihre Brüste streifte. Erst als er den Tabacchi betrat, schloss sie die Tür. Unter dem Vordach des Cafés stand einer der Jungs von gestern mit einer Zigarette im Mundwinkel und beobachtete ihn aus schmalen Augen.

Im Tabacchi bediente ihn dieselbe knurrige Alte, die ihm am Abend zuvor den Cappuccino hingeknallt hatte. Ob es eine Möglichkeit gab, in diesem Ort etwas zu kaufen, was nicht aus der Hand von Pepes Verwandtschaft kam?

Inzwischen war der Wind wieder heftiger geworden, was hoffen ließ, dass der Regen nicht lange anhielt. Die Telefonzelle stand unter den Bäumen, hatte lediglich eine Plexiglashaube als notdürftigen und sehr unvollkommenen Regenschutz, der Wind trieb Schauer unter das Dach, und während Marc das Kärtchen einschob und die Nummer der Firma wählte, fühlte er, wie ihm das Wasser den Rücken hinab und in die Schuhe lief. Es schien wieder dunkel werden zu wollen, Donner rumpelten durchs Tal und wütende Böen versuchten, ihm Wasser ins Gesicht zu werfen.

Näschen nahm ab, die Neue, und er musste Zora wieder einmal Recht geben, das Kind hatte wirklich eine gute Telefonstimme. Aber schwache Nerven. Er konnte geradezu hören, wie sie errötete, als sie ohne Vorwarnung ihren Chef am Apparat hatte. Sie verband ihn mit Zora.

»Nett, dass du dich noch an uns erinnerst!«, war deren unfreundliche Begrüßung. »Du bist der erste Kapitän, der seinen absaufenden Kahn als Erster verlässt! Wir sind alle stinksauer auf dich. Regnet's denn wenigstens anständig bei euch?«

»Wie beim alten Noah, du kannst dich beruhigen.«

»Schön, sehr schön. Und hast du Edith schon umgebracht oder wartest du noch auf 'ne günstige Gelegenheit?«

»Zora, wir sind doch gestern erst angekommen!«

»Du hast es versprochen!«

»Bist du jetzt wohl still! Stell dir vor, jemand hört mit!«

Zoras Ton wurde dienstlich. »Willst du 'ne gute Nachricht hören oder interessiert dich das alles hier nicht mehr?«

»Seit wann gibt's denn bei uns gute Nachrichten?«

»Ich hab vielleicht Ersatz für Giga.«

»Du hast einen Mathematiker aufgetrieben?«

»Noch hat er nicht unterschrieben. Wäre aber der richtige Mann für uns. Ein Freelancer mit Einserdiplom und so. Im Hauptberuf ist er aber Taucher.«

»Taucher?«

»Naja. Hat 'ne Tauchschule in Neurod oben, das andere macht er anscheinend nur noch als Nebenjob. Aber momentan braucht er Geld. Sein Kompressor ist defekt.«

Marc kroch noch weiter unter die Plexiglashaube. »Bitte nicht schon wieder so ein Chaot!«

»Hast du vielleicht 'nen Besseren?«, fragte Zora gallig. Dann lachte sie auf. »Stell dir vor, der hat sogar 'nen speziellen Laptop, den er mit auf sein Boot nehmen kann, so richtig seewasserfest und alles. Und, ach ja, Arni ist krank. Seit gestern.«

»Dann kann er schon nichts kaputtmachen.«

»Stimmt auch wieder«, sagte Zora nachdenklich. »Seit er weg ist, ist uns der NT-Server kein einziges Mal abgestürzt.«

»Und wenn ich ihn noch mal dabei erwische, wie er während der Arbeitszeit und auf meine Kosten für seine Firma rumtelefoniert, fliegt er. Hat der in den letzten Wochen überhaupt mal was gearbeitet?«

»Arni hat 'ne Firma? Hab gedacht, er zockt mit Aktien. Hast du mal die Internet-Zugriffe verfolgt, die er den lieben langen Tag so macht? Nichts als Börsenkurse und so.«

»Nach Feierabend verhökert er PCs und Software. Hast du das echt nicht gewusst?«

»Nö«, sagte Zora. »Ist aber 'ne prima Idee. Werd ich gleich mal nachdenken, ob das nicht auch was für mich wäre.«

»Das wirst du fein bleiben lassen, meine Liebe.« Marc gab ihr einen schmatzenden Kuss durchs Telefon. »Ich muss jetzt Schluss machen. Gib mir noch mal Näschen. Sie muss mir 'ne Nummer raussuchen.«

»Weiterhin angenehme Erholung«, zischte sie ungnädig. »Ich hoffe wirklich, du holst dir 'ne Lungenentzündung.«

»Da fällt mir was ein«, unterbrach Marc sie. »Sagt dir vielleicht der Name Kalmar was?«

»Schon vergessen, mein Süßer?«, gurrte sie. »Sollte ich dich tatsächlich so verwirrt haben?«

»Was vergessen?« Marc wusste nur zu gut, was sie meinte.

»Unseren Sonntagabend, wo wir ... zum Beispiel über meinen alten Mathe-Büchern gebrütet haben?« Nach einer Kunstpause fuhr sie mit nüchterner Stimme fort: »László Kalmár, ungarischer Mathematiker. Hat sich unter anderem mit Fehlerkorrektur bei digitaler Datenübertragung beschäftigt.«

»Aha.«

»Damit haben wir hier jeden Tag zu tun, aber das hast du vermutlich auch schon vergessen.«

»Und lebt der noch?«

Zora lachte. »Was ist denn mit dir los? Man kann's ja mit der Angst kriegen! Nein. Der ist tot.«

»Und seit wann?« Marc bemühte sich, seine Stimme ruhig klingen zu lassen.

»Irgendwann in den Siebzigern ist er gestorben.«

Marc entspannte sich.

Näschen hatte sich inzwischen von ihrem Schreck erholt und brauchte nur Sekunden, um die Nummer des DRS in Bern im Internet zu finden. Marcs Schuhe begannen überzulaufen.

Das Telefon piepste schrill, um ihn an die Karte zu erinnern, eine Bö fegte mit einem Schwall Wasser durch die Zelle, die ohnehin fast leere Karte fiel zu Boden und schwamm in einem Bächlein gemächlich davon. Eine Sekunde blieb Marc noch stehen und sah ihr nach. Dann rannte er fluchend zum Auto.

Die Küche war inzwischen warm, im Kamin prasselte und knallte ein Feuer aus alten Rebstöcken und Olivenbaumholz, es duftete nach Rauch und italienischem Kaffee und Edith saß in ihrem alten, grob gestrickten Lieblings-Pullover mit nackten, übereinandergeschlagenen Beinen am Tisch und schlürfte Milchkaffee aus einer riesigen Tasse.

Marc stellte die Einkäufe auf den Tisch. Beim Anblick der Marmelade lächelte sie dankbar. »Fein, dass du daran gedacht hast. Was für ein schreckliches Wetter!«

»Es gibt kein schlechtes Wetter, es gibt nur falsche Kleidung«, sagte er und hängte die triefende Jacke in die Nähe des Feuers.

»Ich hab übrigens versucht, in Bern anzurufen, aber ...«

Schweigend sah sie über den Rand der Tasse hinweg zu, wie er sich aus Schuhen und Hose schälte. »Hat aber leider nicht geklappt. Immerhin hab ich jetzt die Nummer, aber dann ... der Regen!« Er lächelte betreten und erwartete einen erneuten Nervenzusammenbruch.

Aber Edith stellte ruhig die Tasse ab, erhob sich und tapste auf bloßen Füssen zu ihm hin und kuschelte sich an ihn. Sie roch nach Schlaf und warmer Wolle und schmeckte nach Milchkaffee.

»Du bist ja ganz kalt!«

»Lass mich duschen, ich muss stinken wie ein Tier!«

»Aber ich liebe doch Tiere«, schnurrte sie und küsste ihn heiß auf den Mund. »Und waren da nicht noch Wettschulden zu begleichen?« Sie schob ihn vor sich her zur Treppe und begann, sein Hemd aufzuknöpfen. »Und außerdem musst du sofort diese Sachen ausziehen. Du wirst dich erkälten!«

Das feuchte Hemd fiel zu Boden, Ediths Pullover flog in eine Ecke, darunter war sie nackt. Ihr Bett war noch ganz warm.

Später lagen sie nebeneinander auf dem Rücken und betrachteten die uralten, fast schwarzen Eichenbalken der Holzdecke. Draußen rauschte und gurgelte immer noch der Regen, aber das Gewitter hatte sich verzogen.

»Was für ein Wetter«, seufzte er.

»Es gibt kein schlechtes Wetter, es gibt nur die falsche Beschäftigung«, murmelte sie, malte mit dem Zeigefinger Figuren auf seine Brust und versank in irgendwelchen Gedanken. Marc dachte wieder an Zora und Dark Eye. Wer weiß, vielleicht hatten sie ja doch noch eine Chance.

»Wenn ich mich nur erinnern könnte, wo ich diesen Namen schon mal gehört habe«, sagte Edith nach einer Weile.

»Welchen Namen?«, fragte er schläfrig.

»Na, Kalmar.«

Er drückte sie an sich. »Kannst du das nicht mal wenigstens

für ein paar Minuten vergessen? Du wirst sehen, es ist nichts dran. Du hast dir was eingebildet, das ist alles.«

Abrupt setzte sie sich auf und sprang aus dem Bett. »Ich gehe ins Bad. Habe keine Lust, den Tag im Bett zu vertrödeln.«

*

»Sieh mal einer an, unser Hühnerpick hat Besuch!« Hirlinger wies auf die Holzkiste, in der schon eine Pistole lag. Petzold legte seine Waffe daneben und Hirlinger klopfte. Der Besucher war ein klobiger Kerl in Uniform mit den Schulterabzeichen eines Hauptwachtmeisters und rotem Gesicht.

»Soso, der alte Gruber«, brummte Hirlinger und hieb ihm auf die Schulter. Piekenhahn lachte geckernd dazu.

»Soso, der Hirlinger«, erwiderte der andere mit schiefem Lächeln. »Auch mal wieder an der Quelle?«

Nach Minuten war das Geschäftliche erledigt. Petzold erhielt eine Flasche vom siebenundneunziger Brand, was vermutlich einer Beförderung gleichkam.

»Der Sheriff sagt, am Mittwoch ist da ein Auto weggefahren. Kurz nachdem es passiert ist. So ein Ami-Van mit getönten Scheiben. Verdammt eilig hat er's gehabt.« Lachend reichte Piekenhahn Hirlinger einen Zettel. »Kennzeichen und Farbe und so. Ein Chrysler. Auf unseren Sheriff ist Verlass.«

»Sonst hat er nichts gesehen oder gehört?«

Piekenhahn hob die Schultern. »Den Zug. Und später dann die Signalhörner.«

Gruber war der Unterhaltung aufmerksam gefolgt. »Um was geht's überhaupt?«

Hirlinger klärte ihn mit wenigen Worten auf. Plötzlich hob Gruber den Kopf. »Der Typ da drüben im Wäldchen, den kenn ich! Das ist Jelzin.«

»Jelzin?«

Mit ruhigen Bewegungen füllte Gruber sein Schnapsgläschen. »Wir nennen ihn so, weil er genauso säuft und auf dem Marktplatz politische Reden gegen das internationale Großkapital schwingt. Haben ihn ein paar Mal zur Ausnüchterung auf dem Revier gehabt und einmal wegen Beleidigung. Hat 'nen CDU-Stand belagert und den Leuten den Nerv getötet. Sonst ist der harmlos.«

»Wie sieht er aus und wie heißt er wirklich?«

Gruber gab eine kurze Beschreibung, die mit einiger Phantasie auf den Toten passen konnte. »Wie er heißt, weiß der selber nicht mehr.«

»Habt ihr jemanden, der ihn identifizieren könnte?«

»Kommt drauf an. Soll ja nicht mehr so toll ausgesehen haben.«

»Und wie geht's daheim?«, fragte Hirlinger beim Abschied leise.

Gruber wich seinem Blick aus und zog eine mürrische Grimasse. »Besser, seit wir umgezogen sind. Das Haus haben wir verkauft. Meine Frau ist noch nicht drüber weg.«

»Was ist denn mit dem wieder?«, fragte Petzold draußen. »Ist das hier der Loser-Treff der hiesigen Polizei?«

»Seine Tochter ist letztes Jahr um ein Haar umgebracht worden. Von diesem Schwulen-Mörder vom Geigersberg. Erinnerst du dich? Sie ist immer noch nicht richtig gesund.«

Petzold schwieg lange.

Hirlinger nahm den Telefonhörer aus der Halterung. »Ich lass den Chrysler gleich mal raussuchen.«

Nach drei Minuten wussten sie, dass der Van einem Pharma-Vertreter namens Michael Kapitzka gehörte, und Hirlinger nannte Petzold eine Adresse in der Nordweststadt. »Den nehmen wir uns gleich mal zur Brust. Aber ras nicht so. Wenn wir zu früh ins Büro kommen, drückt uns Förster bloß wieder Arbeit auf.«

*

Marc erwachte wieder, als Edith aus dem Bad zurückkam. Sie setzte sich nackt auf die Bettkante und frottierte sich die Haare. Ihr ganzer Körper war von einer Gänsehaut überzogen, die Brustwarzen waren steif. Mit der Fingerspitze zeichnete er ihre Wirbelsäule nach. Sie rückte weg, ohne sich umzusehen, und schüttelte Wasser aus dem Ohr.

»Was hältst du davon, wenn wir ans Meer fahren? Hier kann man ja nichts machen bei diesem Wetter.«

»Erst wird gefrühstückt.« Er drehte sich auf den Bauch und suchte seine Armbanduhr. »Wie spät ist es überhaupt?«

»Halb elf.« Edith war schon beim Anziehen. »Ich mache frischen Kaffee.«

Als er in die Küche hinunterkam, quoll der Tisch über vor Käse, Tomaten, Schinken und nach Knoblauch duftender Mailänder Salami. Die Mokka-Maschine auf dem Herd begann eben zu gurgeln und Edith strahlte.

»Sieh mal, es wird heller! Und es regnet kaum noch!«

»Das mit dem Meer ist ’ne gute Idee.« Marc brach ein Stück vom Weißbrot ab. »Schlage vor, wir fahren nach Pietra Ligure. Da ist es ganz nett, glaub ich.«

Edith füllte die Tassen. »Am Meer regnet es ja zum Glück nie lange. Machst du mir die Marmelade auf?«

Als der Deckel des Marmeladenglases klickte, brach die Sonne durch und plötzlich war es blendend hell in der Küche. Edith kniff die Augen zu und lachte glücklich.

»Marcello, diese Marmelade kann zaubern! Von der Sorte kaufen wir ein paar Gläser auf Vorrat.«

*

Der Besitzer des Van wohnte in einer Doppelhaushälfte mit gepflegtem Vorgarten in der Bonner Straße. Alle Rollläden waren heruntergelassen und niemand öffnete auf Petzolds Klingeln. Im Nachbargarten stützte sich eine Frau mit Kopftuch auf ihre Hacke und beobachtete sie mit misstrauischer Neugier. Gegenüber trat ein stämmiger kleiner Mann mit weißem Backenbart und Baskenmütze auf die Straße.

»Vorsicht, bissiger Nachbar!«, sagte Petzold leise und zeigte seinen Ausweis in die Runde. »Polizei, alles in Ordnung!«

»Ist da eingebrochen worden?«, fragte der Mann mit der Mütze und musterte den Ausweis argwöhnisch.

»Kein bisschen. Reine Routine.«

»Sie glauben ja nicht, was hier in letzter Zeit los ist. Alle paar Tage wird irgendwo eingebrochen. Vor Weihnachten wurde da vorne an der Ecke eine Frau überfallen und fast ...« Er kam näher und packte Petzold am Unterarm »Und dabei ist die hässlich wie ein Frosch!«, sagte er vertraulich und ließ wieder los. »Und letzten Sommer hat einer die ganzen Autos verkratzt. Vom einen Ende der Straße bis zum anderen. Die Lackierereien haben sich vermutlich dumm und dusslig verdient.« Er sah Petzold bedeutungsvoll an. »Und die Polizei sagt ja auch immer, man soll wachsam sein und auf die Häuser der Nachbarn aufpassen, nicht wahr? Was wollen Sie denn von den Kapitzkas?«

»Nur 'ne Auskunft.«

»Da werden Sie aber kein Glück haben. Die sind in Urlaub.«

Petzold sah sich um. »Und das Auto steht in der Garage?«

»Hier haben wir keine Garagen. Was ist mit dem Auto?«

»Wir würden nur gerne wissen, wo es ist.«

Die Frau mit der Hacke kam näher, um nichts zu verpassen, und begann mit leisen Bewegungen nicht vorhandenes Unkraut unter einer Tuja zu jäten.

»Na, das haben die natürlich mitgenommen. Das älteste Mädchen, die Myriel, die kommt nämlich diesen Sommer in die Schule und da wollten sie noch mal in der Vorsaison, wo alles noch nicht so teuer ist, nicht wahr?«

Gegenüber wurde ein Fenster geöffnet und nebenan trat ein fast kahlköpfiger Nachbar im Trainingsanzug vor die Tür, um ein Stäubchen von der Motorhaube seines cognacfarbenen Babybenz zu wischen. Hirlinger kramte seinen Zettel aus der Jackentasche. »Ein Chrysler-Voyager mit diesem Kennzeichen?«

»Genau. Mit dem sind die in Urlaub gefahren. Auf einen Campingplatz bei Avignon. Die sind da jedes Jahr. Man kann da auch anrufen. In dringenden Fällen. Es ist doch dringend?«

Der Babybenzbesitzer hatte ein weiteres Stäubchen entdeckt und Petzold begann zu fürchten, dass die Tuja demnächst auf sie stürzte, wenn die Nachbarin weiter so darunter herumhackte. Der Mützenmann verschwand kurz in seinem Haus und kam mit einem Papierchen zurück. Petzold gab ihm dafür seine Karte.

»Wann wollten sie zurückkommen?«

»Ende nächster Woche erst.«

»Falls sie früher auftauchen, sollen sie sich mal bei uns melden. Aber es ist wirklich nichts Aufregendes.«

Mit dem Kärtchen in der Hand stand der Mann mitten auf der Straße, bis sie um die Ecke bogen. Die Frau mit der Hacke ging an ihr Rosenbeet zurück.

»Für mich ist der Fall klar wir Kloßbrühe. Ein Penner rennt besoffen unter einen Zug. Wen interessiert, ob da zu der Zeit irgendwo irgendein Auto rumgestanden hat?«

»Hör mal, es ist zufällig ein Auto, das zu diesem Zeitpunkt tausend Kilometer entfernt auf einem Campingplatz sein soll! Wie viele silberfarbene Chrysler Voyager wird's geben in der Stadt? Mit 'ner ähnlichen Nummer vielleicht?«

»Vermutlich gar keine. Dein Sheriff wird sich getäuscht haben. Wie viele Zeugen haben schon dies und das geschworen und am Ende hat nichts davon gestimmt.«

Petzold schwieg einige Zeit. »Heut' Nachmittag kommt übrigens 'ne Tante vom LKA und versucht, ein Phantombild zu machen. Irgendeiner muss den ja schließlich gekannt haben. Eigentlich müsste auch längst 'ne Vermisstenmeldung da sein.«

Schilling stand auf Strümpfen im Büro und sah mit gerunzelter Stirn zur Decke. »Ich hatte die ganze Zeit schon das Gefühl, dass hier was nicht stimmt«, murmelte er und deutete um sich. »Alles viel zu unruhig hier. Viel zu viele Energielinien. Sieh mal, dieser Stuhl, der steht vollkommen falsch. Und die Schreibtische stehen genau zwischen Tür und Fenster!«

»Wo sollen sie denn sonst stehen?« Petzold hängte seine Jacke an den Haken. »Vor der Tür oder vor dem Fenster?«

Er sah, wie Hirlinger nebenan seine Scheibenwischerbewegung vor der Stirn machte.

»Man könnte es mit einem Regenbogenkristall probieren«, sinnierte Schilling. »Mitunter soll das schon helfen.«

Auf Petzolds Schreibtisch lag ein vorläufiger und sehr dünner Bericht aus dem Labor und daneben eine Nachricht, dass die Zeichnerin vom LKA schon in der Pathologie gewesen war und das Phantombild im Laufe des Nachmittags kommen würde. Jetzt fehlte nur noch der Bericht des Gerichtsmediziners. Und eine Vermisstenmeldung.

Schilling schlich immer noch im Büro herum. »Meinst du, der Hausmeister hat 'ne Leiter, mit der man an die Decke kommt?«

»Kannst du Französisch?« Petzold erntete einen verständnislosen Blick.

»Geht so.«

Er reichte Schilling den Zettel. »Ruf mal da an. Wir suchen eine Familie Kapitzka.«

Schilling setzte sich, nahm den Hörer und räusperte sich. Das Gespräch dauerte eine ganze Weile, und schon bevor er auflegte, hatte Petzold verstanden, dass es auf dem Campingplatz in Avignon niemanden dieses Namens gab.

»Sind vor drei Tagen mit unbekanntem Ziel abgereist. Der Platzwart meint, es hätte Krach gegeben. Die Leute in den Nachbarzelten haben sich beschwert, dass sie nächtelang gestritten hätten.«

»Vor drei Tagen war Dienstag. Demnach könnten sie am Mittwoch hier gewesen sein.« Petzold sah auf die Uhr, weil sein Magen knurrte. Aber es war erst elf. »Wäre doch immerhin mal so was wie 'ne Theorie: Sie verkrachen sich, Frau und Kinder werfen den Vater vor den Zug und machen jetzt gemütlich Urlaub ohne ihn. Kommt in den besten Familien vor.«

»Hat's denn in letzter Zeit viel geregnet in Avignon?«, fragte Schilling aufmerksam.

Petzold tippte mit zwei Fingern ein Fax und schickte es nach Wiesbaden ans BKA und nach Lyon zu Interpol. Damit war der Van zur europaweiten Fahndung ausgeschrieben. Es konnte nur Stunden dauern, ein so auffälliges Fahrzeug zu finden.

*

Edith und Marc saßen vor einem kleinen Café am Nordrand eines lang gestreckten Platzes in Pietra Ligure. Die Sonne schien, das nasse Pflaster gleißte im Licht. Ihren Kaffee hatten sie schon getrunken, nun genossen sie schweigend die Wärme und das südländische Treiben.

Eine junge, blasse Frau schob mit verbissenem Blick einen Kinderwagen mit einem plärrenden Baby vorbei und zerrte ein vielleicht zweijähriges, schwarz gelocktes Mädchen hinter sich her. Das Kind trug ein bunt geblümtes Kleidchen und gelbe Gummistiefel und patschte mit beiden Füßen in jede erreichbare Pfütze.

Edith legte eine Hand auf den Tisch und bewegte rhythmisch die Finger. »Was denkst du, Marcello. Werden wir auch mal Kinder haben?«

Marc schrak aus seinen Gedanken, die natürlich wieder um die Firma gekreist waren. »Kinder?«

»Das sind solche kleinen Menschen wie das da. Im Winter kann man mit ihnen zusammen Schneemänner bauen. Und wenn sie größer sind, bringen sie manchmal den Müll runter.«

Verwirrt schüttelte er den Kopf. »Wolltest du nicht gestern noch Leiterin eures Forschungslabors werden?«

Edith sah auf den Platz hinaus und antwortete lange nicht. Die kleine barocke Kirche am Ende des Platzes schlug träge und misstönend.

»Marc, morgen werden wir fünfunddreißig«, sagte Edith schließlich.

»Du hast vielleicht manchmal Ideen!«

Sie hielt das Gesicht in die Sonne. »Machst du dir denn nie Gedanken, wie alles weitergeht?«

»Doch, natürlich.« Er kratzte sich am Daumen. »Schon. Manchmal.«

»Worüber denkt ein Mann nach, wenn er fünfunddreißig wird?« Er zog eine Grimasse und schwieg. »Dein Kind ist die Firma, nicht wahr? Erzähl mir mehr von eurem tollen neuen Auftrag. Ich weiß so wenig von dem, was du tust.«

Marcs Augen wurden zu Schlitzen. »Vieles weißt du schon. Es geht darum, mit Hilfe von Beobachtungs-Satelliten Autobahnstaus möglichst schon im Entstehen zu erkennen und ihre Entwicklung zu beobachten. Um sie am Ende möglichst zu vermeiden, natürlich. Der Auftrag kommt vom BMBF.« Ediths Blick wurde fragend. »Bundesministerium für Bildung und Forschung. Das Geld kommt aber vom Verkehrsministerium. Die sind es, die das Projekt betreiben. Und für uns heißt das digitale Bildauswertung per Computer.«

»Wie letztes Jahr bei Saab?«

»Aber viel schlimmer. Der Satellit hat ein Kurzwellen-Radar und spezielle Infrarot-Kameras. Unser Job dabei sind diese Raytheon-Kameras. Alles ziemlich abartig. Irrsinnige Datenmengen, extrem schnelle Rechner.«

»Und dabei habt ihr es doch letztes Jahr bei Saab schon kaum geschafft.«

»Wieso? Anlage läuft, Kunde hat bezahlt!«

»Aber statt zwei Wochen wart ihr zwei Monate in Schweden. Und statt der vereinbarten zweihundertfünfzigtausend hast du hundert bekommen«, sagte Edith sachlich und ohne Spott. »Du wärst wieder mal um ein Haar Pleite gegangen, wenn Papi nicht ausgeholfen hätte.«

Marc biss die Zähne zusammen. »Den Satelliten-Job hatte erst 'ne amerikanische Firma. Aber die haben es in den Sand gesetzt und dabei auch noch jede Menge Zeit vertrödelt und jetzt brennt's natürlich. Deshalb zahlen sie vermutlich auch so ein Schweine-Geld dafür.«

»Und ihr werdet es diesmal wirklich schaffen?«

»Wäre ich sonst mit dir in Urlaub gefahren?«, versetzte er.

Das Gespräch verstummte. Es roch nach Meer und Frühling und von irgendwo wehte ein Duft von gegrilltem Fisch heran.

»Stell dir vor, Mädchen: zweieinhalb Millionen Euro!«, fuhr Marc nach einer Weile fort. »Fast fünf Millionen Mark für ein paar Wochen Arbeit. Und davon bleiben nach Unkosten und Steuern immer noch fast drei übrig!« Marc beugte sich hinüber. »Dark Eye wäre der Durchbruch! Ich würde dir Kinder kaufen, so viele du nur willst!«

Sie reckte sich träge und küsste ihn auf die Stirn. »Das mit den Kindern werde ich dir bei Gelegenheit noch mal erklären müssen, mein Schatz.«

Sie sah wieder auf den Platz hinaus, wo eben ein Bus mit Hamburger Kennzeichen hielt und eine Ladung benommener Passagiere in die Freiheit entließ.

»Warum sagst du ›hätte‹ und ›würde‹, wenn es doch so gut läuft?« Neben dem Brunnen landete ein Schwarm Tauben und begann, den Boden nach Essbarem abzusuchen. »Aber wenn es schief geht, wird Papi wieder aushelfen«, sagte sie friedlich.

»Es wird klappen! Und ich will kein Geld mehr von ihm!«, erwiderte er heftig. »Das solltest du wirklich langsam begriffen haben!«

Edith lächelte nachsichtig. »Ja, ich weiß. Du bist erwachsen und kannst selbst dein Geld verdienen.«

Lange beobachteten sie schweigend die Tauben und die herumirrenden Buspassagiere. Schließlich stemmte Marc sich hoch. »Lass uns was essen gehen. Mir knurrt der Magen.«

Sie schlenderten durch den Ort, stellten fest, dass manche Bäume hier Ende April schon Orangen und Zitronen trugen, schnupperten an einem stark riechenden Busch mit dunkelgrünen Blättern und kleinen Blüten, den Edith kurz entschlossen »Earl-Grey-Baum« taufte, sahen eine Weile dem aufgewühlten Meer beim Brausen zu und gaben den Wellen Noten. Sie entdeckten einen Weinladen, in dem es nach Keller und modrigem Holz roch, kauften drei Flaschen ligurischen Grappa, um sie irgendwem mitzubringen, und fanden schließlich mitten in der Altstadt eine kleine Osteria an einem belebten Plätzchen, auf dem ein paar verstreute Markstände standen.

Edith genoss es sichtlich, beim launigen Padrone die Bestellung auf Italienisch aufzugeben und weitschweifige Komplimente für ihre Sprachkenntnisse einzuheimsen.

Nach Zuppa di cozze und Lasagne al pesto gab es Meerbarbe in Tomatensauce. Die Luft war lau, der Wind hatte sich gelegt, und als es bei Ravioli dolci und Espresso wieder leicht zu regnen begann, achteten sie kaum darauf.

»Warum kann man nicht immer hier leben?«, seufzte Edith.

Der Regen wurde heftiger und die Marktfrauen begannen, mit Getöse und Geschrei ihre Waren zusammenzupacken und auf ihre stinkenden, dreirädrigen Lieferwägelchen zu laden.

Marc strecke sich wohlig. »Jeder Urlaub ist erst wirklich vollkommen, wenn man anderen beim Arbeiten zusehen darf.«

Edith stützte die Unterarme auf den Tisch und sah ihm lange ausdruckslos ins Gesicht.

Bald wurde ihm ihr Blick unbehaglich. »Du guckst, als würdest du überlegen, wo du mich schon mal gesehen hast!«

»Ich kann mir nicht helfen, aber irgendwie siehst du nicht aus, als hättest du Ferien.« Zögernd wandte sie den Blick ab. Dann kam plötzlich Leben in sie. Sie durchwühlte ihren Rucksack und winkte dem Ober mit einer Kreditkarte. »Ich bezahle. Du könntest schon mal eine Telefonkarte besorgen. Dort um die Ecke habe ich einen Tabacchi gesehen.«

»Wozu?«, fragte Marc verdutzt. Aber dann fiel es ihm ein. »Der Sender, natürlich.«

Der Padrone kam mit der Rechnung und einem Scherz, den Marc nicht verstand.

Die Frau beim DRS war schnell und professionell und sprach ein fast reines Hochdeutsch. »Das ist viermal über den Sender gegangen. Zehn Uhr dreißig, elf, elf dreißig und zwölf Uhr. Auftraggeber war ein Herr Kalmar aus Karlsruhe, Deutschland. Telefon ...«

Marc wiederholte die Nummer und Edith notierte sie auf der Rückseite der Restaurant-Rechnung.

»Möchten Sie den Wortlaut hören?«

»Ja.« Marc räusperte sich. »Bitte.«

»Herr Pasteur aus Karlsruhe, unterwegs nach Italien mit einem schwarzen Saab, Kennzeichen KA, Rest unbekannt, wird dringend gebeten, Herrn Kalmar anzurufen – die Nummer haben Sie schon.«

»Herr Pasteur? Nicht Herr und Frau?«

»Wie ich gesagt habe: Herr Pasteur wird gebeten ...«

Marc ließ sich den Namen des Auftraggebers buchstabieren.

»Was hat er gesagt? Ich meine, Sie senden so was doch nicht einfach so. Sie prüfen das doch nach?«

»Ich habe den Anruf selbst entgegengenommen. Herr Kalmar war sehr verzweifelt. Er sagte, er würde in einer Werkstatt arbeiten, in der am Tag zuvor Ihr Wagen zur Inspektion war. Wir haben das dann wirklich überprüft. Ihr Wagen war doch am Dienstag zur Inspektion?«

»Ja. Stimmt.«

»Und Herr Kalmar sagte weiter, es sei etwas nicht in Ordnung damit. Er habe einen Fehler gemacht, könne das aber seinem Chef nicht sagen, weil er Angst um seine Stellung haben müsse. Das war alles recht nebulös, aber wie gesagt, er klang sehr verzweifelt. Deshalb haben wir es dann schließlich gesendet.«

»Es sei was mit dem Auto nicht okay?«

»So sagte er.«

»Was, hat er nicht gesagt?«

»Nein.«

Zögernd hängte Marc ein. Eine Weile standen sie unter dem Vordach eines Souvenirladens inmitten einer Busladung österreichischer Rentner und starrten ihren Zettel an, als müsste dort gleich ein Geheimschrift erscheinen.

»Die Nummer fängt mit acht-sechs an. Welcher Stadtteil mag das sein?«

»Wenn wir einfach mal da anrufen?«, schlug Edith vor.

Marc zog eine leidende Grimasse. »Ich fühl mich aber ziemlich blöd dabei.«

»Vielleicht klärt sich alles auf? Was soll schon passieren?«

»Wer hat denn überhaupt gewusst, dass wir nach Italien wollten?«, fragte er langsam.

»Viele. Alle. Die ganze Abteilung. Die Verwaltung, die Griguscheit, Fred sowieso ...«

»Bei mir die ganze Firma.« Mit gerunzelter Stirn sah Marc aufs Meer, wo am Horizont ein Kreuzfahrtschiff seine Bahn zog. »Sogar dem Typ in der Werkstatt hab ich's erzählt. Das stimmt.«

Schließlich nahm er ihr entschlossen den Zettel aus der Hand. »Vielleicht hast du Recht. Wir rufen da an und alles wird sich aufklären. Was sollen wir weiter rumrätseln.«

»Ich habe nicht nur vielleicht Recht«, versetzte sie spitz.

»Fang bitte nicht schon wieder damit an«, sagte er müde und stellte sich in die Schlange vor der einzigen funktionierenden Telefonzelle weit und breit. Sie mussten längere Zeit warten, weil einige der Österreicher ihren daheim Gebliebenen von dem wunderbaren Wetter und den entzückenden Mitreisenden und den bezaubernden Hotels und dem wirklich sagenhaften Essen berichten mussten.

Auf der Telefonkarte waren noch sechstausendvierhundert Lire. Marc musste es lange klingeln lassen. Er bemerkte, dass er plötzlich feuchte Hände hatte.

»Ja?«

»Frau Kalmar?«

»Wie?«

»Spreche ich mit Frau Kalmar?«

»Nein.«

»Könnte ich Herrn Kalmar sprechen?«

»Wen?«

»Herrn Kalmar?« Marc wiederholte den Namen noch einmal betont langsam.

»Nein.«

»Ist er nicht da? Wann kommt er zurück?«

Am anderen Ende blieb es still. Schließlich wurde aufgelegt.

»Eine Frau, relativ jung und kreuzdämlich.« Marc wurde von einem der Österreicher zur Seite gedrängt, der eilig in Linz berichten musste, dass das Wetter noch wunderbarer geworden war. Es hatte wieder einmal aufgehört zu regnen.

*

Um halb drei sprang die Tür auf und nacheinander traten Hellmann, Förster und Birgit Malmberg ein.

Hellmann baute sich auf und für einen Moment fürchteten alle, er wolle eine Rede halten. Aber er wies nur auf Birgit und sagte: »Ich habe wenig Zeit und will nicht viele Worte machen. Kollegin Malmberg hat um Versetzung in unser Dezernat nachgesucht. Das passt uns ganz gut, weil HK Gerlach ja für die nächsten vier Wochen auf Führungs-Lehrgang ist. So haben wir beschlossen, sie hier bei Ihnen einzuquartieren, bis er zurück ist. Dann sehen wir weiter. Kollegin Malmberg wird Sie zunächst bei diesem Obdachlosen-Fall unterstützen.«

Hirlinger starrte Birgit mit offenem Mund an und brummte etwas, was nach »ach du Scheiße« klang. Petzold und Schilling sahen ebenfalls nicht sehr intelligent aus.

»Tach allerseits«, sagte Birgit fröhlich. Sie war hellblond, eher klein und kräftig gebaut.

»Mahlzeit«, sagte Hirlinger.

Hellmann verschwand ohne die befürchtete Ansprache und Förster zog sich in sein Büro zurück, nachdem er allen freundlich zugeknickt hatte. Birgit saß ihren neuen Stuhl Probe und sah energiegeladen um sich. »Ihr habt da einen interessanten Fall?«

Hirlinger sah Hilfe suchend um sich. »Soll die denn jetzt immer hier sitzen?«

Birgits Lächeln wurde frostig. »Keine Angst, ich beiße nicht.«

»Aber das ist hier doch nichts für ... Ich mein, hier geht's doch nur um Mord und Totschlag und solches Zeug!« In echter Verzweiflung knetete Hirlinger seine Hände.

»Keine Bange, ich habe auch schon mal Blut gesehen.« Birgit zog die Schubladen des Schreibtischs auf und schmiss sie wieder zu. Dann sprang sie auf. »So, und jetzt werde ich am besten gleich mal meine Sachen holen.«

Als sie draußen war, schlug Petzold Hirlinger auf die Schulter. »Reg dich ab. Ist doch mal was anderes.«

»Was würdet ihr davon halten, wenn wir ihr ein wenig zur Hand gehen?«, fragte Schilling aufgekratzt.

»So weit kommt's noch«, knurrte Hirlinger. »Ich geh eine rauchen.« Er verschwand mit einer in Anbetracht seines Körpergewichts überraschenden Geräuschlosigkeit.

»Der Kollege ist ein echter Charmeur, wie?«, fragte Birgit, als sie mit einem Karton voller Schreibutensilien zurückkam. Als Erstes zog sie ein gerahmtes Foto heraus und stellte es auf den Tisch. Schilling war inzwischen vor sich hin murmelnd verschwunden und Hirlinger schien heute besonders lange rauchen zu wollen.

»Und? Was kann ich tun?«

Petzold zog einen Stuhl heran und weihte sie ein. Sie hörte konzentriert zu und stellte die richtigen Fragen. Und sie hatte ganz blaue Augen.

»Demnach haben wir bis jetzt noch alle Alternativen. Mord, Selbstmord oder einfach nur Unfall?«

»Genau.« Petzold rückte etwas näher und versuchte zu erkennen, wen das Foto auf ihrem Schreibtisch darstellte.

»Ich heiße übrigens Birgit.« Sie reichte ihm die Hand und packte kräftig zu.

»Thomas.« Petzold rückte noch ein Stück um die Schreibtischkante herum. »Wir fürchten, es waren durchgeknallte rechtsradikale Schläger, Skins oder so was. Bei Darmstadt hat's vor zwei Wochen eine ganz ähnliche Geschichte gegeben, da waren's auch zwei. Und das wäre natürlich der GAU.«

Das Foto zeigte einen jungen Mann mit schmalem Gesicht und tief liegenden Augen. Petzold lehnte sich enttäuscht zurück.

»Wir warten noch auf die Gerichtsmediziner, aber der Bericht kommt vermutlich erst nächste Woche.«

Petzold übergab ihr alles, was sich bisher an Akten angesammelt hatte. Es war nicht viel. Schilling war immer noch weg. Vermutlich auf der Suche nach einer Leiter. Dann rief Petzold das Einwohnermeldeamt an und ließ sich Kapitzkas Körpergröße und Haarfarbe geben. Mittelgroß und mittelbraun – beides konnte hinkommen. Er machte eine Skizze vom Unfallort, zeichnete die mutmaßlichen Standorte des Wagens und der zwei Männer ein und grübelte eine Weile mit dem Stift am Mund.

Nebenan hörte er Birgit telefonieren. Er hatte sie gebeten, die örtliche Chrysler-Vertretung zu fragen, ob man einen Prospekt mit einer Farbmuster-Tafel bekommen könne. Bald kam sie herüber. Man konnte.

Schilling kam später ohne Leiter zurück, sortierte den Rest des Nachmittags Akten und gähnte vor sich hin.

»Vielleicht solltest du mal früher ins Bett gehen«, sagte Petzold. »In deinem Alter braucht man viel Schlaf.«

»Oh, wir geh'n immer sehr zeitig ins Bett!«

»Zum Pennen, mein ich, nicht zum Pimpern.«

Schilling grinste geschmeichelt und wuchtete zwei Ordner ins Regal. »Und was hast du heute Abend vor?«

»Na was wohl.«

Schilling lachte. »Natürlich. Die Schmetterlinge.«

Petzold deutete mit seinem Stift auf Schilling. »Weißt du übrigens, was Permone sind?«

»Per – was?«

»Permone. Das sind so männliche Sexuallockstoffe. Die Frauen können es nicht riechen, aber es macht sie scharf. Deshalb soll man vorher nicht duschen, wenn man 'ne Frau aufreißen will. Und auch kein frisches Hemd anziehen.«

»Phermone meinst du«, sagte Schilling gelangweilt. »Spricht man mit ›F‹ wie ... wie ... Phallus.«

Kurz vor fünf verließen sie zu dritt das Präsidium. Schilling ging zur Straßenbahnhaltestelle an der Karlstraße, Petzold und Birgit holten in der Kußmaulstraße den Chrysler-Prospekt und fuhren zu der Stelle hinaus, von der sie noch nicht einmal wussten, ob man sie Unfall- oder Tatort nennen sollte.

Als Petzold das hohe Eisentor zum Kleingartengelände aufstieß, stand ein schwerer Mann in Gummistiefeln, Lodenjacke und grüner Cordjeans vor ihm. In den Händen wog er einen blanken Spaten. Petzold hielt ihm seinen Ausweis unter die Nase. »Sind Sie der Mensch, den man hier Sheriff nennt?«

»Denzler.« Der Spaten sank herab und der Blick wurde noch eine Spur unfreundlicher. »Reinhard Denzler. Was ist los?«

»Es geht um diesen Van, den Sie vorgestern da drüben gesehen haben. Gibt's hier irgendwo Licht?«

»In der Hütte.« Denzler wies mit dem Kopf nach hinten und stach den Spaten wie das Fallbeil einer Guillotine in den lehmigen Boden. »Sie glauben nicht, was sich hier für ein Gesindel rumtreibt.«

In der Hütte roch es nach Zigarrenrauch und Petroleum. Petzold ließ sich das Notizbuch zeigen, in das Denzler Autonummer, Typ und Farbe sowie Datum und Uhrzeit eingetragen hatte. Der Strich unter der Aufzeichnung schien mit dem Lineal gezogen zu sein. Birgit faltete den Prospekt auseinander, Denzler zog die Stirn kraus und legte ohne Zögern den breiten Finger auf die richtige Farbe.

»Menschen haben Sie keine gesehen?«

Denzler schüttelte seinen massigen Kopf. »Bin da hinten bei den Rosen gewesen. Ich bild mir ein, dass da drüben zwei Kerle rumgebrüllt haben, aber nur ganz kurz, weil, dann ist ja schon der Zug gekommen. Sonst hab ich nichts gehört und nichts gesehen. Hab mich dann nur gewundert, dass der Zug bremst. Sonst bremsen die hier ja nicht.«

»Zwei Männer? Sind Sie sicher?«

Denzler nickte. »Ziemlich. Und dann ist der Van ja auch schon abgezischt.«

»Wie lange hat der da gestanden?«

»Weiß nicht. Hab den ja erst gesehen, als es vorbei war.«

Birgit faltete den Prospekt zusammen.

»Geht euch eigentlich die Arbeit aus?«, fragte Denzler, als sie wieder beim Tor standen.

»Warum?«

Denzler riss seinen Spaten aus dem Lehm und begutachtete den Stiel. »Alle Nase lang wird hier eingebrochen. Und dann kommen eure grünen Kollegen und schreiben ein Protoköllchen und man muss noch froh sein, dass sie einen nicht auslachen. Und wegen so 'nem ...« Er brach ab und wies mit einer knappen Bewegung auf die Gleise. »Nächste Woche kommt hier jedenfalls ein Schnappschloss ran.«

Birgit wollte sich alles ansehen, wo sie nun schon mal hier waren. Deshalb holte Petzold seine Taschenlampe aus dem Wagen, mit aufmerksamen Blicken nach links und rechts überquerten sie die Schienen und er erklärte Birgit das Wenige, das sie bisher wussten. »Es hat ja auch viel zu lange geregnet seit Mittwoch«, sagte Birgit am Ende enttäuscht.

Nur um etwas zu tun, ging Petzold zu den Müllcontainern, ergriff ein Lattenstück und stocherte ein wenig in dem einen herum. Natürlich war das sinnlos, denn vermutlich hatte die Spurensicherung den Inhalt schon bis zum letzten Krümel gesichtet. Die Klappe des zweiten Containers war geschlossen. Petzold hob sie hoch, leuchtete hinein und erschrak. Zwei dunkle, wilde Augen starrten ihn hasserfüllt an, es stank nach Alkohol, Urin und Erbrochenem. Der ausgemergelte Mann war von undefinierbarem Alter und streckte zitternd ein langes Messer von sich. Eine Sekunde sahen sie sich an, dann knipste Petzold die Lampe aus.

»Sind Sie schon länger hier?«

»Leck mich!«

»Am Mittwoch zum Beispiel? Vorgestern?«

»Mir klaut ihr nichts mehr! Hau ab!«

»Hier ist vorgestern jemand unter den Zug gekommen. Vielleicht haben Sie ...«

»Nichts hab ich!« Der Mann begann, mit dem Messer nach Petzolds Arm zu stochern. »Verpiss dich! Hau ab, hier gibt's nichts zu holen!« Er begann mit schriller Stimme zu schreien wie ein hysterisches Kind, das Messer kam gefährlich nah und Petzold ließ den Deckel los.

»Menschen gibt's«, sagte Birgit erschüttert. »Ob der wohl immer hier wohnt?«

»Ist ja nicht unser Bier«, brummte Petzold und steckte die Taschenlampe ein.

Sie gingen in das Wäldchen und fanden die Hütte, von der Hirlinger erzählt hatte. Sie war gebaut wie ein Indianer-Wigwam, aus starken Ästen und einer großen Plane, die vermutlich auf irgendeiner Baustelle vermisst wurde. Auf dem Boden lag eine feuchte Wolldecke, die einmal nicht billig gewesen war, sonst gab es nichts zu sehen. Alles von Interesse hatten die Kollegen schon am Mittwoch mitgenommen.

Anschließend warteten sie noch den Sechs-Uhr-ICE nach Süden ab und versuchten, sich die Ereignisse vorzustellen, aber es kam nichts Erhellendes dabei heraus.

An der Straßenbahnhaltestelle beim ZKM ließ er sie aussteigen, sie verabschiedete sich mit einem Lächeln von ihm und berührte dabei leicht seine Schulter.

Zu Hause schaufelte Petzold als Erstes die Erde in den großen Topf einer längst abgestorbenen Dieffenbachia zurück, die Pedro auf der Suche nach jagbarem Wild umgegraben hatte. Ein bisschen haftete noch Birgits Geruch an seinem Hemd und aus irgendeinem Grund hatte er keine rechte Lust auszugehen. So sah er sich »Getaway« mit Steve McQueen an und lächelte manchmal an den völlig falschen Stellen ohne es zu merken.

*

Erwachsene lügen. Felix schwang sich auf sein Fahrrad und trat mit aller Kraft, die ihm seine Wut verlieh, in die Pedale. Früher, als sie noch in der Wohnung in der Südstadt wohnten, da hieß es, Mama und Papa müssen viel arbeiten, damit wir uns ein Haus kaufen können. Im Haus, da wird alles besser. Nun wohnten sie im Haus, hier in diesem Vorort mit dem blöden Namen Bulach, wo man keinen Menschen kannte, und nichts war besser. Jetzt hieß es, wir müssen dies noch umbauen, jenes muss erst noch gestrichen werden, und dann, später, werden wir Zeit für dich haben. Aber Felix wusste längst, sie würden nie Zeit für ihn haben.

Heute hatten sie ins Schwimmbad fahren wollen. Seit Wochen war das versprochen, ins Hallenbad, weil es ja noch kalt war. Und was war? Weil ausnahmsweise mal die Sonne schien, musste natürlich endlich das Gartenmäuerchen betoniert werden und am Garagentor musste auch noch was gemacht werden. Erwachsene lügen immer. Felix bog in die Rolandstraße, radelte besonders langsam an Frau Ärleskogs Haus vorbei und schielte hinüber. Aber sie war nirgends zu sehen. Frau Ärleskog war nett. Die log auch nicht, obwohl sie schon lange erwachsen war. Sie redete ein bisschen komisch und hatte zwei kleine Hunde. Und nachts wohnten oft Männer bei ihr und die gaben ihr Geld. Seit er das einmal beim Abendessen erzählt hatte, durfte er sie nicht mehr besuchen.

Felix machte kehrt und fuhr noch einmal an ihrem Haus vorbei. Auch die Hunde hörte man nicht. Vielleicht waren sie alle zusammen spazieren. Das war schade, denn heute hätte er sie gerne besucht, gerade weil es verboten war. Bestimmt hätte sie ihm auch wieder Kuchen gegeben und ihn mit den Hunden spielen lassen. Frau Ärleskog hatte immer Kuchen. Mama backte nie.

In Schlangenlinie fuhr er weiter zum Rolandplatz. Aber da hingen nur ein paar Mädchen bei den Schaukeln, die waren mindestens vierzehn, denn die hatten schon Brüste und lachten so albern. Bestimmt lachten sie über ihn, er war ja erst zwölf und ziemlich schwach. Weiter hinten lungerten zwei Jungs mit finsteren Gesichtern, die waren noch viel älter und rauchten. Felix rauchte noch nicht. Mit vierzehn würde er anfangen, das hatte er sich schon überlegt.

Er drehte noch ein paar Schleifen vor Frau Ärleskogs Haus und spielte ein wenig an der Fahrradklingel. Vielleicht hörte sie ihn ja und ließ ihn herein. Dann würde er mit den Hunden spielen, Frau Ärleskog würde Kaffee trinken und ihm von ihrer Kindheit in diesem fernen Land erzählen, dessen Namen er vergessen hatte. Er vergaß immer so viel. Deshalb durfte er ja auch nicht aufs Gymnasium. Aber Frau Ärleskog hörte ihn wieder nicht. Vielleicht weinte sie auch. Letzte Woche war ja ihre Freundin gestorben, die kam auch aus dem Land und Felix hatte sie gekannt. Sie war der erste Mensch, mit dem er gesprochen hatte und der dann gestorben war. Frau Ärleskog war deshalb sehr traurig und am Mittwoch war sie zur Beerdigung gewesen. Er hatte versucht, sich vorzustellen, wie Frau Ärleskogs Freundin jetzt aussah. Vor ein paar Tagen hatte er in der Nähe des Spielplatzes ein totes Kaninchen gefunden. Man hätte meinen können, es würde schlafen. Aber als er ganz nah heranging, da hatte es gestunken.

Felix hatte eine Idee. Da Frau Ärleskog nicht da war, würde er nun etwas tun, was noch viel mehr verboten war. Er würde zu den Zügen gehen. Mit dem Fahrrad waren es nur wenige Minuten dorthin. Das Fahrrad war überhaupt das Beste an Bulach. Das hatte er erst hier bekommen und damit fuhr er auch zur Schule.

Minuten später lehnte Felix sein Mountain-Bike an einen der großen eisernen Müllbehälter, die unter der Brücke standen, und ging ganz nah an die Gleise heran. Viel näher, als es erlaubt war. Schon nach kurzer Zeit kam ein Zug, ein weißer ICE, der fast so schnell fahren konnte wie ein Flugzeug fliegt. Erst im letzten Moment sprang Felix zurück, die Haare wehten ihm ins Gesicht und er lachte. Das war aufregend. Bald kam ein langer Güterzug mit vielen Tankwagen aus der anderen Richtung. In den Tankwagen war Benzin für die Autos, das hatte Papa ihm einmal erklärt. Dann kam lange kein Zug mehr. Aber Felix hatte schon eine neue Idee. Er hob die Klappe der grauen Müllkiste und holte einen kleinen Stein heraus. Den hatte bestimmt Papa da hineingetan. Oft fuhr der nämlich abends, wenn es schon dunkel war, die Abfälle vom Hausbau hierher. Felix war sicher, dass das verboten war. Papa stritt es zwar ab, aber der war ja ein Erwachsener. Den Stein legte Felix auf eine Schiene, trat ein wenig zurück und wartete. Nach Minuten kam ein Zug und der Stein zerplatzte unter der Lok zu Staub. Das war eine gute Idee gewesen, das machte Spaß. Felix fand einen größeren Stein, einen halben Backstein, und wiederholte das Spiel. Diesmal schob die Lok den Stein jedoch einfach weg. Felix überlegte, ob man auf beide Schienen Steine legen konnte, die dann gleichzeitig zermalmt würden, und rannte zur Müllkiste zurück. Mit einem Stock stocherte er darin herum, aber alle Steine, die er fand, gefielen ihm nicht. Deshalb ging er zur zweiten Kiste, der grünen, um dort zu suchen. Er öffnete die Klappe und sah hinein. Zu seiner Enttäuschung war die grüne Kiste fast leer und es stank entsetzlich darin. Plötzlich erstarrte Felix. Er ließ die Klappe zuknallen, schwang sich aufs Fahrrad und strampelte so schnell nach Hause, wie er noch nie im Leben Rad gefahren war.

»Papa, Papa«, schrie er schon von Weitem und sein Vater ließ die Bohrmaschine sinken. Was der Junge wohl jetzt wieder hatte? Immer, immer hatte man Probleme mit diesem Kind. Ständig war er krank, für sein Alter viel zu schmächtig und erst gestern hatte die Lehrerin wieder angerufen, ob sie Felix nicht doch einmal untersuchen lassen wollten. Seine Leistungen wurden immer schlechter, er verträumte den Unterricht und wusste auf die einfachsten Fragen keine Antworten.

Felix raste heran wie von Teufeln gejagt, sprang noch im Fahren vom Rad, das sich überschlug und gegen den Bordstein schepperte.

»Papa, komm schnell!«, keuchte Felix mit dem letzten Rest Atem, der sich in seinen kleinen Lungen fand. »Da hinten, da liegt ein Toter!«

*

Der dunkelblaue Mercedes mit Berliner Kennzeichen kam erst lange nach sieben.

»Haben uns dreimal verfahren«, erklärte Ediths Bruder mit

gequältem Lachen und schälte sich aus dem Wagen. »Dass ihr aber auch keine Handys dabei habt! Und dieses letzte Stück nach der Brücke ist ja lebensgefährlich. Wie schafft ihr das bloß?«

»Meiner hat Frontantrieb«, erklärte Marc, »und ist ein gutes Stück leichter.«

Mit einem Jauchzer fiel Edith ihrem Bruder um den Hals. »Tach, Hannes.« Küsschen rechts, Küsschen links.

Marc wurde mit einem kräftigen Händedruck und einem breiten Lächeln beglückt. Johannes Debertin, Doktor der Rechte, war vierzehn Jahr älter als seine Schwester, hatte eine der Würde eines Ministerialdirigenten angemessene Figur und eine Stimme, die ihm auch in größeren Sitzungen ohne Anstrengung Gehör und Respekt verschaffte. Und er interessierte sich sehr für den Saab.

»Darf man den mal Probe fahren?«

Marc suchte nach einer Ausrede, aber Edith kam ihm zuvor: »Mit seinem Auto ist er eigen. Ich bin ja schon froh, dass er hin und wieder mich damit fahren lässt.«

Susanne, Johannes' neue Frau, stand unvermittelt vor Marc, reichte ihm mit scheuem Lächeln eine schmale, kraftlose Hand, flüsterte: »Freut mich sehr« und schien sich am liebsten hinter ihrem breiten Gatten verstecken zu wollen.

»Marc, du hilfst Susanne mit dem Gepäck?«, rief Edith und schleppte ihren Bruder davon.

Susanne wies mit einer nervösen Bewegung auf eine Tasche und einen Kosmetikkoffer von Pierre Cardin. Mit unglaublich großen, dunklen Kinderaugen sah sie um sich und Marc hatte sofort das Bedürfnis, sie vor irgendwas zu beschützen. Zur Not vor ihrem Gatten. Er lächelte ihr beruhigend zu.

»Kommen Sie rein. Herzlich willkommen.« Unwillkürlich sprach er leise, um sie nicht zu erschrecken. Sie lächelte dankbar und folgte ihm mit lautlosen Schritten.

»Kaffee, Tee, Schnaps, Wein, Bier?«, klang Ediths Stimme

aus der Küche. »Macht es euch gemütlich. Euer Schlafzimmer ist oben links. Essen gibt's in einer halben Stunde. Marc hat gekocht.«

Inzwischen war Marc froh über den Besuch. Am gestrigen Nachmittag war mit dem Wetter auch die Stimmung umgeschlagen. Edith hatte darauf bestanden, sofort die Autowerkstatt anzurufen und nach Kalmar zu fragen, aber Marc hatte sich geweigert, in dieser Sache noch irgendetwas zu unternehmen. Sie hatten sich gestritten und schließlich ließ sie ihn stehen und kämpfte sich selbst zur umlagerten Telefonzelle durch. Aber natürlich kannte man auch in der Werkstatt niemanden dieses Namens. Marc hatte sie ausgelacht, der Streit war eskaliert und nach einem frostigen Abend waren sie früh und wortlos zu Bett gegangen.

Der Samstag hatte begonnen, wie der Freitag geendet hatte. Marc hatte sich in die Vorbereitungen für das Abendessen verbissen und das Thema Reiseruf war nicht mehr zur Sprache gekommen. Edith war lange laufen gewesen und hatte anschließend die meiste Zeit oben herumgeräumt.

Der Einkauf war der Lichtblick des Tages gewesen. Angelica begrüßte ihn mit fröhlichem Redeschwall und verführerischen Blicken, ließ sich nicht eine Sekunde dadurch irritieren, dass er kein Wort verstand, und drängte ihm tausend Dinge zum Probieren auf. Während er den Laden plünderte, kam dann auch noch das Fisch-Auto aus Varigotti und er plante einen fünften Gang ein.

Und dann hatte er zu allem Unglück Zora angerufen.

»Marc, ich hab keine Lust mehr.«

Der Scherz, den er auf den Lippen hatte, blieb unausgesprochen. »Was ist los?«

»Der Taucher ist verunglückt. Liegt im Krankenhaus. Entweder, du kommst sofort zurück, oder wir schmeißen alles hin.«

Marc unterdrückte die aufbrodelnde Panik. »Was ist passiert?«, fragte er mit fast erstickter Stimme.

»Keine Ahnung. Es hat nur jemand vom Krankenhaus angerufen, in seinem Auftrag. Demnach lebt er immerhin noch.«

»Scheiße«, sagte Marc.

»Ja«, sagte Zora sehr leise und nach einer langen Pause: »Marc, ich kann nicht mehr.« Sie schien wirklich dem Weinen nah zu sein. Dann piepste das Telefon, die Karte war leer und seine Laune endgültig am Boden.

Johannes war von allem lautstark begeistert, Susanne nickte immerzu in freundlichem Schrecken und Marc war froh, als Begrüßungsgequatsche und Hausbesichtigung ein Ende fanden und man sich endlich an den Tisch setzte. Edith sah hartnäckig an ihm vorbei.

Als ersten Gang servierte er Crostini mit Sardellen, Oliven und viel Knoblauch. Edith unterhielt sich mit Johannes über alte Zeiten und neue Pläne. Susanne hielt die Crostini mit zwei Fingern und knabberte daran wie ein Kaninchen. Die anschließenden Paglia e fieno mit Pilzsauce aß sie in frommer Andacht mit angelegten Ellenbogen. Sie war ein zierlicher, südländischer Typ und trank keinen Alkohol. Wenn er die Teller wechselte, dankte sie mit einem schnellen Lächeln.

Edith erklärte ihrem Bruder, dass das Einzige, was sie an ihm wirklich von Herzen verabscheue, seine Arbeit beim »Kriegsministerium« sei, wie sie es nannte. Geduldig versuchte er, sie davon zu überzeugen, dass er als Verwaltungsfachmann und Jurist keine Menschenleben auf dem Gewissen habe und auch zukünftig nicht zu haben gedenke. Man merkte, dass er dieses Gespräch nicht zum ersten Mal mit ihr führte.

»Bei uns dreht sich alles um Klopapier, Bleistifte und Aktenlocher. Waffen sehe ich höchstens mal bei offiziellen Anlässen, wenn Rudi eine Rede ans Volk hält.«

Aber Edith ließ nicht locker. Militär bleibe immer Militär. Auch bei Klopapier. Johannes legte die Gabel zur Seite.

»Wenn dein tolles Migränemittel an Frontsoldaten ausgegeben wird, damit sie keine Kopfschmerzen haben und besser kämpfen können, arbeitest du dann plötzlich in der Rüstungsindustrie?«

Nun begann Ediths Argumentation, kompliziert zu werden. Beim dritten Gang wechselten sie endlich das Thema und die erste Flasche ging zur Neige. Edith erzählte von ihrem Beinahe-Unfall auf der Autobahn. Plötzlich war Johannes sehr aufmerksam. Er warf Marc einen forschenden Blick zu und fragte Edith wie beiläufig nach Einzelheiten. Marc spielte die Sache herunter, was Edith ihm übel nahm.

Johannes griff zum Glas. »Euer Wein schmeckt einfach fabelhaft! Und dieses Essen! Man fragt sich, wozu man in die Toscana in dieses sündteure Hotel fährt! Was ist das hier?«

»Seezunge auf Spinat«, erklärte Marc bescheiden. »Geht ganz einfach, aber der Fisch muss ganz frisch sein.«

»Wahnsinn«, sagte Johannes und leerte sein Glas.

Susanne ließ sich von ihrem Mann nun doch ein Schlückchen Wein aufdrängen und lächelte zum ersten Mal länger als einen Wimpernschlag. Als Marc die Reste des Kalbsragouts in Weißweinsauce abräumte, wurde feierlich die dritte Flasche geöffnet, Edith kicherte in sich hinein, Johannes lachte über alles, Susanne lächelte still und Marc hätte sie zu gerne gefragt, wie sie ausgerechnet an einen solchen Ochsen hatte geraten können.

»Wenn er mit seiner Firma Bankrott macht, dann kann er ja ein Restaurant eröffnen. Ein italienisches natürlich!«, brüllte Johannes.

»Aber er kann ja gar kein Italienisch«, gickelte Edith.

»Was haben Sie für eine Firma?«, fragte Susanne. Marc starrte sie eine Sekunde verblüfft an.

»Software«, dröhnte Johannes. »Der ist bald so reich wie Bill Gates.«

»Das ist er doch sowieso schon. Er braucht ja nur seinen Papi nett zu bitten und schon kann er haben, was er will.« Edith sah Johannes bedeutend an. »Papi ist nämlich stinkreich! Habe ich dir das nicht erzählt? Aber mein Marcello hat seinen Stolz und will sein Geld selbst verdienen! Er will nämlich ein großer Junge sein!« Sie wandte sich an Marc. »Wie viel Geld hat dein Papi?«

»Gar keines. Steckt alles in Immobilien«, sagte er mürrisch.

Edith blieb hartnäckig. »Und wenn er die verkaufen würde?«

Marc studierte das Etikett der Weinflasche. »Dieser Wein ist wirklich sein Geld wert.«

»Ein paar hundert Millionen hat er! Sagt, ist das nicht pervers?« Empört sah Edith in die Runde. »Also, ich finde das unanständig, so viel Geld zu haben!«

»Du musst es ja nicht haben«, seufzte Marc und servierte zum Nachtisch eine Platte gemischtes Gebäck aus Angelicas Laden. Dann zog er den Korken aus der vierten Flasche und ließ sich neben Susanne nieder. Widerstrebend ließ sie sich ihr Glas noch einmal halb füllen.

»Sie sind Dolmetscherin?«

»Für Spanisch und Französisch. Meine Mutter war Französin«, erklärte sie mit unsicherem Lächeln und Marc hätte um ein Haar »Aber das macht doch nichts« gesagt.

»Kinder, nun duzt euch doch! Schließlich seid ihr praktisch verwandt!«, rief Johannes.

»Ich heiße Susanne«, wisperte sie und stieß mit Marc an.

»Ich weiß«, sagte er beruhigend.

Unvermittelt sprang Edith auf und musste unbedingt, und zwar sofort, ihre Freundin anrufen. Sie lieh sich von Johannes das Handy und verschwand nach draußen. Enttäuscht kam sie zurück.

»Also, ich verstehe das nicht! Fred geht doch sonst nie weg!«

»Deshalb kriegt sie ja auch nie ’nen Kerl ab!« Marc erntete einen bösen Blick.

Johannes fing an, Witze über den Verteidigungsminister zu erzählen, um elf begann Susanne, hin und wieder zu lachen,

Marc fiel die eine oder andere Anekdote aus der Firma ein und Edith wurde still. Dann ging Johannes' Glas zu Bruch, Susanne trank noch ein winziges Schlückchen und lachte auch über die weniger feinen Witze.

»Kinder, kennt ihr den, wo der Rudi mit dem Fahrrad ...«

»Ja«, sagte Edith in ihr Glas.

Johannes schwieg eine Sekunde. Dann prustete er los: »Vielleicht solltet ihr Susanne mal erzählen, wie ihr euch kennen gelernt habt!«

»Heute nicht«, sagte Edith mit saurem Gesicht und sah auf. »Warum habt ihr euch scheiden lassen? Nach so langer Zeit?«

»Von Moni?« Johannes war sichtlich überrascht von der Wendung des Gesprächs.

»Hast du ... habt ihr euch betrogen?«, fragte Edith unsicher und Marc durfte an Susanne beobachten, dass ein Mensch sogar am Hals erröten kann.

Johannes sah auf den Tisch. »Im Grunde sind wir Opfer der Wiedervereinigung. Ich meistens in Berlin, sie in Bonn. Die Kinder aus dem Haus, sie hatte wieder ihre Arbeit an der Uni.« Er knipste Weißbrotkrümel vom Tisch. »Und vielleicht wussten wir am Ende auch ein bisschen zu viel voneinander.«

Auf einmal schien Edith nüchtern zu sein. »Erkläre mir das. Bitte.«

Auch Susanne beobachtete ihren Mann jetzt erwartungsvoll.

Er räusperte sich umständlich. »Liebst du im Grunde nicht immer nur das Bild, das du dir vom anderen machst?« Er spielte mit seinem leeren Glas. »Und wenn du ihn irgendwann zu gut kennst, dann ist eben oft nicht mehr viel übrig von diesem Bild.«

Edith schenkte nach. »Liebe«, sagte sie mit einem abfälligen Lachen. »Das Wort haben doch die Männer erfunden, um Frauen ins Bett zu kriegen!«

»Quatsch«, rief Marc. »Das haben die Frauen erfunden, um die Männer in ihren Betten zu halten!«

Plötzlich lachten alle und keiner wusste, worüber. Marc rückte ein wenig enger an Susanne heran. Sie lächelte ihn an und nippte an ihrem Wein.

»Wisst ihr, was ich gedacht habe?« Edith schlürfte von ihrem übervollen Glas ein wenig ab. »Anfangs habe ich nämlich gedacht, der Marc, der ist schwul. Männer, die gut aussehen und sich auch noch gut anziehen, die sind doch meistens schwul, nicht wahr?«

Susanne lächelte vorübergehend nicht.

Edith prostete Marc mit finsterer Miene zu und sagte mit der feierliche Würde der Betrunkenen: »Aber das stimmt nämlich gar nicht. Mein allerwertester Marcello kann ein ganz grässlicher Macho sein!«

Johannes legte tröstend den Arm um sie. »Na, also ich finde ihn ganz in Ordnung. Ein Mann muss auch mal seinen Willen durchsetzen können, sonst ist er keiner.«

»Das ist wahr«, sagte Edith traurig. »Und Adriano Celentano ist ja auch ein Macho und den mag ich ja auch.« Sie hob ihr Glas, prostete der Gemeinde zu und sagte bedeutungsvoll: »Hicks!«

Dann sah sie ihrem Bruder lange ins Gesicht. »Hannes, sagt dir der Name Kalmar etwas?«

Marc schlug sich an die Stirn.

»Kalmar? Sagtest du Kalmar?«

Edith nickte aufmerksam.

»Nun ja.« Johannes wirkte überrascht. »Kalmar ist ein russisches Nuklear-U-Boot.«

»Ein was?« Die Frage kam von Edith und Marc gleichzeitig.

Johannes guckte verständnislos hin und her. »Die NATO-Bezeichnung ist Delta III, Länge circa hundertfünfzig Meter, Verdrängung getaucht dreizehntausend Bruttoregistertonnen, sechzehn RSM-50-Raketen mit Mehrfachsprengköpfen. Warum schaut ihr denn so bedröppelt?« Er wandte sich an Edith. »Und seit wann interessierst du dich für Kriegsschiffe?«

*

Das einzige noch saubere Polo-Shirt hatte Pedro irgendwann im Lauf des Samstagabends dazu benutzt, die Schärfe seiner Krallen zu testen und neue finale Todesbisse und die dazugehörigen Genickbrech-Rollen zu üben. In seiner Kampfbegeisterung war er jedoch unachtsam geworden, weshalb Petzolds Tritt ihn diesmal nicht ganz verfehlte. Knurrend wischte er unter das Bett und war auch durch Würfe mit Kleiderbügeln und Schuhen nicht wieder hervorzutreiben.

Fluchend entschloss Petzold sich, aus der Not einen Praxistest zu machen und heute Abend die Wirksamkeit von Phermonen auszuprobieren. So verzichtete er auf die Dusche, zog eine frisch gewaschene Jeans und das getragene Polo-Shirt an und sperrte den Kater zur Strafe im Schlafzimmer ein.

Es war halb elf, als er das proppenvolle Kap betrat, genau die richtige Zeit. An den Tischen saßen nur Gruppen, Paare und Frauen zu zweit und zu dritt. Sinnlos. An der Theke außer der in ihren Martini stierenden mannstollen Krankenschwester, mit der er sich schon einmal einen Abend lang hatte unterhalten müssen, auch zwei ansehnliche und viel versprechende Opfer. Eine exaltierte, kräftige Blonde, die ihn unternehmungslustig taxierte, und eine offenbar schüchterne Dunkle mit Kurzhaarfrisur und bunter Brille. Petzold entschied sich für die Zweite. Er schob einen breiten Kerl zur Seite, der ihr den Rücken zuwandte und sich mit seinem Nachbarn lautstark über orthodoxe Osterbräuche unterhielt, und quetschte sich neben sie.

»Ich darf doch?«

Er warf seinen Schlüsselbund auf den Tresen und brachte das oft geübte Lächeln an. Die Lucky Strike ließ er stecken, sie schien nicht zu rauchen. Sie lächelte zurück.

»Was ist das?« Er deutete auf ihren Drink. Regel fünf: Den Kontakt auf keinen Fall abreißen lassen. Gesprächspausen in den ersten fünf Minuten sind das Ende jedes Flirts.

»Daiquiri.« Sie hob ihr Glas und nippte daran.

»Und wie schmeckt das?«

»Möchten Sie probieren?« Sie reichte ihm das Glas. Es schmeckte entsetzlich.

»Klasse, das nehm ich auch.« Er winkte dem gestressten und offensichtlich schwulen Kerl hinter dem Tresen und deutete auf ihr Glas. Der nickte genervt.

»Oft hier?«

»Hin und wieder.« Sie hob die Hand und bestellte einen neuen Drink. Bei ihr grinste der Barfritze natürlich. War wohl doch nicht schwul.

»Ich heiße übrigens Thomas. Du hast doch bestimmt auch 'nen tollen Vornamen?« Er rückte etwas näher.

Regel vier: Sofort klare Verhältnisse schaffen. Entweder sie will oder sie will nicht. Sie lächelte: Sie wollte.

»Wie man's nimmt«, sagte sie verschämt. »Ich finde ihn ja nicht so toll. Frederike.«

Die Daiquiris kamen, sie stießen an. Frederike hörte gar nicht mehr auf zu lächeln.

»Also, ich find Frederike schön. Sehr selten. Und edel irgendwie. Was machst du beruflich, Frederike?«

»Ich arbeite bei Mc Grayham in der Forschungsabteilung. Das ist ein amerikanischer Pharmakonzern mit einer Niederlassung hier in Durlach.«

»Klingt interessant.« Petzold nippte vorsichtig an seinem Drink. »Und was tut man da so als Forscherin?«

Sie sah geschmeichelt in ihr Glas. »Wir entwickeln neue Medikamente. Ich bin für die Statistik zuständig.«

Sie erzählte von ihrer Arbeit, er hörte gewissenhaft zu, fragte hin und wieder etwas, was er für passend hielt, stellte nebenbei fest, dass sie ansehnliche Beine und ausreichend Oberweite hatte. Regel Nummer sechs: Frauen mögen Männer, die zuhören können.

»Und was tust du so?«, fragte sie schließlich.

Jetzt kam sein Auftritt: »Kripo. Kommissar bei der Kripo. Mord und Totschlag, meistens ziemlich hart.«

Das hatte gesessen. »Einen Kriminalbeamten habe ich noch nie kennen gelernt!«, sagte sie beeindruckt. »Hast du schon mal jemanden erschossen?«

Petzold machte ein bedeutendes Gesicht. »Mal hab ich auf einen schießen müssen. Macht verdammt noch mal keinen Spaß.«

Plötzlich lächelte sie nicht mehr. »Du, da fällt mir etwas ein: Meine Freundin sucht einen Mann!«

»Sie kann ja mal herkommen.« Petzold wies in das volle Lokal. »Hier gibt's jede Menge davon.«

Frederike lachte. »Einen ganz bestimmten Mann. Er soll hier in der Stadt wohnen, steht aber nicht im Telefonbuch!«

»Vielleicht hat er 'ne Geheimnummer?«

»Kannst du nicht, ich meine, als Polizist?« Sie schien die Vorstellung aufregend zu finden, die Kriminalpolizei für ihre Zwecke einzuspannen.

Petzold überlegte, ob es jetzt an der Zeit war, den Arm um ihre Schulter zu legen. »Wir haben natürlich Zugang zu allen Daten vom Einwohnermeldeamt und so«, erklärte er großspurig. »Geht bei uns ja alles online. Gib mir doch einfach deine Nummer, ich ruf dich dann an.« Na, wenn das kein gelungener Übergang war.

»Er heißt Kalmar. Hast du was zu schreiben?«

Petzold klopfte seine Taschen ab und schüttelte den Kopf. Frederike stellte ihr lilafarbenes Handtäschchen auf die Theke und suchte einen Augenblick darin herum. Ein ledergebundenes Notizbüchlein kam zutage und ein schlanker Kugelschreiber.

Er diktierte ihr seine Privat- und auf nachdrückliches Bitten auch die Dienstnummer. Ihre Nummer wollte sie nicht herausrücken. Dann schrieb sie noch etwas auf ein zweites Blatt, was er nicht sehen konnte, und faltete dieses klein zusammen. Sie rutschte vom Barhocker und drückte ihm das Papierchen in die Hand.

»Ich muss jetzt leider. Aber erst lesen, wenn ich weg bin, versprochen?«

Sie huschte davon und war im nächsten Moment verschwunden. Er schob den Cocktail zur Seite, bestellte Bier und betrachtete das zusammengefaltete Papier von allen Seiten. Hatte sie ihm ihre Adresse aufgeschrieben? Oder doch ihre Nummer? Kannte sie hier vielleicht jemanden und wollte nicht dabei gesehen werden, wie sie schon nach einer halben Stunde mit einem unbekannten Mann das Lokal verließ? Hatte sie die heikle Frage »zu dir oder zu mir?« auf diskrete Art beantwortet, bevor sie überhaupt gestellt wurde? Als das Pils kam, entfaltete er den Zettel mit feuchten Fingern und las in freudiger Erregung: »Du bist ganz nett, aber du solltest hin und wieder das Hemd wechseln.«

Die aufgedonnerte Blonde hing inzwischen an einem schwitzenden und offensichtlich sturzbesoffenen Fettsack, erzählte ihm ohne Ende Witzchen, lachte alle Augenblicke schrill und schien ihn hier und jetzt anknabbern zu wollen. Petzold kippte das Pils auf ex und beschloss, noch in dieser Nacht den Kater zu erschlagen und am Montag zwei, drei Polo-Shirts auf Vorrat zu kaufen. Bei Peek & Cloppenburg gab es welche von Daniel Hechter mit kleinen Fehlern. Heute würde er die zehnte Regel wohl nicht finden.

Als er kurz vor zwölf leicht angetrunken und schwer wütend die Schlafzimmertür aufriss, zischte Pedro wie aus einer Kanone geschossen an ihm vorbei und war in der nächsten Sekunde verschwunden. Das Schlafzimmer stank wie eine gut durchgerührte Jauchegrube. Oder wie ein lange nicht geputztes Katzenklo. Ein Punkt mehr für den Kater.

*

Johannes summte vor sich hin, Susanne schwieg, Marc drehte den Stiel seines Glases zwischen den Fingern und Ediths Gesichtsausdruck wurde von Minute zu Minute philosophischer. Schließlich sah sie einen nach dem anderen an und fragte empört: »Kann man denn einen Menschen lieben, der einem überhaupt nicht sympathisch ist?«

»Hört einfach nicht hin«, sagte Marc finster. »Sie ist schon die ganze Zeit so komisch.«

»Er ist nämlich ein ganz schrecklicher Kerl. Und das kommt daher, weil er es immer viel zu leicht gehabt hat!« Edith leerte ihr Glas und fuchtelte mit plötzlicher Energie herum. »Als es in der Schule ein bisschen kompliziert wurde, hat man ihn nach Salem geschickt und auf samtenen Kissen zum Abitur getragen. An der Uni ist er im dritten Semester geflogen, weil er in Höherer Mathematik zweimal beim Mogeln erwischt wurde ...«

»Hör auf damit!«, knurrte Marc.

Aber Edith war jetzt in Fahrt. »Hat irgendwas mit einem umgebauten Taschenrechner gedreht, fragt ihn selbst, wenn euch die technischen Einzelheiten interessieren. Und dann leiht man sich in seinen Kreisen ein bisschen Geld von Papi und macht mal eben eine Firma auf.«

»Ich hätte das Geld genau so gut von jeder x-beliebigen Bank gekriegt«, schnaubte Marc. »Software-Firmen sind gern gesehene Kreditkunden.«

Ediths Empörung steigerte sich immer weiter. »Ich nehme von hundert Gramm Schokolade zwei Kilo zu, obwohl das ernährungsphysiologisch gesehen ein völliger Unsinn ist, und der da isst wie ein Trüffelschwein und bleibt dabei einfach schlank!«, schimpfte sie. »Ich renne zweimal die Woche ins Fitnessstudio und jogge und strample rum wie eine Blöde, während er auf dem Sofa liegt und Western guckt. Und wenn ich ihn dann doch mal zum Joggen überrede, damit er was für seine Gesundheit tut, dann läuft er mir davon und wartet beim

Auto und schwitzt nicht mal!« Sie hielt die Hand vor den Mund, schluckte zweimal und fuhr mit kläglicher Stimme fort: »Und im März, da hält er mal eben das Gesicht aus dem Fenster und ist für den Rest des Jahres braun und ich öle mich und wende mich wie einen Gänsebraten und am Ende sehe ich doch nur aus wie Winnetous Großmutter!« Traurig sah sie in ihr Glas. »Sagt selbst, ist das nicht alles schrecklich unfair?«

Die anderen starrten sie betreten an. Schließlich erhob Johannes sich und sein Glas und begann ebenso laut wie falsch zu singen: »Happy birthday to you ...« Er brach ab. »Kinder, auf, es ist zwölf! Ihr habt Geburtstag!«

Er zog die bedenklich schwankende Edith hoch. Über den Tisch hinweg stieß sie mit Marc an. »Prost, du verwöhntes Kind! Und herzlichen Glückwunsch!«

»Gleichfalls«, brummte Marc wütend.

Susannes Ausdruck wurde immer verständnisloser. »Sie ... ihr habt am selben Tag Geburtstag?«

»Kinder«, grölte Johannes, »ich glaube, ihr müsst jetzt doch mal erzählen, wie ihr euch getroffen habt. Die Geschichte ist einfach zu lustig.«

Edith hob kichernd ihr Glas. »Nämlich bei einer Geburtstagsfeier ...« Ein heftiger Schluckauf brachte sie zum Verstummen.

»Sie will sagen, zwei Geburtstagsfeiern. Wir haben unseren Dreißigsten in der selben Kneipe gefeiert«, erklärte Marc.

»Seht ihr? Immer, immer muss er Recht haben«, rief Edith theatralisch. »Und dabei bin ich vier Stunden älter als er!«

»Das ist wirklich sehr lustig«, sagte Susanne betroffen.

Aufmerksamkeitsheischend hob Edith die Hand. »Leihst du mir noch mal dein Handy, Hannes?«

Johannes reichte es über den Tisch und sie verschwand nach draußen. Wieder kam sie bald zurück und jammerte: »Wo steckt sie denn nur? Sie muss mir doch gratulieren! Und sie geht doch sonst nie weg! Schon gar nicht so spät!«

Dann stießen alle miteinander an, sangen gemeinsam »Happy birthday ...«, Susanne brachte von irgendwo ein flaches Paket in teurem Geschenkpapier, wollte es erst Marc, dann Edith überreichen, ließ es beinahe auf den Tisch fallen und löste auf Johannes' Vorschlag hin das Problem dadurch, dass sie es gleichzeitig nehmen mussten, so dass es am Ende dann doch auf dem Tisch landete und ein zweites Glas zu Bruch ging.

Das Paket enthielt einen Bildband zur Geschichte Berlins. Vermutlich das offizielle Gastgeschenk des Verteidigungsministeriums für Gäste dritten Ranges.

»Und ihr? Schenkt ihr euch nichts?«

»Unser Geschenk ist dieser Urlaub«, sagte Edith mit schwerer Zunge und einem waffenscheinpflichtigen Blick für Marc.

Marc erklärte, nun sei es Zeit für einen Imbiss, und tischte noch eine Käseplatte auf. Er nötigte Susanne zu einem weiteren Schlückchen Wein und erklärte Johannes umständlich die Vorzüge seines Saab. Edith sagte nicht mehr viel und wankte irgendwann mit stierem Blick ins Bett.

»Muss mal Luft schnappen und eine rauchen.« Johannes gähnte und erhob sich schwerfällig. »Hier drin darf man ja nicht.«

»Ich geh kurz mit ihm raus, okay?« Marc schenkte Susanne sein wärmstes Lächeln und legte die Hand auf ihre schmale Schulter. Der Körper unter ihrem dünnen Kleid fühlte sich fest und viel versprechend an. Beim Gehen merkte er, dass es auch für ihn Zeit wurde, mit dem Trinken aufzuhören.

Johannes stand am Terrassengeländer und sah ins Tal hinunter. Das Dorf lag bis auf zwei, drei Lichter dunkel, weit draußen schimmerte das Meer. Eben brach der Mond durch die Wolken.

»Schön habt ihr's hier«, brummte Johannes und ließ sein Feuerzeug aufflammen. »Verdammt schön.«

Eine Weile sahen sie schweigend in die Nacht hinaus. Der

Mond versteckte sich wieder hinter einer Wolke. Dann sagte Johannes plötzlich vollkommen nüchtern: »Und, wie läuft es mit Dark Eye? Werdet ihr es schaffen?«

»Nicht so laut! Edith schläft oben. Sie muss nicht wissen, dass du da mit drinsteckst!«, sagte Marc mit gesenkter Stimme. »Denkst du, ich würd in Urlaub fahren, wenn wir nicht praktisch fertig wären? «

»Das heißt, ihr kommt voran?«

»Natürlich«, sagte Marc leichthin und war froh, dass Johannes sein Gesicht nicht sehen konnte.

Johannes' Gesicht glühte im Schein der Zigarette auf. »Ich habe gehört, es hat einen Unfall gegeben? Jemand ist ums Leben gekommen?«

Marc schwieg eine Spur zu lange. »Wir kommen schon klar damit«, sagte er heiser.

»Und diese Geschichte auf der Autobahn, von der Edith vorhin erzählt hat. Was ist da wirklich dran?«

»Nichts. Ein Lkw ist auf einen anderen gedonnert und wir wären um ein Haar dazwischen gewesen. Das ist alles.«

Johannes sah ihn noch zwei Sekunden forschend an, dann wandte er den Blick ab. »In zwei Wochen ist Deadline, Marc! Ich habe mich beim Verkehrsministerium dafür stark gemacht, dass du diesen Job bekommst! Blamiere mich bitte nicht!«

Marc sah in die Ferne und schwieg.

Johannes zündete sich eine neue Zigarette an und deutete nach rechts. »Wohnt da drüben jemand? Da ist manchmal Licht.«

»Da ist nur 'ne kleine Kapelle. Häuser sind da keine.« Eine Weile standen sie schweigend nebeneinander. »Stimmt, jetzt hab ich's auch gesehen. Vielleicht dieser alte Schäfer. Hier zieht 'ne Schafherde durch die Gegend.«

»Lass uns reingehen. Susanne fängt sonst noch an, sich zu fürchten.« Johannes trat die Zigarette aus. »Und ich könnte noch ein Schlückchen vertragen.«

»Das mit dem russischen U-Boot war ja wohl ein Witz, oder?«, fragte Marc, als er Johannes die Tür aufhielt.

»Ich wüsste nicht, warum ich ausgerechnet darüber Witze machen sollte«, brummte der. »Diese Dinger machen uns zur Zeit die größten Sorgen. Durch die Gegend irrende, halb durchgerostete Atombomben mit dem Wodka-Verbrauch einer russischen Kleinstadt.«

In der Ferne schlug die Kirchturmuhr zweimal. Irgendwo blökte ein schlaftrunkenes Schaf.

»Schönen guten Morgen, Marcellino!«

Marc schloss die Augen sofort wieder. »Bist du wahnsinnig? Machst du wohl die Sonne wieder aus? Was ist für ein Tag?«

Edith kuschelte sich an ihn. »Sonntag! Und Geburtstag! Und es ist schon nach elf!«

»Oh mein Gott«, stöhnte er, »ist dir auch so schlecht?«

»Unten gibt's Kaffee.« Enttäuscht band sie den Morgenmantel zu. »Hannes ist schon unterwegs, Kuchen kaufen.«

»Ich liebe ihn«, ächzte Marc und wälzte sich auf den Bauch. »Bringt er auch Alka Seltzer mit?«

Er hörte, wie sie in der Küche Susanne lautstark die Nachteile von Ehemännern erklärte, die nicht wussten, wann sie genug getrunken hatten. In den Bäumen vor dem Fenster randalierte eine sadistisch veranlagte Amsel. Marc zog die Decke über den Kopf.

Das nächste Mal erwachte er vom Geräusch eines schnell näher kommenden Wagens. Der Kies vor dem Haus knirschte, Türen klappten, im Halbschlaf wunderte er sich, warum Edith mit ihrem Bruder Italienisch sprach. Und warum so aufgeregt. Dann kamen schnelle Schritte die Treppe hoch, die Tür flog auf.

»Marc, steh sofort auf! Hannes ist verunglückt!«

Minuten später saß er auf dem Rücksitz eines schwarz-weißen Alfa Romeo zwischen einer stumm und ungläubig um sich sehenden Susanne und einer völlig durchgedrehten und ununterbrochen Unsinn redenden Edith und entdeckte beim Blick zwischen den Carabinieri hindurch, dass der Mercedes friedlich neben dem Haus stand.

»He! Wo ist mein Auto?«

Edith packte ihn am Arm. »Er ist doch mit unserem Wagen gefahren, mein Gott, und ich habe es ihm auch noch erlaubt, er wollte ihn ja nur mal ausprobieren und ... und er fährt doch schon ewig und nie hatte er einen Unfall, er wird vielleicht zu schnell gefahren sein, mein Gott, und er ist doch schnelle Autos gar nicht gewohnt und ... oh Gott, oh Gott, Marc!«

Der Alfa schlingerte die Steigung hinunter und bog mit jaulenden Reifen auf die Straße. Der Fahrer schaltete Sirene und Blaulicht ein.

Marc rieb sich die Augen. »Wie schlimm ist es?«

»Johannes sei nicht viel passiert, sagen sie«, keuchte Edith. »Aber der Wagen ...«

Susanne kaute auf der Unterlippe.

Wenig später waren sie da. Johannes saß zittrig rauchend auf einem Kilometerstein. Er blutete aus einer breiten Schramme an der Stirn. Ein zweiter Streifenwagen parkte am Straßenrand, dahinter ein blaugrüner Audi und noch zwei andere Wagen. Gestikulierende Männer standen am Straßenrand und sahen ins Tal hinunter. Das Ende der rostigen Leitplanke hing verbogen nach außen und hatte deutlich sichtbare schwarze Lackspuren.

»Oh Gott, Hannes!«, jammerte Edith und versuchte, ihm mit einem Tempo-Taschentuch das Blut von der Wange zu tupfen. »Und ich bin an allem schuld!«

Susanne stand mit weiten Augen daneben und verhakte ihre Finger. Plötzlich begann sie zu weinen. Marc trat zu den Männern.

»Tja, dottore, direkt schad um des schöne Auto«, sagte eine Stimme neben ihm begleitet von einer Wolke üblen Mundgeruchs: Pepe. Der Saab hing fünf Meter weiter unten an einer windschiefen Kiefer, die durch den Aufprall halb entwurzelt war. Dahinter brach das Gelände ab, dort schien es ins Bodenlose zu gehen. »Des hätt fei leicht schief gehen können«, fuhr Pepe fort. »Sieht aber nicht aus, als ob allzu viel kaputt wär. Ich hab schon meinen Cousin antelefoniert, der hat an Pajero mit Winde, der zieht ihn rauf. Und von dem können's dann auch einen Leihwagen kriegen, wann's wollen.«

Marc sah sich um. An dieser Stelle war die Straße nicht sehr steil, etwas weiter oben eine Haarnadelkurve, die man nur im zweiten Gang nehmen konnte, fünfzig Meter weiter die nächste Kehre und die Straße verschwand um den Berg. Nach den Reifenspuren zu schließen, hatte Johannes plötzlich gebremst, einen Haken geschlagen, und war ohne ersichtlichen Grund von der Straße abgekommen.

»Was hat er gemacht?«

»Fragen's ihn selber. Bis jetzt er nichts erzählt.«

Irgendwo in der Nähe wurde ein Moped angetreten, es entfernte sich knatternd talwärts. Marc trat zu Johannes und den Frauen. Weit weg bimmelten unsichtbare Schafe.

»Was machst du für eine Scheiße? Kannst du dir nicht mit deiner eigenen Karre das Leben nehmen?«

Edith warf ihm einen bösen Blick zu und Johannes steckte sich mit bebenden Händen eine neue Zigarette an der alten an. Einer der Carabinieri brachte ein Pflaster und Edith klebte es vorsichtig auf die Stirn ihres Bruders.

»Weiß nicht«, sagte Johannes tonlos. »Bin ganz langsam gefahren. Ich wollte ... weiß wirklich nicht.« Er saugte an der Zigarette und atmete den Rauch tief ein. Dann sah er Marc mit trübem Blick in die Augen. »Ehrlich, ich weiß es nicht.«

»Ist dir einer entgegen gekommen? Hat dich einer geschnitten? Man kommt doch nicht einfach so von der Straße ab!«

Johannes senkte den Blick. »Glaube nicht.«

»Siehst du denn nicht, dass er unter Schock steht?«, zischte Edith und versuchte, Marc wegzudrängen.

Der sah zum Himmel. »Hat dich die Sonne geblendet? Lag was auf der Straße? Oder war vielleicht was mit dem Auto?«

»So hör doch endlich auf damit!« Edith gab ihm einen Stoß. »Er ist doch völlig fertig. Bestimmt ist er gut versichert und du bekommst ein schönes neues Auto. Sei doch froh, dass ihm nicht mehr passiert ist!«

»Ich scheiß auf das Auto!« Marc rammte die Hände in die Taschen. »Aber er muss es ja nicht gleich zu Schrott fahren!«

Johannes warf die halb gerauchte Zigarette über die Leitplanke. Edith untersuchte sein Knie. Die Hose war zerrissen, aber die Wunde war nicht tief, es blutete kaum.

Die Männer am Straßenrand riefen etwas, von unten kam ein knirschendes, dann schabendes Geräusch, und als Marc wieder neben sie trat, waren der Saab und die Kiefer verschwunden.

»Ja, da legst di nieder«, sagte Pepe andächtig. »Jetzt brauch' mer keine Winde mehr.«

Einer der Polizisten sagte etwas, die Umstehenden murmelten zustimmend und Pepe übersetzte: »Des ist fei der einzige Baum weit und breit g'wesen. Er hat ein Höllendusel g'habt, Ihr Herr Schwager!«

Marc kämmte sich die Haare mit den Fingern und merkte, dass er immer noch Kopfschmerzen hatte.

*

Petzold hatte reichlich Kaffee gekocht, mit Sorgfalt den Tisch gedeckt und sogar ein paar Osterglocken organisiert, bei deren Anblick Christel sofort zu niesen begann. Schilling bat ihn mit einem um Entschuldigung bittenden Blick, die Blumen für die Zeit ihres Besuchs auf den Balkon zu stellen.

»Magst du 'nen Schnaps zur Eröffnung? Ich hab da was aus 'ner ziemlich kuriosen Quelle.«

»Also, wir würden eigentlich überhaupt lieber Tee trinken. Wenn's keine Umstände macht«, sagte Schilling verlegen. Zum

Glück hatte Petzold noch Pfefferminztee von einer Darmgrippe im Winter.

Dann setzten sie sich an den Tisch und er erzählte, woher das Kirschwasser stammte. Christel sah ihn mit schlecht verhohlenem Entsetzen an und schien zu fürchten, dass ihr geliebter Berthold umgehend erblindete, wenn er an dem Kirsch auch nur roch.

»Den Kuchen hab ich übrigens selber gebacken!«

»Selbst ist der Mann. Wenn er keine Frau hat.« Schilling stopfte sich ein großes Stück in den Mund. »Ich kenn übrigens die Backmischung. Von Aldi, nicht? Hab ich früher meiner Mutter immer zum Muttertag gemacht.«

»Aber ich hab zur Verfeinerung 'nen ordentlich Schuss Kirschwasser reingetan«, sagte Petzold beleidigt. Christel fiel das Kuchenstück aus der Hand.

»Wir essen eigentlich lieber frische Sachen, die hier aus der Gegend kommen.« Vorsichtig biss sie noch ein Stückchen ab und wechselte das Thema. »Deine Wohnung ist hübsch. Im Schnitt fast wie unsere.«

»Aber unser Balkon geht nach Süden«, strahlte Schilling.

»Und es steht keine Birke im Garten.« Christel zwinkerte. »Ich bin nämlich ein bisschen allergisch gegen Birken.«

»Wann zieht ihr ein?«

»Jeden Tag ein wenig mehr.« Schilling lächelte seine rothaarige Lebensgefährtin verliebt an. »Bis jetzt schlafen wir noch auf Luftmatratzen. Gestern haben wir 'ne hübsche Couchgarnitur gefunden, gar nicht teuer. Massivholz geölt. Und morgen hab ich mir frei genommen. Bisschen einrichten und Kleinkram kaufen.«

»Vielleicht habt ihr ja demnächst auch noch ein richtiges Schlafzimmer«, sagte Petzold.

»Berthold sagt, es sei Buche?«, fragte Christel.

»Keine Ahnung. Holz irgendwie.«

»Und du kaufst dir was Neues?«

»Ich brauch mal was anderes. Hab mir ein Wasserbett bestellt.«

Schilling konnte sich ein Grinsen nicht verkneifen. »Für die Schmetterlinge«, murmelte er.

Aber Christel hatte es gehört. »Du sammelst Schmetterlinge?« Sie sah um sich und wies auf Petzolds Vitrine. »Ich habe gedacht, Autos. Schmetterlinge auch? Ich versteh nicht ...«

Petzold spielte mit seinem Kuchenstück und Schilling hatte offenbar etwas äußerst Interessantes am Boden seiner Tasse entdeckt. Glücklicherweise tauchte Pedro auf, machte auf Schmusekatze und strich Christel um die Beine.

Sie hielt ihm die Hand zum Schnuppern hin. »Ist die aber süß!« Er ließ sich sogar streicheln.

»Sie ist ein er. Und wenn ihr das Schlafzimmer nehmt, kriegt ihr ihn kostenlos dazu«, sagte Petzold hoffnungsvoll. »Und drei Säcke Katzenstreu.«

Da Christel jedoch nicht ausschließen mochte, dass sie auch gegen Katzenhaare ein bisschen allergisch war, wurde nichts aus dem Koppelgeschäft. Später besichtigten sie das Schlafzimmer, das Petzold nach Pedros Sabotageakt in der Nacht zuvor gründlich ausgelüftet hatte. Zur Erleichterung der Männer war Christel sofort begeistert.

»Unlackiertes Naturholz! Massive Esche! Und sehr solide gearbeitet! Wer immer das ausgesucht hat, hat viel Geschmack.«

»Steffi«, sagte Petzold mürrisch. »Hat irgendwelche Beziehungen.«

»Das Bett steht aber nicht so gut hier«, meinte Christel mit sachverständigen Blicken. »Da gehen Sha-Energielinien drüber. Ich gebe Berthold mal einen Regenbogenkristall mit, den hängst du an die Decke, das hilft oft schon 'ne Menge. Du hast bestimmt Schlafstörungen? Bist du öfter krank?«

»Ist mir noch nicht aufgefallen.« Petzold wandte sich besorgt an Schilling. »Seh ich irgendwie schlecht aus?«

»Sie beschäftigt sich mit Feng Shui«, erklärte Schilling und machte Christel auf den schön gemaserten Schrank aufmerksam. Die beiden wippten noch ein wenig auf den Betten, tauschten Blicke voller Vorfreude und schließlich nickten sie sich zu. »Ist gekauft«, sagte Schilling. »Wann können wir es haben?«

»Mittwoch kommt das Bett.« Petzold machte eine ausladende Bewegung. »Neue Schränke krieg ich auch. Hab mir was mit viel Stahl und Spiegeln ausgesucht. Die Wände möcht ich auch anders streichen. Irgendwie cool. Grau vielleicht.«

»Und wo kommen dann die Schmetterlinge hin?«, fragte Christel neugierig, erhielt aber keine Antwort. Über den Preis war man sich schnell einig.

»Was treibt sie eigentlich, deine Steffi?«, fragte Schilling, als sie wieder am Tisch saßen.

»Sie ist nicht meine Steffi«, brummte Petzold und sah zum Fenster. »Sie wohnt mit 'nem Typ vom ZKM zusammen. Der macht irgendwas mit Kunst.«

Er wandte sich an Christel. »Du arbeitest bei der Post?«

»Telekom«, korrigierte sie.

»Kannst du mir vielleicht ein Telefonbuch besorgen? Mein altes hat der Kater erlegt.«

»Kein Problem.« Christel erzählte von ihrer Arbeit und später nahm Schilling dann doch noch einen Schnaps. Sie verabredeten, dass sie das Schlafzimmer am Mittwochabend abholen würden.

»Und überlegt euch das mit dem Kater noch mal«, sagte Petzold beim Abschied. »Er frisst nicht halb so viel, wie man denken könnte!«

*

»Marc, was ist nur los mit uns?«

Edith flüsterte fast. Sie saßen auf der Terrasse und tranken einen verspäteten Kaffee in den letzten Sonnenstrahlen. Vor einer Stunde waren Johannes und Susanne mit zahllosen Entschuldigungen abgefahren, hatten Marc mit ins Dorf genommen, wo er von Pepe einen weißen und fast neuen Fiat Punto in Empfang nahm. Was von dem Saab übrig war, stand inzwischen in irgendeiner Scheune.

Edith sah in ihre Tasse. Sie war fast so blass wie das Porzellan. »Wir wollten doch Urlaub machen, uns erholen, Geburtstag feiern, verliebt sein, und statt dessen reden wir ständig über diesen Reiseruf und streiten uns wegen Kleinigkeiten. Und jetzt auch noch das ...« Mit zitternder Hand stellte sie ihre Tasse ab. »Erst dieser Unfall bei Basel, und wenn nicht dieses Bäumchen ... Marc, mir wird ganz schlecht!«

Er zog sie an sich. »Aber da war nun mal diese Krüppelkiefer. Und wenn Johannes beim Raufkrabbeln nicht noch mit dem Kopf gegen die Leitplanke geknallt wäre, wär er praktisch unbeschädigt. Und du solltest vielleicht mal 'nen Happen essen.«

»Was für ein Glück, dass das Auto Airbags hat!«

»Jedes Auto hat heute Airbags. Johannes hat 'ne prima Haftpflichtversicherung, nächste Woche ist seine Beule verheilt und nichts ist passiert. Versuch, nicht mehr dran zu denken.«

»Ich kann nicht«, murmelte sie. »Wie das Auto aussah!«

»Wir kriegen ein neues.«

»Wieder ein Cabrio?«

»Mit ganz vielen Airbags.«

Edith lächelte zaghaft und legte den Kopf an seine Schulter. Die Sonne verschwand hinter den Bergen. Das Meer unten lag noch im Licht, die Pinien dufteten und noch immer war es warm.

»Ich muss noch mal mit Johannes reden. Da muss irgendwas gewesen sein, er erinnert sich nur nicht dran. Man kommt doch nicht einfach so von der Straße ab«, sagte Marc. »Und ich will wissen, was das war.«

»Du tust ja gerade so, als hätte jemand einen Anschlag auf ihn verübt«, sagte Edith erschöpft.

Marc machte sich los. »Und jetzt putz ich endlich den Pool. Morgen wird gebadet. Und wir denken an nichts und sind ganz friedlich und fahren nirgendwo hin.«

»Wer war der Mann? Der mit dem bayerischen Akzent?«

»Pepe? Der hat den Wagen repariert. Sein Cousin hat 'ne kleine Werkstatt.«

»Ich mag den nicht.« Plötzlich saß Edith senkrecht. »Was hat er repariert?«

»Die Bremse. Vorne rechts ...« Marc verstummte.

Ediths Augen wurden riesig. »Und bist du sicher, dass er alles richtig gemacht hat? Ich meine, in einer solchen Dorf-Werkstatt?«

Marc lächelte beruhigend. »Er versteht 'ne Menge von Autos. Es war alles in Ordnung hinterher.«

»Aber du kennst den doch gar nicht! Und wenn ...?«

»Es war in Ordnung«, sagte Marc bestimmt und schob den Stuhl an den Tisch. »Und du solltest wirklich was essen, Mädchen.«

Edith sah ihm mit gerunzelter Stirn nach. Plötzlich schauderte sie, sprang auf und rannte ins Haus.

Marc suchte Besen, Schaufel und Eimer, kletterte in das Bassin hinunter und versuchte, an etwas Erfreuliches zu denken. Aber es wollte ihm nichts einfallen.

Plötzlich stand Edith oben. »Kalmar ist die korrekte biologische Bezeichnung für den gemeinen Tintenfisch!«

Marc stützte sich auf den Besen. »Und du meinst, er heißt in Wirklichkeit Tintenfisch?«

Zum ersten Mal an diesem Tag lachte sie ein wenig, setzte sich auf den Beckenrand und baumelte mit den Füßen. Inzwischen trug sie wieder ihren Lieblingspulli.

»Ob es möglich ist, dass die beim Radio die Nummer falsch aufgeschrieben haben?«, fragte sie und begann, an ihrem Pony zu zupfen. »Vielleicht haben sie ja was ...« Sie unterbrach sich und sah Marc empört an. »Wir fangen ja schon wieder damit an!«

Marc reichte ihr den Eimer hoch. »Da hinten zwischen den Bäumen ist ein Komposthaufen.«

*

Sonntagabend war erfahrungsgemäß keine gute Zeit für Petzolds neues Hobby. Von der Tür überblickte er das nicht einmal halb gefüllte Lokal. Paare, in der Ecke zwei händchenhaltende, weltvergessene Lesben. An der Bar zwei verhungerte Typen, die nach Musiker aussahen.

Er stellte sich an die Theke und bestellte Pils. Regel acht: Nicht zu früh hinsetzen, beweglich bleiben. Er war beim zweiten Pils, als sie kam. Dunkelblond, nicht ganz so schlank, wie sie gerne wirken wollte, unauffällig, aber mit Geschmack zurechtgemacht. Schon an ihrem kurzen Zögern in der Tür und den schnellen Blicken, die sie über das Lokal schweifen ließ, erkannte er: Da war jemand, der auch beschlossen hatte, diesen Abend einmal nicht alleine zu verbringen.

Ihre Blicke trafen sich, er lächelte so munter er konnte. Ihr Gesicht blieb ausdruckslos, aber sie kam auf ihn zu und setzte sich auf den übernächsten Hocker, ohne ihn noch einmal anzusehen. Regel Nummer eins: Jede Frau will erobert werden. Auch wenn sie es kaum erwarten kann, angebaggert und abgeschleppt zu werden. Nach ausgiebigem Kartenstudium bestellte sie einen italienischen Rotwein von der teureren Sorte. Also eine, die auf Kultur und gute Küche abfuhr. Als sie ihr Glas hob, prostete er ihr zu. Sie lächelte. Endlich.

»Schmeckt er?« Petzold nahm sein Glas und rutschte neben sie. Keine Abwehrreaktion.

»Also, ich finde ihn vorzüglich«, sagte sie. »Ein fünfundneunziger Montepulciano d' Abruzzo.«

»Dann könnte man es ja wirklich mal riskieren.« Petzold leerte sein Bierglas und bestellte Wein.

Bald waren sie in ein Gespräch über italienische Weinbaugebiete vertieft. Sie hieß Melanie, hatte eine volle, warme Stimme, ein angenehm rundes Parfum und Petzold musste flunkern, was das Zeug hielt. Nach eine Weile wurde es mit den Weinen kompliziert und sie musste sich immer mehr Mühe geben, nicht zu merken, dass er keine Ahnung davon hatte. Sie bestellten noch einmal von der selben Sorte, dann musterte sie ihn freundlich und sagte: »Du magst Katzen?«

Petzold verschluckte sich. »Warum?«

Sie zupfte etwas von seinem Ärmel. »Das ist doch ein Katzenhaar, nicht wahr?«

In der nächsten Viertelstunde erfuhr Petzold, dass sie Katzen liebte und dass man Menschen unfehlbar danach beurteilen könne, ob sie Tiere und insbesondere natürlich Katzen mochten. Er hörte von den Heldentaten ihrer Lieblinge und musste ausführlich von Pedro erzählen. Schließlich fragte sie ihn, ob er nicht in ihren Verein zur Rettung ausgesetzter Katzen eintreten und hin und wieder eines der armen Geschöpfe in Pflege nehmen wolle.

Petzold verdrückte sich bald mit der Ausrede, er müsse sich dringend um seinen Kater kümmern, weil der zu Depressionen neige, wenn er zu lange allein sei.

Seine Hoffnung, am Montagmorgen endlich eine passende Vermisstenmeldung auf seinem Schreibtisch oder in seinem Computer zu finden und den lästigen Fall abschließen zu können, erfüllte sich nicht. Auch der Van war noch nicht aufgetaucht. Immerhin lag ein Umschlag mit dem Phantombild auf seinem Schreibtisch und später kam auch der Bericht aus dem Kriminaltechnischen Labor.

Er rief Förster und die anderen in sein Büro und reichte das wie üblich verblüffend realistische Bild des Toten herum.

»Viel haben wir ja bisher nicht. Die Gerichtsmediziner kommen wieder mal nicht in die Gänge.« Er hob ein Blatt. »Alter vermutlich dreißig bis vierzig, Größe etwa einsachtzig, Gewicht zweiundsiebzig. Fast schon dürr also.«

»Wen wundert's«, brummte Hirlinger, der heute wieder einmal eine mächtige Fahne hatte. »Wie die saufen.«

»In seinem Wigwam lag 'ne Sammlung leerer Bierdosen. In den Plastik-Tüten jede Menge Plunder, den er aus Papierkörben und Abfalleimern zusammengesucht hat. Unter anderem ein kaputter Discman, eine halbe Zehnerpackung Kondome Marke Zartfeucht rosa, ein Buch über Kakteenzucht und eine angebrochene Schachtel Maryland-Cookies.« Petzold blätterte um. »Am Leib hat er Folgendes getragen: Schwarze Boxershorts und T-Shirt von Calvin Klein, Lammwoll-Socken von 'nem Bio-Produzenten in der Nähe von Bielefeld. Durchgelatsche Halbschuhe, die zwei Nummern zu groß waren. Und jetzt passt auf: eine Hose aus dunkelgrauem englischem Wollstoff ohne Etikett. Vermutlich Schneiderarbeit und Teil eines Maßanzugs. Ein Hemd hat er nicht angehabt. Der Mantel ist von Burberry, aber die Herstellung dieses Modells haben sie dreiundachtzig eingestellt.« Petzold sah auf. »Alles gut erhalten, zwei, drei Nummern zu weit und mit Lavendel-Duft.«

»Klingt, als stammte alles aus ein und demselben Schrank«, meinte Förster.

»Bis auf Socken und Unterwäsche«, sagte Petzold.

»Vielleicht aus einem Sammelcontainer vom Roten Kreuz?«, schlug Birgit vor. »Die werden ja öfter mal ausgeräubert.«

Petzold faltete die Hände auf dem Tisch. »So wie ich das sehe, haben wir bisher zwei Ansätze: Jelzin oder Kapitzka. Bei beiden fehlt das Motiv und wir kommen vermutlich erst weiter, wenn die Gerichtsmediziner mit ihrem Bericht rüberkommen. Ich hab schon in Heidelberg angerufen. Der Bericht ist diktiert, ist aber blöderweise liegen geblieben. Die Sekretärin hat heute frei. Brückentag, morgen ist erster Mai.«

»Ich hab hier übrigens auch noch was.« Birgit hob ein Papier in die Höhe. »Ich weiß ja nicht, ob es wichtig ist, aber es ist zumindest merkwürdig.«

»Um was geht es?«, fragte Förster.

»Vier Tage vor diesem ... Unfall ... hat es in der Stadt einen ganz ähnlichen Fall gegeben.« Förster und Petzold waren plötzlich aufmerksam. »Ein Mann, Mitte vierzig, nicht gerade gepflegt gekleidet, wurde auf der Rüppurrer Straße von einem Lastwagen überfahren. Auch dort war mindestens eine nicht identifizierte Person in der Nähe. Aber ein Obdachloser war der definitiv nicht.«

Sie reichte Förster das Protokoll. Er überflog es. »Ein promovierter Mathematiker. Zum Todeszeitpunkt hatte er eins Komma drei Promille im Blut. Er scheint vorher noch in einem Lokal gewesen zu sein, denn als er seinen Arbeitsplatz gegen einundzwanzig Uhr verließ, war er nach Aussage seiner Kollegen nüchtern. Keine Anzeichen auf Fremdverschulden.« Förster nahm die Brille ab und rieb sich lange die Augen. Dann reichte er Birgit das Blatt zurück. »Wir sollten das im Auge behalten. Das Phantombild geben wir noch heute an die Zeitung. Und wir sollten es auch bei den Obdachlosen in der Innenstadt herumzeigen. Vielleicht haben wir ja dort Glück. Wo steckt überhaupt Schilling?«

»Brückentag. Der zieht um.«

»Richtig, morgen ist ja Feiertag.«

»Sind denn die zwei Täter von Darmstadt inzwischen gefasst?«, fragte Birgit, als Förster schon im Gehen war.

Er schüttelte nur müde den Kopf, gab ihr noch den Auftrag, Kapitzkas Zahnarzt zu suchen, und verschwand in seinem Büro.

Minuten später klingelte Petzolds Telefon.

»Nein, gibt's nicht ... Nein, hab ich alles überprüft, auch den Landkreis. Nirgends gibt's jemanden, der Kalmar heißt. Sieht man sich heute Abend im Kap?«

Frederike zierte sich. »Nee, du, tut mir Leid. Ich fliege für ein paar Tage in die Staaten.«

»Urlaub?«

»Arbeit. In unser Headquarter, nach Boston. Vielleicht mal, wenn ich zurück bin, okay?«

Den Nachmittag verbrachten Petzold und Hirlinger in der Stadt und betrieben »Aufklärung mit den Füßen«. Aber keiner der befragten Obdachlosen erkannte den Mann auf dem Phantombild. Auf Nachfrage schworen dann plötzlich zwei, dass es todsicher Jelzin war. Birgit telefonierte sich die Finger wund, fand jedoch Kapitzkas Zahnarzt nicht, obwohl es im weiten Umkreis der Stadt keine Zahnarztpraxis gab, die sie nicht belästigte.

Als Petzold frustriert und mit schmerzenden Füßen zurückkam, brachte sie ihm ein Fax. »Sieh mal, das ist vorhin aus Lyon gekommen. Da hat einer der Interpol-Computer mal gut aufgepasst. In Wien ist Anfang letzter Woche ein Chrysler gestohlen worden, der zu unserer Beschreibung passt.«

»In Wien? Wieso Wien?«

Sie reichte ihm das Papier, Petzold las es durch und warf es auf den Schreibtisch. »Haargenau das gleiche Fahrzeug. Aber was gibt das für einen Sinn?« Er sah Birgit verstört an. »Nichts, aber auch gar nichts passt hier zusammen!«

»Vielleicht hat es ja mit unserer Sache gar nichts zu tun«, sagte sie. »Es kann ja einfach ein Zufall sein.«

Petzold schnaubte. »Ich fange an, diesen Fall zu hassen. Wird wirklich Zeit, dass endlich mal was passiert!«

Hirlinger kam erst spät aus der Stadt zurück und hatte ebenfalls nichts erreicht.

*

Die Fahrt in dem kleinen, lauten Fiat war ungewohnt. Zum ersten Mal fuhren Marc und Edith zusammen in den Ort. Angelica war sichtlich irritiert durch Ediths Anwesenheit, redete aber bald ebenso viel wie sonst. Die Frauen unterhielten sich gestenreich über das Drama mit der macchina, auch der Name Pepe fiel, Marc malte mit der Fußspitze Figuren auf den Linoleumboden und fühlte sich überflüssig. Nicht einmal das Einkaufen machte mehr Spaß.

»Sieh mal, wie wenig wir gekauft haben«, sagte Edith, als sie die Sachen in den Wagen packten. »Man könnte denken, wir wollen bald abreisen.«

»Vielleicht nicht die schlechteste Idee.« Marc warf die Klappe zu. »Sollen wir noch 'nen Kaffee trinken?«

»Erst will ich es noch mal bei Fred versuchen. Die müsste inzwischen Feierabend haben«, sagte Edith und verschwand.

Marc setzte sich vor dem Café in die Sonne und bestellte bei der Alten, die natürlich auch längst alles wusste und ihn mitfühlend musterte, Cappuccino und ein San Pellegrino. Um den Brunnen spielten ein paar schmutzige Jungs Fußball.

Nach einigen Minuten kam Edith wieder, machte einen Bogen um die lärmenden Kinder und lachte erst, als sie am Tisch saß.

»Fred steht kurz vor dem Wahnsinn. Sie geht kaum noch ans Telefon, weil es alle Augenblicke klingelt. Aber es ist immer bloß unser Anton!« Sie bestellte Espresso. »Und stell dir vor, sie hat einen Kommissar kennen gelernt, von der Kripo! Den hat sie gleich auf diesen Kalmar angesetzt, aber offenbar gibt es wirklich weit und breit keinen Menschen, der so heißt.« Sie hielt das Gesicht in die Sonne.

»Was Ernstes?«

»Der Polizist? Weiß nicht. Sie hat ein schlechtes Gewissen, weil sie irgendwie frech zu ihm war. Und jetzt traut sie sich nicht mehr in das Lokal.«

»Du wirst sehen, sie stirbt als Jungfrau.«

»Ich liege ihr ja ständig in den Ohren. Morgen fliegt sie erst mal nach Boston. Es scheint Ärger zu geben.«

»Euer neues Medikament?«

Edth nickte mit gerunzelter Stirn. »Vermutlich Probleme bei den klinischen Tests. Sie will nichts verraten, also muss es was Ernstes sein.«

Der Ball kullerte vor ihre Füße. Einer der verschwitzten Jungen kam atemlos angerannt, sagte artig: »Scusi, signora« und verschwand.

Edith verzog das Gesicht. »Müssen die denn einen solchen Krach machen?«

Marc grinste hinterhältig. »Ich denke, du magst Kinder?«

»Aber doch nicht die anderer Leute!«, sagte sie empört und sah lange auf ihre Fußspitzen. Schließlich kickte sie eine leere Zigarettenschachtel in den Rinnstein. »Warum können eigentlich Männer keine Kinder bekommen?«

Mit mitfühlendem Gemurmel brachte die Alte endlich den Cappuccino.

»Marc, ich mag nicht mehr«, sagte Edith nach einiger Zeit. Plötzlich sah sie sehr müde aus. »Ich halte das nicht mehr aus. Ich kann nicht schlafen, das Essen schmeckt mir nicht, von der Sonne bekomme ich Kopfschmerzen. Ich will nach Hause!«

Marc legte die Arme auf den Tisch. »Die letzte Nacht war die erste, in der ich nicht von der Firma geträumt hab.«

Sie sah ihm in die Augen wie ein geschlagenes Kind. »Ich kann an nichts anderes mehr denken als an diesen schrecklichen Unfall! Irgendwas ist in der Luft und ich ... Ständig habe ich Angst, dass wieder etwas passiert.«

»Und wenn wir nach Genua fahren und in ein Hotel ziehen?«

»Du willst nicht zurück?«

»Ich seh schon, wie sie gucken, wenn ich zur Tür reinkomme. Ich hör sie schon: Marc, wir müssen mal ganz dringend mit dir reden.« Entsetzt schüttelte er den Kopf.

Edith musterte ihn forschend. »Also steht es doch nicht so toll um euer Projekt? Ist es das, was mich die ganze Zeit schon irritiert an dir? Seit Tagen werde ich das Gefühl nicht los, dass du mir etwas verheimlichst.« Sie wandte den Blick ab und fügte leise hinzu: »Marc, ich habe wirklich Angst!«

»Wovor denn?«

»Ich ...« Sie verstummte und lange waren nur die lärmenden Jungs zu hören. »Ich weiß es nicht. Das ist ja das Schlimme, ich weiß es nicht.«

*

Am Montagabend arbeitete Petzold einen Teil seiner Bügelwäsche ab und sah sich dabei ein Video von »In the line of fire« an. Bei der Szene, wo Clint Eastwood versuchte, mit seiner Kollegin ins Bett zu steigen, klingelte das Telefon. Petzold stellte das Bügeleisen auf den Rücken und ging in den Flur. Zu seiner Verblüffung war es Steffi.

»Seit wann rufst du denn hier an?«, fragte er zur Begrüßung.

»Du meldest dich ja nicht mehr«, erwiderte sie. Nach einer verlegenen Pause fuhr sie fort: »Wollte nur mal hören, wie's dir geht und so.«

»Gut. Ganz gut. Und selbst?«

»Na ja ...«

Das Gespräch schleppte sich eine Weile hin, dann kam sie endlich zum Thema: »Die Wohnung muss ja ganz schön groß sein, so für dich alleine?«

»Wer sagt denn, dass ich allein hier wohne?« Im Wohnzimmer rumpelte etwas. »Schließlich ist Pedro ja auch noch da«, stöhnte Petzold.

»Ich hätte gewettet, du hast ihn ertränkt!«, sagte sie überrascht. »Warum gibst du ihn nicht endlich weg?«

»Wer will den schon haben.« Petzold spielte mit der Telefonschnur. »Du hast Stress mit deinem Künstler, was?«

»Wie kommst du denn darauf?«, fragte sie lahm. »Wollte nur mal hören, ob bei dir alles okay ist.«

Als Petzold ins Wohnzimmer zurückkam, lag das Bügeleisen

am Boden und der Kater war unauffindbar. Immerhin war es ihm nicht gelungen, die Wohnung in Brand zu stecken.

Am Dienstag war erster Mai, Tag der Arbeit, und somit dienstfrei. Petzold räumte in seinem Schlafzimmer herum, um es für den Abtransport am nächsten Tag vorzubereiten, und fand dabei zwei vergessene Strümpfe und ein Höschen von Steffi. Nach langem Zögern warf er die Sachen in den Müll.

Abends hatte er keine Lust auszugehen. Von Pedro misstrauisch beobachtet, saß er am Küchentisch, dachte über seinen Fall nach, zerkritzelte einen halben DIN A4 Block und zerraufte sich die Haare. Am Ende zerknüllte er die Blätter und warf das Papierknäuel mit so viel Schwung in die Ecke, dass Pedro davonstob.

Dann öffnete er eine Bierflasche und sah sich »Für eine Handvoll Dollar« an. Mit Salzstangen übte er die Bewegung, mit der Clint Eastwood das Cigarillo von einem Mundwinkel in den anderen schob, und um halb eins legte er sich in das Bett, das er einmal voller schwirrender Gefühle im Bauch mit Steffi zusammen ausgesucht hatte und in dem nun ab morgen Schilling mit seiner Christel schlafen würde. Lange fand er keine Ruhe.

Am Mittwoch ging Petzolds Wunsch überreichlich in Erfüllung, es »passierte« endlich etwas. Allerdings nicht in der Weise, wie er sich das vorgestellt hatte.

Er erschien über eine Stunde zu spät und mit mörderischer Laune im Büro. Birgit stand neben Schillings Schreibtisch, die beiden sahen ihm mit verstörtem Gesichtausdruck entgegen.

»Bis neun hab ich auf diese Ärsche gewartet!«, schimpfte er und knallte die Tür zu. »Sie haben kein Bett geliefert und es nicht mal für nötig gehalten anzurufen! Aber jetzt mach ich die rund, jetzt ... Was habt ihr denn da?« Er ließ den Hörer wieder sinken.

Schilling hielt eine Ansichtskarte in der Hand. »Grüße von Gerlach. Es sei stinklangweilig.«

»Und deshalb guckt ihr, als wärt ihr gerade nach Stuttgart versetzt worden?«

»Setz dich«, sagte Schilling tonlos. »Und halt dich gut fest.«

Petzold warf seine Lederjacke auf den Schreibtisch und nahm Platz. »Und? Ich höre?«

»Das BKA hat unsere Berichte angefordert.«

»Das Bundeskriminalamt höchstpersönlich«, bestätigte Birgit. »Ohne jede Begründung. Und wir haben keinen Dunst, warum.«

Nach einer Schrecksekunde klappte Petzold den Mund wieder zu. »Die verarschen uns!« Er schlug mit aller Kraft auf den Tisch. »Wiesbaden verkauft uns für dumm! Da muss irgendwas dran sein, an diesem Fall, was wir nicht wissen und auch nicht wissen sollen. Die halten todsicher Informationen zurück und lassen uns kalt lächelnd vor die Wand laufen!« Er massierte seine Hand.

»Können wir heute Abend trotzdem das Schlafzimmer abholen?«, fragte Schilling zaghaft, als Petzold sich beruhigt hatte.

»Was?«

»Obwohl dein Wasserbett nicht gekommen ist?«

»Von mir aus«, knurrte Petzold. »Eine Nacht kann ich ja auch mal auf der Luftmatratze pennen. Aber du musst mir dafür einen Gefallen tun.« Er beugte sich vor. »Hast du nicht gesagt, du hättest 'nen prima Draht nach Wiesbaden?«

»Stimmt.« Schilling nickte aufmerksam. »Ich kenn da 'ne sehr nette Telefonistin.«

Petzold lachte auf. »Natürlich. Er reißt nämlich seine Frauen grundsätzlich per Telefon auf. Muss irgendwas mit seiner Stimme zu tun haben«, erklärte er Birgit und wandte sich wieder an Schilling. »Bagger die doch mal an. Sie soll versuchen, auf dem kleinen Dienstweg rauszufinden, wer sich für unseren Fall interessiert. Und vor allem, warum.«

Schilling griff sofort zum Telefon. Seine Bekannte wollte sich der Sache annehmen, aber es würde einige Stunden dauern.

An diesem Morgen war das Phantombild des Toten im Lokalteil der Badischen Rundschau erschienen und im Laufe des Tages meldeten sich drei Personen, die ihn zu kennen glaubten.

Petzold besuchte einen zierlichen, weißhaarigen Herrn mit leiser Stimme, der in Rintheim in einer großen, düster und vornehm eingerichteten Wohnung lebte. Der Mann glaubte, in dem Toten seinen Sohn zu erkennen, zu dem er vor vielen Jahren den Kontakt verloren hatte. Schon nach einer knappen Stunde wusste Petzold, dass der vor fünfzehn Jahren in Bolivien verschwunden war. Es bestand der Verdacht, dass er mit Drogengeschäften zu tun und sich dabei mit Leuten angelegt hatte, die drei Nummern zu groß für ihn waren. Vor Jahren war er auf Betreiben der Mutter und gegen den erbitterten Widerstand des Vaters für tot erklärt worden.

Hirlinger sprach mit einem nach Bier und Schweiß riechenden, arbeitslosen Fliesenleger, der sich einen Scherz erlaubt und seinen ehemaligen Arbeitgeber genannt hatte. Der erfreute sich jedoch bester Gesundheit und ausgeprägt schlechter Laune. Er hielt Hirlinger einen ebenso langen wie lautstarken Vortrag über das Personal heutzutage und die Auftragslage im Baugewerbe.

Schilling brauchte das Büro nicht einmal zu verlassen. Der Kroate, dessen Namen die Flüsterstimme am Telefon genannt hatte, war einige Jahre bei der Bahn als Rangierer angestellt gewesen. Später war er einer unbekannten Beschäftigung nachgegangen, die offenbar deutlich mehr einbrachte, und vor drei Jahren war er über Nacht spurlos verschwunden.

Die Personendaten fand Schilling in der zentralen Fahndungsdatei des Bundeskriminalamts, die Beschreibung konnte durchaus auf den Toten passen. Erst nach mehreren Telefonaten konnte am späten Vormittag ausgeschlossen werden, dass der

Tote und der Vermisste identisch waren. Der Kroate war am Knie operiert und einmal nach einem Messerstich am Bauch genäht worden und die dazugehörigen Narben ließen sich an der Leiche nicht finden.

Birgit hing immer noch am Telefon und wurde von Stunde zu Stunde frustrierter. »Der scheint überhaupt gar keine Zähne gehabt zu haben«, sagte sie beim Essen wütend.

»Zu haben«, korrigierte Schilling. »Noch ist er amtlich nicht tot.«

»Zumindest hat er keinen Zahnarzt.«

»Ich tipp ja immer noch auf den Obdachlosen«, sagte Schilling nachdenklich kauend. »Drückt die Daumen, dass das ein Unfall war. Und dass der Lokführer die zwei anderen Männer nur geträumt hat.«

Hirlinger war wie üblich nicht mit essen gegangen, sondern hatte seine Vesperdose ausgepackt. Als Birgit und Schilling sich später erhoben, blieb Petzold unter einem Vorwand zurück, setzte sich zu drei Kollegen vom Sittendezernat und begann mit ihnen ein Gespräch über das Wetter und den Aufstieg des KSC in die Zweite Bundesliga.

Nach einer Weile kam er zur Sache: »Sagt mal, die Malmberg, die war doch früher bei euch. Wie ist die eigentlich so?«

»Blond aber nicht blöd«, sagte der Kleinste der drei und begann natürlich sofort, wissend zu grinsen.

Petzold kratzte eingetrocknete Saucenflecken vom Tisch. »Kennt einer von euch die näher?«

»Weniger.« Nun begannen auch die anderen zu grinsen.

»Ihr wisst nicht zufällig, wer der Typ auf diesem Bild ist?«, platzte er schließlich heraus und fühlte, wie ihm das Blut in den Kopf stieg. »Diesem Foto auf ihrem Schreibtisch?«

Er erntete schadenfrohes Gelächter. »Ich glaub, es ist ihr Verlobter. Aber frag sie doch selber«, sagte einer prustend. »Aufs Mündchen gefallen ist sie ja nicht gerade.«

Den Nachmittag verbrachten sie zum größten Teil mit der

unbeliebtesten Tätigkeit von allen: handschriftliche Notizen entziffern, sortieren und Berichte in die PCs tippen. Hirlinger fluchte hin und wieder lautstark, wenn er sich auf seiner alten Olympia wieder einmal so vertippt hatte, dass auch Tip-Ex nichts mehr half. Zwischendurch verdrückte er sich immer wieder für eine halbe Stunde. Seit er mit Birgit das Zimmer teilte, war er auffallend viel unterwegs.

Irgendwann am späten Nachmittag baute er sich vor Petzolds Schreibtisch auf und kratzte sich verlegen am Ohr. »Also, dieser Jelzin, der liegt seit Tagen im Vincentius.«

Petzold fuhr hoch. »Was?«

»Den haben am Samstagabend welche gefunden. Stell dir vor, in 'nem Müllcontainer! Bewusstlos und praktisch verhungert. Erst haben die gedacht, der ist tot. Dann haben sie ihn gleich ins Krankenhaus gekarrt. Und da päppeln sie ihn jetzt erst mal auf.«

»Und wo hat dieser ... Müllcontainer gestanden?«, fragte Petzold mit einer schlimmen Ahnung.

»Das ist ja der Witz dabei. Unter der Brücke, nur ein paar Meter von da, wo dieser Penner unter den Zug gerannt ist!«

Birgit war inzwischen herein gekommen und hatte mitgehört. Sie warf Petzold einen langen Blick zu.

»Woher weißt du das?«

»Hab 'n bisschen rumgefragt. Den Tipp hat mir einer von seinen Saufkumpanen gegeben. Ich hab ja gleich nicht geglaubt, dass das dieser Jelzin war.«

»Und warum nicht, wenn man fragen darf?«

»Weiß nicht. So 'n Gefühl in der Blase. Hab dir ja schon mal gesagt, ich bin seit über dreißig Jahren Bulle.« Er setzte sich und fuhr fort: »Der muss irgendwas gesehen haben an diesem Mittwoch. Hat's dann mit der Angst gekriegt und sich versteckt, als die Polizei und alles aufmarschiert ist. Und als dann auch noch sein ganzer Krempel aus der Hütte verschwunden war, ist er durchgeknallt und hat gedacht, die Welt geht unter.«

»Können wir ihn vernehmen?«

»Erst morgen oder übermorgen, sagen sie.«

»Ich habe übrigens auch endlich Kapitzkas Zahnarzt aufgetrieben!«, sagte Birgit, als Hirlinger sich erhob. »Stellt euch vor, der fährt nach Mosbach, wenn er was an den Zähnen hat!«

»Mosbach? Wie bist du denn darauf gekommen?«

»Ganz einfach: Er stammt von da. Manche Menschen wechseln den Zahnarzt ja erst, wenn der alte gestorben ist. Hätte mir auch schon früher einfallen können.«

»Ist es nicht immer so?« Petzold rieb sich die Augen mit beiden Händen und fühlte sich auf einmal sehr müde. »Wir tappen im Nebel rum, stolpern irgendwann über die Lösung und dann tun wir so, als hätten wir den Fall gelöst.«

Später kam der lang erwartete Bericht vom Gerichtsmedizinischen Institut der Universität Heidelberg aus dem Faxgerät und es gab eine improvisierte Lagebesprechung, zu der auch Förster erschien. Klein, korrekt und wie immer in einem Anzug, der aussah, als käme er frisch aus der Reinigung.

Inzwischen war Petzold nur noch wütend. »Wir können alles vergessen, was wir bisher gedacht haben. Wir können wieder ganz bei Null anfangen.« Mit einer theatralischen Bewegung klappte er den Schnellhefter auf. »Der Tote hat ein gut gepflegtes und fast vollständiges Gebiss. Wir haben inzwischen auch die Röntgenbilder von seinen Zähnen, es ist mit Sicherheit nicht Kapitzka. Guter Gesundheits- und Ernährungszustand, keine Anzeichen auf Drogenmissbrauch und auch keine auf Alkohol. Null Komma null Promille, der war nicht nüchtern, der war Antialkoholiker. Frisch gewaschene Haare, saubere Fingernägel und gepflegte Hände. Der hat vermutlich zeitlebens nie was mit den Händen gearbeitet.«

Förster blinzelte über seine Goldrandbrille hinweg in die Runde, Birgit hörte mit krauser Stirn und spitzem Mund zu, Schilling rührte in seinem Tee, Hirlinger schnaufte empört und Petzold blätterte um.

»Und jetzt wird's spannend: Der Kerl hat ein blaues Auge! Ein Bluterguss, noch ganz frisch. Und man hat es ihm eindeutig verpasst, kurz bevor er unter den Zug gerannt ist. Außerdem noch ein paar andere verdächtige Stellen. Sieht also alles danach aus, als hätte ihn jemand vor seinem Abflug noch gründlich verdroschen.«

Försters Miene verfinsterte sich und Petzold bemühte sich um eine gehobenere Ausdrucksweise.

»Der Rest ist dann weniger interessant. Die drei Plomben in seinen Zähnen stammen wahrscheinlich aus Mitteleuropa. Einmal ist er am Blinddarm operiert worden und in den letzten vierundzwanzig Stunden vor seinem Tod hat er sich von belegten Brötchen, Orangensaft, Kaffee und Keksen ernährt. Auf den Brötchen war Paprika-Lyoner und Kräuterkäse. Unmittelbare Todesursache war ein Aorta-Riss. Er muss Sekundenbruchteile nach dem Zusammenprall mit der Lok tot gewesen sein.«

Petzold klappte die Akte zu und sah Schilling an. »Kannst dich beruhigen. Der hat nie im Leben auf der Parkbank geschlafen. Und demnach waren die beiden anderen auch keine Skins beim Penner-Klatschen.«

»Ich werde das Gefühl nicht los, jetzt wird's überhaupt erst richtig kompliziert«, murmelte Schilling.

Als sie wieder allein waren, sah Schilling ihn ernst an. »Was meinst du, ob jemand was dagegen hätte, wenn wir die Türen neu streichen würden? Dieses komische Beige passt mir nämlich gar nicht, das ist absolut nicht günstig für das seelische Gleichgewicht.«

»Wenn dieser Kapitzka nicht das Opfer ist, vielleicht ist er ja dann der Täter?« Petzold verschränkte die Hände im Nacken und sah aus dem Fenster auf die großen Kastanien im Stadtgarten, die gerade zu blühen begannen. »Dass seine Frau ihn vor den Zug geworfen hat und dann mit den Kids in aller Seelenruhe weiter Urlaub macht, klang ja auch wirklich ein bisschen weit hergeholt.«

»Was würdest du von Lindgrün halten? Lindgrün wirkt extrem harmonisierend. Ich würd sie natürlich selbst streichen und die Farbe würd ich auch mitbringen. Lösungsmittelfrei.«

»Aber wen zum Teufel soll ein Pharma-Vertreter und Familienvater unter einen Zug treiben? Was kann so einer für Feinde haben?«

Schilling ging zur Tür und fuhr mit der Hand über die Fläche. »Und sie haben ja sowieso 'nen neuen Anstrich nötig. Die sind doch total angestoßen und zerkratzt.«

»Du kannst ja mal bei der Präsidentin vorsprechen«, sagte Petzold gähnend. »Aber pass auf, dass du hinterher nicht selber total angestoßen und zerkratzt ...«

Er brach ab, sah Schilling erschrocken an und begann, hektisch in seinen Notizen zu wühlen. Nach Sekunden hatte er gefunden, was er suchte, zog das Telefon heran und wählte.

»Eine Frage nur. Ja, guten Tag. Welche Farbe hat der Van der Familie Kapitzka?«

»Blau. Dunkelblau.«

»In den Zulassungsdaten steht aber silber-metallic!«

»So war der auch mal. Aber letztes Jahr wurden doch hier die ganzen Autos verkratzt. Habe ich Ihnen das nicht ...«

»Doch. Danke«, sagte Petzold und legte auf.

Schilling setzte sich wieder. »Was ist mit dem Van?«

Petzold klärte ihn auf. Schilling rührte lange und sorgfältig seinen Malventee um. »Also ich weiß nicht, ich fänd's einfach hübscher, wenn die Neuigkeiten nicht alle auf einmal kämen«, murmelte er missmutig. »Und wenn sie einen hin und wieder ein bisschen schlauer machen würden, wär das auch nicht schlecht. Das hier wird ja minütlich verworrener. Gibt's vielleicht 'nen zweiten Van mit 'ner ähnlichen Nummer?«

»Haben wir schon gecheckt«, sagte Petzold mit schmalen Augen. »Gibt es nicht. Das Auto war 'ne Doublette.«

»Und was bedeutet das alles, deiner Meinung nach?«

»Wenn ich das wüsste«, stöhnte Petzold und sah wieder aus dem Fenster. »Wenn ich das wüsste, wär mir wohler.«

»Und was hältst du nun von der Idee mit den Türen?«

Petzold stand auf, um sich einen Kaffee zu holen. »Welche Türen?«

Schilling nippte beleidigt an seinem Tee und verschwand irgendwann. Petzold holte Birgit und Hirlinger und berichtete von den neuen Erkenntnissen.

»Das mit dem gefälschten Van kann eigentlich nur eines bedeuten«, sagte Petzold leise.

Birgit nickte ernst. »Wir haben es mit Profis zu tun. Das Ganze riecht immer mehr nach einer Abrechnung innerhalb einer kriminellen Organisation. Wenn nicht gar nach Hinrichtung. Gelegenheitsganoven fahren nun mal keine kopierten Autos mit gefälschten Nummernschildern.« Sie sah alarmiert auf. »Vielleicht erklärt das ja auch, warum sich das BKA für die Sache interessiert?«

»Und sie haben Kapitzkas Chrysler schon lange nicht mehr gesehen«, sinnierte Petzold. »Sonst hätten sie gewusst, dass er umgespritzt worden ist.«

»Sie haben sich die Fahrzeugdaten von der Zulassungsstelle besorgt«, ergänzte Birgit. »Aber wer hat da schon Zugriff.«

Dann kam Schilling zurück. »Ich könne ja ein grünes Poster an die Tür hängen, wenn mir die Farbe nicht gefällt. Davon gäb's bei uns ja genug.« Wütend setzte er sich. »Für heute hab ich die Schnauze voll!«

Aber der Tag war noch nicht zu Ende. Kurz vor fünf kam der Anruf aus Wiesbaden. Beim Zuhören wurde Schilling blass und am Ende vergaß er, den Hörer aufzulegen.

»Die Berichte sind gar nicht für das BKA«, murmelte er und starrte das Telefon an, als würde es eben anfangen zu fliegen.

»Sondern?«, fragten Petzold und Birgit gleichzeitig.

»Es gibt da einen Kriminaldirektor Gerstenberg und der ist

zuständig für irgendwas mit innerer Sicherheit und von dem kommt die Anfrage. Und ...«

»Jetzt mach's nicht so spannend!«, zischte Petzold.

Endlich sah Schilling auf. »Der hat gute Connections zum MAD. Es handelt sich sozusagen um 'ne kleine Gefälligkeit unter Kollegen.«

Eine Weile sahen sie sich ungläubig an.

»MAD? Na dann ist alles klar«, stieß Petzold schließlich mit heiserem Lachen hervor. »Das hier ist 'ne Show für Versteckte Kamera. Wir kommen im Fernsehen und irgendjemand lacht sich gerade einen Ast über unsere dummen Gesichter.«

Er kippte den letzten Schluck seines inzwischen kalten Kaffees hinunter und stellte den Becher mit so viel Schwung ab, dass der Löffel heraussprang und den gerichtsmedizinischen Bericht bekleckerte.

Schilling betrachtete immer noch den Hörer in seiner Hand. Leise sagte er: »Ich hab schon lange Lust, mal was ganz anderes zu machen. Im Elsass einen alten Bauernhof kaufen, Schafe züchten oder irgend so was. Früh aufstehen, unvergiftetes Essen, sauberes Wasser, frische Luft und eine reelle, ehrliche Arbeit, bei der einen niemand verarscht.«

»Ich würd's mit Gebrauchtwagenhandel versuchen«, brummte Petzold. »Oldtimer und Raritäten. Ich glaub, damit könnte man ganz gut Geld machen.« Er sah Birgit an. »Und du?«

»Ich versteh nicht ganz«, sagte sie verlegen lächelnd.

»Der Militärische Abschirmdienst ist einer der drei Geheimdienste der Bundesrepublik Deutschland«, erklärte Schilling tonlos. »Er hat einzig und allein die Aufgabe, unsere Bundeswehr vor Ausspähung und Sabotage zu schützen.«

»Das alles ist mir nicht unbekannt«, erwiderte Birgit spitz. »Aber warum fordern die die Unterlagen nicht ganz offiziell bei uns an? Das könnten die doch ... Oder nicht?«

»Tja«, sagte Schilling und legte endlich den Hörer auf.

*

Mit jedem Kilometer, den das Küsten-Bähnchen sich Genua näherte, wurden Ediths Augen heller und ihre Bewegungen freier. Marc war zugleich erleichtert, dass dieser verdorbene Urlaub ein Ende fand, und bedrückt von dem, was ihn zu Hause an neuen und alten Problemen erwartete. Pepe hatte sie zum Bahnhof gefahren und wie alte Freunde verabschiedet.

»Ihr Auto nehmen wir auseinander und verkaufen die Einzelteile. Ich werd Sie antelefonieren, wenn sich was ergibt.«

Edith zog das Fenster herunter und hielt den Kopf in den Wind. Ihre kurzen Haare flatterten.

»Wenigstens noch ein bisschen Meer riechen.«

Nach Savona plumpste sie aufatmend in den Sitz, und als der Schaffner kam, weigerte sie sich, Italienisch zu verstehen.

Das Umsteigen in Genua ging trotz des vielen Gepäcks leicht, weil der Zug nach Mailand am selben Bahnsteig stand. Dort hatten sie später fast zwei Stunden Aufenthalt und aßen in einem ruhigen Ristorante in der Nähe des Bahnhofs zu Abend. Inzwischen sprach Edith auch wieder Italienisch.

Um fünf vor halb zehn bestiegen sie den Nachtzug von Roma Termini nach Hamburg Hauptbahnhof. Alle Schlafwagen waren belegt, aber sie fanden ein leeres Abteil in der ersten Klasse.

Edith hatte zu den Scaloppine al Limone zwei Gläser Pinot Grigio getrunken, jetzt war sie schweigsam und hing irgendwelchen Gedanken nach. Marc hatte die Vorhänge zum Gang zugezogen und das Licht gelöscht. Der Intercity schaukelte und rumpelte im letzten Dämmerlicht durch das Ticino-Tal und Ediths Schweigen begann Marc unheimlich zu werden.

»Wenigstens haben wir noch mal anständig gegessen, bevor wir bella Italia verlassen«, sagte er gezwungen fröhlich.

Edith warf ihm einen nicht zu deutenden Blick zu und sah wieder hinaus. Der Zug überquerte den Luganer See. In der

Ferne ein Boot mit einem einsamen weißen Licht. Später ein Dorf mit einem hohen Kirchturm. Das Rot, in dem die Bergspitzen glühten, wurden dunkler und dunkler. Edith starrte immer noch hinaus. Nach Bellinzona ging ein Ruck durch sie, sie wandte sich Marc zu und sah ihm forschend in die Augen.

»Gibt es etwas, was du mir sagen solltest, Marc? Irgendwas, was ich wissen sollte?«

Er hielt ihrem Blick stand und zog eine sorglose Grimasse. »Was sollte das sein?«

»Wenn es da etwas gäbe, du würdest es mir doch sagen?«

Er beugte sich vor und küsste sie auf den Mund, um ihr nicht in die Augen sehen zu müssen. »Was denkst du von mir!«

»Dass du nicht immer die Wahrheit sagst«, sagte sie sehr leise, lehnte sich zurück und sah wieder aus dem Fenster. »Marc«, sagte sie nach einigen endlosen Minuten, »lass uns ein Spiel spielen.«

»Was gibt's zu gewinnen?«, fragte er, froh um die Ablenkung.

»Die Wahrheit«, sagte sie ohne zu lächeln.

»Wow! Eine Nummer kleiner hast du's nicht?« Sein Lachen misslang. »Was für ein Spiel?«

»Ich stelle dir eine Frage und du musst ehrlich antworten.«

Er nickte und hob die Hand wie zum Schwur. »Okay. Ganz ehrlich.« Ihr Forscher-Blick begann ihn nervös zu machen.

Mit belegter Stimme fragte sie: »Was hasst du am meisten an mir, Marc?«

»Ups ... Wie? Was soll ich an dir hassen? Nichts.«

»Es gibt doch bestimmt das eine oder andere, was dich an mir stört. Was stört dich am meisten?«

Marc suchte den Funken Witz in ihren Augen, der zu dieser Frage gehörte. Aber sie blickte ausdruckslos und wartete.

»Na ja ...« Er sah hinaus. Dunkle Berge. Der sich durch sein weißes Kieselbett schlängelnde schwarze Fluss.

»Also gut.« Er wandte sich ihr wieder zu. »Deine Unberechenbarkeit. Manchmal hasse ich es, dass ich nie weiß, woran ich bin mit dir. Dass ich nie weiß, welche Laune du in der nächsten Sekunde haben wirst.«

Sie nickte bedächtig, als hätte sie mit genau dieser Antwort gerechnet. »Und was liebst du am meisten an mir?«

»Ups«, sagte er wieder und musste plötzlich grinsen. Auch Edith schien jetzt ein wenig zu lächeln. Er sah auf seine Hände. »Ich muss nachdenken. Lass mir Zeit.«

»Wir haben viel Zeit.«

Endlich sah er auf. »Deine Unberechenbarkeit.«

Verblüfft lehnte sie sich zurück. »Aber das ist ja das selbe!«

Er zuckte die Schultern. »Ich liebe an dir, dass du unbedingt spazieren gehen willst, wenn's in Strömen gießt. Dass du im Hochsommer Grünkohl mit Schweinebacke und Bratkartoffeln essen musst und dazu Jever-Pils trinken. Dass du mittags in der Firma anrufst und mich aus einer Besprechung holen lässt, nur um mir zu sagen, dass du jetzt sofort mit mir schlafen möchtest. Und mitten in der Nacht anfängst, Marmorkuchen zu backen, weil du gerade Lust drauf hast.«

Zufrieden lächelte sie ihr Spiegelbild in der dunklen Scheibe an. Die Berge wurden höher und höher, das Tal schmäler. Weit unten die Lichterketten der Autobahn zum Gotthard.

»Jetzt bin ich dran!«, sagte Marc.

Sie nickte sehr langsam. »Ich liebe an dir«, sagte sie zögernd, »Ich liebe an dir, dass du mitten in der Nacht für mich durch die Stadt fährst und die Tankstellen abklapperst, um Kakao zu besorgen, wenn ich Marmorkuchen backen will. Und Rum. Und dass du am Ende auch noch ein Stück mit mir zusammen isst, obwohl du am nächsten Morgen um acht Kundenbesuch hast.« Sie senkte den Blick und schwieg lange. »Und ich hasse an dir, dass du ihn dann auch noch lobst, obwohl ich doch ganz genau weiß, dass du Marmorkuchen überhaupt nicht magst.«

Eine Weile hörte man nur das Rumpeln und Knarren des Zuges.

»Weißt du, was unser Problem ist, Marc?«, fragte sie ernst.

»Dass dein Bruderherz unser Auto geschrottet hat.«

»Dass wir beide gleich stark sind.«

»Was?«

»Bei allen anderen Paaren, die ich kenne, gibt es immer einen Starken und einen Schwachen.«

»Und?«

»Bei uns ist das nicht so. Und deshalb kommen wir nie zur Ruhe.«

»Versteh einer die Frauen«, murmelte Marc kopfschüttelnd und wich ihrem Blick aus.

»Marc, du würdest mich nie belügen, nicht wahr? Du sagst mir die Wahrheit? Ich meine, wenn es wirklich wichtig ist?«

»Ich schwöre!« Er küsste sie lange auf den Mund. Ihre Lippen waren kühl und schmeckten noch ein wenig nach Weißwein. Dann war es wieder lange Zeit sehr still im Abteil. Das bläuliche Notlicht ließ die Gesichter fahl aussehen. Monoton schlugen die Räder im Doppeltakt über eine Weiche. Es roch nach muffigen Polstern, Stahl und faulenden Äpfeln.

»Wow, wie feierlich!«, sagte er endlich mit rostigem Lachen, um die Stille zu vertreiben. Edith schwieg. Marc sah hinaus in die Nacht und fühlte sich unbehaglich und niederträchtig. Schließlich lehnte er sich in die Ecke und tat, als würde er schlafen.

Als er später vorsichtig blinzelte, hatte Edith den Kopf ins Polster gekuschelt und schlief mit halb offenem Mund wie ein zufriedenes Kind am Ende eines Geburtstags, an dem fast alle Wünsche in Erfüllung gegangen sind. Marc dagegen wurde mit jedem Kilometer wacher und unruhiger. Hin und wieder musste er schlucken, um seine Trommelfelle vom Druck zu befreien.

Irgendwann, lange nach Mitternacht, rauschte der Zug durch den Gotthard-Tunnel, Lichter zuckten in gleichmäßigem Rhythmus über Ediths Gesicht, dann war es wieder dunkel. Von nun an ging es abwärts und Marc fühlte fast körperlich die Bedrohung, auf die er zurollte. Der Süden lag nun hinter ihnen.

Als der Intercity im hell erleuchteten menschenleeren Bahnhof von Luzern hielt, hatte Marc einen Entschluss gefasst. Edith erwachte von dem Ruck, schrak zusammen und sah mit panischem Blick um sich. Sie legte die Hand vors Gesicht und fiel erschöpft zurück. »Mein Gott, Marc!«

Er beugte sich vor und stützte die Unterarme auf die Knie. »Edith, bist du wach? Ich muss mit dir reden.«

Mit einer hastigen Bewegung schaltete sie ihr Leselicht ein. Ihr Blick war aufmerksam und misstrauisch und sie wirkte, als hätte sie seit langer Zeit auf diesen Satz gewartet.

»Es geht um unser Projekt«, sagte Marc.

»Dark Eye? Was ist damit?« Sofort war wieder Angst in ihren Augen.

»Es ist ...«, er räusperte sich und sah an ihr vorbei. »Ich vermute, es ist in Wirklichkeit was Militärisches.«

Ihre Augen wurden weit und er beeilte sich weiterzusprechen: »Nicht, was du denkst. Im Grunde ist es ja geradezu Frieden stiftend. Es hat vermutlich was mit einem Raketen-Abwehrsystem zu tun. Ich sage: vermutlich. Ich weiß es nicht.«

»Aber ... Ich denke, das Verkehrsministerium ...«

Marc räusperte sich wieder, aber der Kloß in seinem Hals wollte sich nicht lösen. »Ich glaub seit einiger Zeit, dass das nur ein Trick ist, um uns dumm zu halten. Johannes hat mir den Job vermittelt und inzwischen bin ich ziemlich sicher, dass in Wirklichkeit das Verteidigungsministerium dahintersteckt.«

»Johannes? Aber ...«

Marc wollte ihre Hände ergreifen. Sie rutschte in die entfernteste Ecke ihres Sitzes.

»Mit dem Lastenheft haben wir zwei Ordner voller Unterlagen gekriegt. Und die hat anscheinend jemand in der Hektik nicht so ganz aufmerksam durchgesehen. Aus einem Fax, das sie drin vergessen hatten, konnte man sehen, dass vor uns schon eine andere Firma dran gearbeitet hat. Tinker-Snowberg, das ist eine von den großen amerikanischen Softwareschmieden. Sonst arbeiten die für Lockheed, TRW und Martin Marietta.« Marc suchte vergeblich ihren Blick. »Und das sind alles Rüstungsfirmen, die mit Luft- und Raumfahrt zu tun haben. Einmal ist auch die Abkürzung DoD aufgetaucht.«

»DoD?« Sie verschluckte sich und hustete kurz.

»Department of Defense. Das Pentagon.«

Sie starrte ihn an wie Rotkäppchen den Wolf. »Und Johannes hat den Auftrag vermittelt, sagst du?«

Marc nickte und sah auf seine Hände. »Ich vermute, dass diese neuen supertollen Infrarot-Kameras in Wirklichkeit in einen Aufklärungssatelliten eingebaut werden und anfliegende Flugkörper erkennen sollen. Aber ich weiß nichts Konkretes. Ich hab mir das alles nur so zusammengereimt.«

»Marc, du hattest mir versprochen ...« Edith hustete wieder.

Er schlug mit beiden Händen heftig auf die Oberschenkel. »Aber man kann niemanden damit angreifen, verstehst du? Stell dir vor, wie viele Menschen man damit retten könnte!«

»Du hattest aber versprochen ...«

»Ja! Hab ich, verdammt! Aber ich hab's doch gar nicht gewusst! Und Bildauswertung bleibt Bildauswertung, egal, ob man nach Kratzern im Autolack oder nach tief fliegenden Cruise-Missiles sucht! Denk doch mal an das Beispiel von Johannes mit den Kopfwehtabletten!«

Der Zug ruckte an.

»Und warum dann diese Umstände mit den Autobahnstaus?« Ihr Stimme war kaum zu verstehen.

»Sie haben wohl auf die Schnelle niemand anderes gefunden. Die Ariane, die den ersten Satelliten hoch schleppen soll, startet Ende Juli, der Termin steht fest. Tinker-Snowberg hat die Sache aber entweder nicht hingekriegt oder vielleicht sogar absichtlich in den Sand gesetzt. Und dann haben sie in Berlin in aller Hektik jemanden gesucht, der das Projekt rettet, und sich dieses Märchen ausgedacht, damit ich keine falschen Fragen stelle.«

»Und warum du? Warum ausgerechnet ihr?«

»So was schafft in der kurzen Zeit nur eine kleine, flexible Firma. Bis die EADS ihre ISO 9000-Prozesse durchgehechelt und alle Formulare ausgefüllt hat, haben wir das Geld auf dem Konto. Und weil Johannes mich kennt, natürlich.«

Marc hoffte, dass der Name ihres Bruders sie milde stimmen würde Wieder wollte er ihre Hände greifen. Sie setzte sich darauf.

»Edith, bitte! Es ist doch was ganz anderes, als wenn man Nachtsichtgeräte für Panzerschützen entwickelt! Oder Ballistik-Software für die Artillerie! Es kann Leben retten, verstehst du denn nicht? Millionen Leben vielleicht!«

Heiser flüsterte sie: »Aber du denkst nicht an die Menschen, du denkst nur an das Geld!«

»Ich denke an die verdammten Probleme, die uns die Software macht! Ich bin Informatiker! Die Verantwortung haben andere. Johannes zum Beispiel. Und wenn wir es nicht machen, dann machen es eben andere.«

»Dieser Satz war das tägliche Morgengebet der Männer, die in Auschwitz die Gashähne bedient haben«, sagte sie schneidend.

Jetzt wurde Marc laut: »Bei eurem Migränemittel, hast du da immer nur an die armen Patienten und ihre Kopfschmerzen gedacht? Nie an Geld, Erfolg und Beförderung?«

Lange sah Edith zum Fenster hinaus. Dann nickte sie vorsichtig. »Lass mir Zeit. Ich muss nachdenken.«

»Wir haben viel Zeit«, sagte Marc. »Hast du vorhin selbst gesagt.«

In dieser Nacht fanden sie keinen Schlaf mehr. Am Ende des Gesprächs dämmerte es schon, draußen wischten in Nebel und Nieselregen die ersten Vororte von Karlsruhe vorbei und Edith war nicht ganz überzeugt.

»Aber es ist gut, dass du es mir endlich gesagt hast. Die ganze Zeit wurde ich das Gefühl nicht los, dass etwas nicht stimmt.« Sie lächelte müde und trotz allem ein wenig erleichtert. »Ich hatte etwas anderes befürchtet. Etwas ganz anderes.« Sie spielte mit ihren Fingern. »Fühlst du dich jetzt besser?«

»Viel besser.« Marc lächelte ebenfalls. »Was hattest du denn befürchtet?«

An Stelle einer Antwort schüttelte sie den Kopf, aber dieses Mal zog sie ihre Hände nicht zurück.

Um halb sechs ließen sie Koffer und Taschen im ausgekühlten Flur ihrer großen Altbau-Wohnung in der Schubertstraße fallen. Edith zog die Rollläden hoch und riss die Fenster auf. »Luft, Dusche, Kaffee, Schlafen«, seufzte sie. »Und dann Fred anrufen.«

»Ist sie denn schon zurück?«

»Ich denke doch. Haben wir nicht Freitag?«

»Ich hätte gewettet, Donnerstag.« Marc reckte sich, gähnte, dass es in den Ohren knackte, und kickte die neuen Garlando-Slipper in die Ecke.

*

Am Donnerstagvormittag wurde der Van gefunden. Um halb elf klingelte Petzolds Telefon, eine Streifenwagenbesatzung. Der Chrysler stand einige Kilometer nördlich von Rastatt in den Auwäldern in der Nähe des Rheinufers. Schilling geisterte im Haus herum, vermutlich auf der Suche nach grünen Plakaten, Hirlinger saß wieder mal rauchend auf dem Klo, aber Birgit war da und zog sofort ihre Jeansjacke über, als sie hörte, worum es ging. Im Weggehen warf Petzold einen Blick auf ihren Schreibtisch. Der Kerl auf dem Foto war ihm unsympathisch.

»Wieso bist du eigentlich von der Sitte weg?«, fragte er im Auto. Er hatte sich den großen BMW geben lassen, um ein wenig Eindruck auf sie zu machen, ohne recht zu wissen, wie und wozu. »Ich meine, bei uns gibt's doch nichts als Mord und Totschlag und Leichen und so.«

Erst als sie schon aus der Stadt waren und auf der B 36 nach Süden fuhren, antwortete sie.

»Einen Totschläger, den kannst du verhaften und dann wird er verurteilt und kommt in den Knast und du bist fertig mit ihm. Aber diese Typen, mit denen du es bei der Sitte zu tun hast ...« Sie schwieg einige Zeit, ihr Blick wurde ganz starr. »Väter, die Nacktfotos von ihren fünfjährigen Töchtern verkaufen, Mütter, die sie mit fünfzehn auf den Strich schicken, sechzigjährige Anwälte, die sich aus dem Internet Bildchen von tätowierten Schweinen runterladen, die verstümmelte, blutüberströmte, tote Frauen vergewaltigen ... Manchmal habe ich ... manchmal habe ich wirklich befürchtet, ich kann mich nicht mehr beherrschen.« Sie sprach jetzt so leise, dass Petzold Mühe hatte, sie zu verstehen. »Beim Verhör einfach die Pistole aus der Schublade und durchladen und peng.«

Zehn Minuten später bog er hinter Bietigheim auf einen betonierten Feldweg, die Streife dirigierte sie per Funk über ein paar Wegkreuzungen und dann sahen sie den grün-weißen Mercedes Kombi am Rande eines Wäldchens stehen. Rechts, vielleicht hundert Meter entfernt, lag der äußere Hochwasserdamm des Rheins. Zwei Uniformierte saßen rauchend auf den Kotflügeln und grinsten ihnen entgegen.

»Mord oder Totschlag, das ist doch irgendwie noch was Normales, findest du nicht?«, fragte Birgit beim Aussteigen.

Die zwei Schupos traten die Zigaretten aus und führten sie schweigend. Auf einem matschigen, von Traktorreifen zerwühlten Weg ging es ein Stück in den Wald hinein. Der Van stand etwas abseits im Gebüsch, bis zu den Achsen im weichen Boden eingesunken und vom Weg aus fast nicht zu sehen. Stickige Feuchtigkeit hing in der Luft, von den Bäumen tropfte es unentwegt. Es stank nach brackigem Wasser, Fruchtbarkeit und Verwesung.

»Nummernschilder sind keine mehr dran«, sagte der Jüngere der beiden und kratze sich unter seinem mächtigen Schnurrbart. »Steht anscheinend schon ein paar Tage hier. Ein Bauer hat ihn vorhin gemeldet. Passt auf, ist arg sumpfig da vorne.«

Ohne Rücksicht auf ihre Sportschuhe watete Birgit einmal um den Wagen herum. »Nichts drin«, rief sie. »Soll ich die Tür aufmachen?«

Petzold schüttelte den Kopf. »Spurensicherung.«

Eine halbe Stunde später kam ein dunkelgrauer Kombi und Petzold dirigierte die vor sich hin fluchenden Spurensicherer zu dem Van. Die Untersuchung dauerte etwa eineinhalb Stunden. Petzold sah mit den Händen in den Taschen zu und überlegte, ob er Birgit später zum Essen in das für Polizisten so preiswerte Lokal in Bulach einladen sollte. Als es wieder zu nieseln begann, ließ er die Männer in den grauen Overalls und weißen Handschuhen allein und stieg in den Wagen.

Birgit saß mit hochgezogenen Beinen barfuß auf dem Beifahrersitz.

»Meine Schuhe sind wohl hin«, erklärte sie fröstelnd. »Und meine Zehen sind vielleicht kalt!«

»Gib her«, sagte Petzold. Sie streckte ihm bereitwillig die nackten Füße hin, er nahm sie auf den Schoß und massierte sie mit seinen warmen Händen. Er stellte fest, dass sie eine Art zu lachen hatte, bei der man mitlachen musste, ob man wollte oder nicht. Ein wenig fand er es schade, als ihre Füße schließlich warm waren und Birgit sie mit einem leisen »danke« wegzog.

Schließlich packten die Spurensicherer ihre Gerätschaften zusammen und kratzten mit Stöcken den Matsch aus den Profilsohlen ihrer Gummistiefel.

»Jede Menge Spuren. Fingerabdrücke, Haare, Hautschuppen. Außerdem ein paar Blutspritzer am Türholm und Textilfasern auf den Sitzen. Eine paar von den Fingerabdrücken sind vermutlich von der Person, von der auch das Blut stammt.«

»Also doch Amateure?«, fragte Petzold hoffnungsvoll.

»Im Gegenteil. Wir tippen auf Osteuropäer. Die Fahrgestellnummer haben wir schon über Funk gecheckt, der Wagen stammt aus Wien. Ist vor über einer Woche geklaut worden. Das hier waren ganz ausgekochte Typen, denen es völlig egal ist, ob wir Spuren finden oder nicht, weil sie wissen, dass wir sie eh nie kriegen. Bericht kommt nächste Woche.«

»Ihr spinnt ja«, sagte Petzold.

»Stimmt«, erwiderte der Wortführer und drückte die Schlösser eines Koffers zu. »Hätten wir uns sonst einen so bescheuerten Job ausgesucht?«

»Okay. Wie viel?«, fragte Petzold ergeben.

»Bis wann?«, lautete die Gegenfrage.

»Morgen Mittag.«

»Eine Kiste Rothaus Tannenzäpfle für jeden.«

»Ihr spinnt wirklich.«

Man einigte sich auf die Hälfte, wenn der Bericht bis Freitagmittag vorlag. Birgit zog es vor, in der Kantine zu essen, weil sie nicht in feuchten Strümpfen in ein Lokal gehen wollte, und wurde dafür mit einem fettigen Kotelett, pappigen Kartoffeln und einer Sauce bestraft, die sich vorzüglich zum Ankleben von Plakaten an Bürotüren geeignet hätte.

»Also wirklich organisierte Kriminalität«, sagte sie zwischen zwei Bissen. »Das gibt wohl Ärger.«

»Wart's ab, bestimmt tauchen jetzt die LKA-Fuzzies aus Stuttgart auf und machen sich wichtig.« Petzold piekste missmutig in seinem Salat herum.

»Heißt das etwa, dass sie uns den Fall wegnehmen?«

»Wenn wir ihn nicht vorher gelöst haben.« Petzold erstach eine halbe Tomate. »Oder jemand ganz anderes uns den Fall noch vorher abknöpft.«

»Du denkst an den MAD? Dann lass uns mal an die Arbeit gehen.« Birgit erhob sich. »Das wäre doch gelacht.«

*

Als Edith kurz nach vier erwachte, war das Bett neben ihr leer und kalt. Aus Marcs Arbeitszimmer hörte sie leise Musik und Tastaturgeklapper. Sie zog den kuscheligen Morgenmantel über, den er ihr aus Schweden mitgebracht hatte, und ging barfuß hinüber. Er saß am Schreibtisch und tippte.

»Mein Gott, habe ich lange geschlafen. Was machst du? Schon wieder bei der Arbeit?«

Er sah nicht von seinem Bildschirm auf. »Ich schreib ein kleines Programm. Will mal sehen, was sich aus KALMAR alles machen lässt, wenn man die Buchstaben durchpermutiert.«

Sie lachte leise. »Du lässt deinen PC Scrabble spielen? Glaubst du, es ist so was wie eine verschlüsselte Nachricht?«

»Weiß man's?«

Sie sah ihm zu. Zeile um Zeile entstand das Programm.

»Böhmische Bahnhöfe«, murmelte sie schließlich. »Ich habe Hunger. Magst du auch Kaffee?«

Marc nickte mechanisch und nahm die Finger nicht von der Tastatur. Er hörte Edith in der Küche klappern und zwischendurch telefonieren. Minuten später begann der Drucker zu surren. Es gab genau dreihundertsechzig verschiedene Möglichkeiten, die sechs Buchstaben aneinanderzureihen. Keine davon ergab irgendeinen Sinn.

»Ich hab übrigens schon das neue Auto bestellt«, rief er über die Schulter. »Wir haben Glück, sie hatten zufällig fast den gleichen als Vorführwagen dastehen.«

Edith kam mit einem Honigbrötchen und zwei Bechern Kaffee, setzte sich auf die kleine Couch und zog die Beine hoch.

»KA ist das Autokennzeichen von Karlsruhe, hast du daran schon gedacht?«

»Und LMAR?«

Sie lachte auf. »Leck mich am Rücken? Das ist doch alles Unsinn.« Vorsichtig nahm sie einen Schluck aus ihrem dampfenden Becher. »Ich habe eben mit der Griguscheit telefoniert. Den Amerikanern ist bei den klinischen Tests eine Frau weggestorben, Hirnschlag. Fred landet um sieben in Frankfurt. Ich muss dann unbedingt sofort mit ihr sprechen. Ich muss wissen, was da los ist.«

»Weiß man denn inzwischen, wo Brunner steckt? Ist er wieder aufgetaucht?«

»Ich werde Fred fragen«, sagte sie leise.

»Und red ihr ins Gewissen wegen dieses Polizisten. Sonst endet sie wirklich noch als alte Jungfer.«

»Sie wartet eben auf ihren Märchenprinzen«, seufzte Edith, trat hinter Marc und zerwühlte seine Frisur. »Aber es gibt nun mal nicht genug Märchenprinzen auf der Welt!« Geschmeichelt lehnte er sich zurück. »Ich musste mich ja auch mit einem Frosch zufrieden geben.«

Marc versuchte erfolglos, sich unter ihren Händen hervorzuwinden.

»Dabei hat sie doch 'ne super Figur. Seit ich sie zum ersten Mal gesehen hab, weiß ich erst, was das Wort ›Busenfreundin‹ bedeutet!«

Edith zerrte noch einmal an seinen Haaren und ließ dann los.

*

Kurz vor Feierabend erzählte Schilling, dass er am Wochenende ins Elsass fahren wolle. »Wandern! Mit Christel!«

»Seit wann wanderst du denn?«, fragte Petzold.

»Na, seit übermorgen!« Schilling strahlte vor Vorfreude. »Das hier soll ich dir übrigens von Christel geben. Mit den besten Grüßen.« Er übereichte Petzold ein neues Telefonbuch und ging.

In der Tür wandte er sich noch einmal um.

»Und du? Wieder dein hoch geheimes Donnerstags-Hobby? Der Großklaus vom D2 hat mir erzählt, er hätte dich letzte Woche aus der Volkshochschule kommen sehen?«

Petzold blieb stumm.

»He, zier dich doch nicht so! Ich find das toll, wenn sich einer weiterbildet! Was machst du? Kochkurs für Anfänger? Zehn Kilo abnehmen in fünf Tagen? Deutsche Grammatik für Fortgeschrittene?«

»Hat mit Kommunikationspsychologie zu tun«, knurrte Petzold und warf seinen Bericht in den Ausgangskorb.

Schilling wandte sich noch einige Male um, bevor er endlich die Tür hinter sich schloss.

Auch die Nacht zum Freitag hatte Petzold auf seiner alten Luftmatratze verbracht, die über die Jahre undicht geworden war, so dass er sie zweimal aufpumpen musste. Jetzt hatte er Kreuzschmerzen und fühlte sich, als hätte er neben Jelzin im Müllcontainer genächtigt. Als erstes rief er den Lieferanten des Wasserbetts an und musste sich ein weiteres Mal vertrösten lassen. Auf Anfang nächster Woche. Man gab sich sehr zerknirscht.

»Am Wochenende kannst du in meinem Bett schlafen. Wir sind ja weg. Sehr bequem übrigens, echt ein super Teil!« Schilling grinste mit schlecht gespieltem Mitleid und drehte ein Päckchen Räucherstäbchen in den Händen hin und her.

»Bis jetzt hast du es nicht mal bezahlt und ich werd dir gleich eine scheuern, dass du zwei Wochen im Stehen schlafen musst!« Petzold pfefferte den Stift auf den Tisch. »Und deine Räucherstäbchen kannst du dir sonst wo hin stecken. Solange man hier nicht rauchen darf, stänkerst du auch nicht die Bude voll!«

»Gibt's eigentlich auch 'ne männliche Form von ›Blondine‹?«, seufzte Schilling und drehte die Augen zur Decke.

Um halb zehn kam die Meldung vom Krankenhaus: Jelzin war endlich vernehmungsfähig. Petzold ging ins Nachbarbüro hinüber und zog die Verbindungstür hinter sich zu.

»Geheimnisse vor Kollegen?« Birgit lächelte ihn erwartungsvoll an.

»Hast du Lust, mit mir zusammen diesen Jelzin zu vernehmen? Mit Schilling ist nichts mehr anzufangen, seit er ...«

Birgit schlüpfte schon in ihre Schuhe. »Fertig«, rief sie fröhlich, »von mir aus können wir.«

Erst in der Tür wurde Petzold bewusst, dass auf ihrem Schreibtisch etwas fehlte. Er stutzte.

»Ist was?«, fragte sie.

»Das Foto! Es ist weg. Krach mit deinem Verlobten?«

Birgit lachte nur und warf Petzold einen schnellen Blick zu, den er nicht zu deuten wusste.

*

Marc erwachte am Freitag erst gegen elf und fühlte sich verkatert, obwohl er sich nicht erinnern konnte, etwas getrunken zu haben. Am Kühlschrank klebte ein Zettel: »Bin bis Mittag zurück. Koch was Schönes. Küsschen überallhin, E.«

In Ediths Zimmer trillerte alle Augenblicke ein fremdes Telefon und er brauchte lange, um zu begreifen, dass die Zwergpapageien zurück waren. Er schaltete die Espressomaschine ein und holte die Zeitung hoch. Draußen schien eine blasse Sonne durch weißen Dunst.

Nach einer Stunde war die Badische Rundschau komplett durchgelesen und auch der Penny-Markt-Prospekt studiert. Marc streckte die Beine von sich und faltete die Hände im Genick. Eines war sicher: Heute würde er sich nicht in der Firma blicken lassen. Noch nicht. Ein Tag Urlaub stand ihm ja wohl noch zu. Morgen würde er Zora anrufen und sich alles anhören. Und dann konnte er sich vermutlich mit der Bank und dem Konkursrichter in Verbindung setzen.

Mit der halb vollen Tasse in der Hand ging er ins Arbeitszimmer hinüber, schaltete den PC ein und schob die Telefon-CD ins Laufwerk. Fünf Minuten später kannte er Namen und Adresse der Frau, die sich unter der ominösen Telefonnummer gemeldet hatte. Sie führte den merkwürdigen Namen Ingrid Ärleskog und wohnte in Bulach in der Rolandstraße. Marc nahm das Telefon, entschied sich dann aber anders. Er bestellte ein Taxi und ging unter die Dusche.

Frau Ärleskogs Haus lag in einer ruhigen Wohnstraße hinter einem kleinen Vorgarten und einem rostigen, niedrigen Zaun. Das Gartentor hätte einen Tropfen Öl vertragen können.

Marc setzte das Gesicht auf, das er zeigte, wenn er einem Kunden erklären musste, dass sie den Liefertermin um vier Wochen überziehen würden, und drückte den Klingelknopf. Innen lärmte ein Gong und zwei Hunde begannen zu bellen. Nach Sekunden wurde vorsichtig die Tür geöffnet.

»Frau Ärleskog?«

»Ja?« Das »a« zog sich endlos.

»Mein Name ist Pasteur, Marc Pasteur. Ich würde gerne kurz mit Ihnen reden.«

Ein forschender Blick von oben nach unten und zurück und schließlich auf seine Hände. Ihr Gesicht hellte sich ein wenig auf, er hielt nichts zu verkaufen darin. Die Stimme vom Telefon hatte er sofort wiedererkannt. Und auch diesen seltsamen Akzent. Frau Ärleskog war jedoch viel älter, als ihre Stimme schließen ließ. Vor ihm stand eine schlanke Dame in den Sechzigern mit neugierigen Augen und vollem weißem Haar, das sie offen trug. Die Tür hielt sie eisern fest.

»Worum geht es denn?«

Marc hatte beschlossen zu pokern. »Ich möchte gerne Ihren Mann sprechen.«

Sie zuckte zusammen und zögerte viel zu lange. Ein Dackel steckte aufgeregt schnüffelnd und fiepend die Nase durch den Türspalt. Sie schubste ihn mit dem Fuß weg.

»Ich lebe allein«, sagte sie abweisend.

»Wie kann es dann sein, dass er letzte Woche am Mittwoch mit mir telefoniert hat?«

»Das kann nicht sein. Hier gibt es keinen Mann.« Langsam aber mit Nachdruck schloss sie die Tür.

Marc entfernte sich ein paar Schritte, blieb am Rand eines kleinen Platzes stehen, steckte die Hände in die Taschen und sah lange auf das Haus. Nein, so leicht würde er sich nicht abspeisen lassen. Diese Frau hatte zu offensichtlich gelogen.

Ein bordeauxroter Mercedes-Kombi kam langsam die Straße herunter und hielt vor Frau Ärleskogs Haus. Ein hagerer Mann in grauem Anzug, vielleicht Mitte fünfzig, fischte einen Aktenkoffer vom Rücksitz und ging ohne Zögern auf das Haus zu. Dort zog er einen Schlüssel aus der Jacketttasche, die Hunde schlugen kurz an, dann war er verschwunden.

Der Mann kam Marc bekannt vor, aber trotz angestrengten Nachdenkens kam er nicht darauf, wo er ihn schon einmal gesehen haben könnte. Schon bald war er nicht einmal mehr sicher, dass er ihn überhaupt gesehen hatte. Wäre da nicht der Mercedes gewesen, hätte er an eine Einbildung geglaubt. Er beobachtete weiter das Haus und kam sich inzwischen ziemlich albern vor.

Auch nach einer Viertelstunde war der Mercedesfahrer nicht wieder herausgekommen. Langsam ging Marc wieder näher heran. Die Fenster waren mit bestickten Gardinchen verhängt, die nur das untere Drittel bedeckten. An der Haustür hing ein mit bunten Bändern verzierter Strohkranz mit einer blauen Sperrholz-Gans mit weißen Punkten.

Und plötzlich wusste Marc, wo er Frau Ärleskogs Akzent schon einmal gehört hatte. Eilig überquerte er die Straße und drückte den Klingelknopf ein zweites Mal. Erst nach fast einer Minute erschien ihr misstrauisches Gesicht im Spalt. Diesmal hatte sie die Kette vorgelegt. Sie erschrak deutlich, als sie ihn wiedererkannte.

»Hej, fru Ärleskog. Ja måste verkligen absolut prata med dig!«

Über das Gesicht der Frau ging ein Leuchten.

*

Jelzin hieß in Wirklichkeit Helmut Schmidt, war ein flammender Verehrer seines Namensvetters und sprach überdies mit hanseatischem Akzent. Er schwor, dass die zwei Männer den dritten verfolgt hatten. Alle drei seien kurz nacheinander aus dem Van gesprungen, der Verfolgte sei an den Gleisen entlang und dann plötzlich unter den Zug gerannt.

»Ich habe mich dann diskret zurückgezogen«, erklärte er mit Würde. »Denn für unsereinen als Sozialdemokrat ist es nicht ratsam, den staatlichen Zwangsorganen in die Quere zu kommen, solange die CDU regiert«, dozierte er mit erhobenem Zeigefinger. Seine knochigen Unterarme zierten im Lauf der Jahre aus der Form geratene Anker und Herzen.

»Wie haben sie ausgesehen? Die zwei Männer?«

Schmidt nahm einen großen Schluck Kaffee und biss mit Umsicht und Genuss von einem Croissant ab. Mit dem ausgemergelten Halbirren im Müllcontainer hatte er keine Ähnlichkeit mehr.

»Groß. Sehr groß, alle beide. Mindestens einsneunzig. Und solche Schränke.« Mit dem Hörnchen in der Hand machte er eine ausladende Bewegung und verteilte ein paar Krümel im Bett. »Wenn die den erwischt hätten, wäre es ihm nicht besser ergangen als mit dem Zug.«

Birgit machte sich Notizen. »Was haben sie angehabt?«

»Natürlich haben die Mäntel getragen. Trenchcoats, denn das waren ja Geheimagenten.« Mit spitzen Fingern öffnete er einen Joghurtbecher. »Diese Leute erkennt man doch auf den ersten Blick!«

Petzold und Birgit wechselte einen ratlosen Blick. »Und weiter?«

»Als ich später wieder um diese Ecke geblickt habe, da war das Fahrzeug verschwunden.« Schmidt stellte den offenen Becher ab und sah grübelnd ins Weite. »Ich bin dann ein wenig spazieren gegangen, um meine Gedanken zu ordnen. Und als ich zu meiner Unterkunft zurückkehrte, da hatten die Agenten der internationalen Monopolkonzerne meinen gesamten Besitz beschlagnahmt. Selbstverständlich wusste ich sofort, was das bedeutet!«

»Das wäre?«

Schmidt starrte Petzold mit weiten Augen ins Gesicht. »Man steht auf der Liste! Erst nehmen sie dir den Besitz und dann das Leben! Lesen Sie denn keine Bücher?«

»Eher selten«, sagte Petzold müde.

Schmidt beugte sich vor und reckte den knochigen Zeigefinger. »Aber dieses Mal habe ich Glück gehabt! Die CDU-Regierung musste auf Druck der Gewerkschaften ihre Geheimdienst-Agenten zurückpfeifen. Und auf Weisung aus Bonn mussten sie mir sogar meinen gesamten Besitz wieder aushändigen!« Stolz wies er auf die zwei vollgestopften Aldi-Tüten am Fußende des Betts und begann, das Tablett nach einem Löffel abzusuchen.

Petzold erhob sich und gab Birgit einen Wink. »Die Bundesregierung sitzt übrigens seit Jahren in Berlin. Und außerdem regiert längst wieder die SPD.«

»Schmidt?« Endlich hatte er den Löffel gefunden und machte sich an sein Himbeerjoghurt.

»Nein, Schröder.«

»Na, sehen Sie.« Triumphierend lutschte Helmut Schmidt seinen Löffel ab.

»Er war nie mein Verlobter«, sagte Birgit auf der Rückfahrt und sah aus dem Seitenfenster. »Wir waren nur ein paar Monate zusammen. Hab's dann aus Gewohnheit stehen lassen. War bei der Sitte ganz praktisch. Die Kerle haben irgendwie mehr Respekt vor einem, auch wenn es bloß ein Foto ist. Aber jetzt brauche ich das ja nicht mehr.«

Sie lächelte Petzold an und er lächelte zurück. Während der

restlichen Fahrt schwiegen sie, aber es war ein leichtes, angenehmes Schweigen. Birgit summte irgendeine Melodie. Als sie ins Präsidium zurückkamen, war schon fast Essenszeit.

*

»Ja nej! Du pratar svenska!«, sagte Frau Ärleskog andächtig und hakte die Kette aus. »Det är ju verkligen roligt!«

Schon stand Marc im Flur. Von nun an sprach er nicht mehr Schwedisch. »Frau Ärleskog, vor ein paar Minuten hat ein Mann dieses Haus betreten! Ich habe es deutlich gesehen.«

Ihr Lächeln verschwand so schnell, wie es gekommen war. Der Flur war skandinavisch eingerichtet. Kiefernholz, bunte Flickenteppiche auf hellen Dielen, ein Larsson-Druck, die übliche Familienidylle auf dem Lande. Über dem Telefon eine alte Schwarzweiß-Fotografie, irgendein wuchtiges Schloss am Wasser. Es roch nach Essigreiniger und Vanille. Hinter einer Tür tobten die Hunde und Marc musste die Stimme heben, um gegen sie anzukommen.

»Und der hat einen Schlüssel gehabt. Erzählen Sie mir also bitte nicht, hier würde kein Mann wohnen!«

Sie musterte ihn mit einem langen Blick. Dann sah sie zu Boden und öffnete eine Tür. »Kommen Sie ins Wohnzimmer.«

»Hübsch haben Sie es hier«, sagte er und folgte ihr.

Frau Ärleskog lächelte matt und bot Platz auf einem schnörkeligen Sofa aus weißem Holz und mit weiß-rosa gestreiftem Bezug an. Sie selbst setzte sich mit steifem Rücken und wachsamem Blick auf einen Sessel nahe der Tür. Vermutlich, damit sie vor ihm auf der Straße oder bei ihren Hunden war, falls er Anstalten machte, über sie herzufallen.

»Wie kommt es, dass Sie Schwedisch sprechen?«

»Ich spreche nicht wirklich Schwedisch. Letztes Jahr hatte ich längere Zeit beruflich in Trollhättan zu tun, bei Saab. Und das war leider der Satz, den ich da am häufigsten gehört habe:

Herr Pasteur, wir müssen mal ganz dringend mit Ihnen sprechen ...« Er lachte gezwungen.

»Trollhättan, jaså«, sagte sie verständnislos nickend.

Marc beugte sich vor und legte die Hände zusammen. »Frau Ärleskog, sagt Ihnen der Name Kalmar etwas?«

Ihr Rücken wurde noch eine Spur steifer, der Blick noch misstrauischer. Marc konnte geradezu sehen, wie sie fieberhaft nachdachte. Unendlich langsam öffnete sie den Mund. Sie hatte kleine, ebenmäßige Zähne. Vor zwanzig Jahren musste sie eine schöne Frau gewesen sein.

»Dann waren Sie das, letzte Woche am Telefon?«

Er nickte. Immer noch zögerte sie, schien den Trick zu suchen, der zweifellos in seiner Frage stecken musste. Die Lider mit den weißblonden Wimpern sanken herab, bis die Augen fast darunter verschwanden. Sachte schüttelte sie den Kopf.

»Kalmar ist aber kein Name für einen Menschen.« Sie kratzte sich umständlich an der Stirn. »Kalmar ist eine Stadt.«

Marc zog die Augenbrauen hoch. »Eine Stadt?«

Sie nickte ernst. »Eine kleine Hafenstadt in Südschweden.«

»Natürlich!« Marc schlug auf die Sofalehne. »Natürlich, ich hab's ja oft genug auf den Wegweisern gelesen, jetzt erinnere ich mich. Waren Sie denn schon einmal dort?«

Jetzt wurde ihr Nicken schon eifriger. »Ich stamme aus Oskarshamn. Aber ich wohne schon sehr lange in Deutschland. Mein Mann war Arzt und damals, in den Sechzigern, da konnte man in Schweden ja nichts werden als Arzt. Da haben bei uns doch die Sozialisten regiert.«

»Kalmar liegt in der Nähe von Oskarshamn?«

»Ja.« Wieder das »a« so lang, dass man dabei dreimal nicken konnte. »Gar nicht so weit. Bei Öland. Das ist eine Insel.«

Marc versuchte vergeblich, einen Sinn in alldem zu finden. Frau Ärleskog erhob sich. »Sie möchten vielleicht einen Kaffee haben?«, fragte sie freundlich und war schon verschwunden.

Erst nach fünfzehn Minuten Geklapper und Geraschel in der

Küche kam sie wieder. Neben dem Kaffee brachte sie eine große Platte mit aufgeschnittenem Kastenkuchen, duftenden Hefeteilchen und verschiedenen Kekssorten.

»Selbstgebackenes«, strahlte sie und baute auf. »Die Hefestückchen habe ich aufgetaut. Die sind von letzter Woche.«

Marc ließ sich von jeder Sorte ein Stück aufnötigen.

»Sju sorter kaka«, erklärte sie stolz und auf Marcs fragenden Blick: »Sieben Sorten Kuchen. Das ist Tradition bei uns in Schweden, wenn man Gäste hat.«

Marc nickte beeindruckt und kaute mit vollem Mund. »Schmeckt ausgezeichnet! Wirklich ganz ausgezeichnet.« Er beschloss, das Mittagessen ausfallen zu lassen.

Frau Ärleskogs Reserviertheit war jetzt verschwunden, sie hatte sich auf ihrem Sessel sogar ein wenig vorgebeugt.

»Was ist nun mit Kalmar?«

Marc pflückte ein Dackelhaar von seinem Kuchenstück, ließ es unauffällig auf den Teppich fallen und erzählte von dem Reiseruf.

»Und es war ganz bestimmt meine Nummer?«, fragte sie lebhaft. Sie schien die Sache inzwischen spannend zu finden.

Marc nickte mit Nachdruck. »Ich habe es überprüft. Das Eigenartige dabei ist, diese Radiosender rufen grundsätzlich zurück, bevor sie so etwas ausstrahlen. Es könnte sich ja jemand einen Spaß erlauben.«

»Und sie haben auch zurückgerufen?«

»Ja. Und dieser Herr Kalmar war hier an Ihrem Telefon und hat bestätigt, dass er es war, der angerufen hatte.«

»Das ist wirklich höchst eigentümlich.« Ihre Augen wurden klein. »Und wann war das noch, sagten Sie?«

»Letzten Mittwoch. Am fünfundzwanzigsten.«

Sie nahm einen Keks und trank ein Schlückchen Kaffee. »Da war mein Neffe zu Besuch. Erik. Meine Schwester hatte etwas in der Stadt zu erledigen und hat ihn bei mir gelassen. Ich mag ihn sehr, er ist zwölf.«

»Ihr Neffe?«

»Erik. Aber erst am Nachmittag. Ich mag gerne Kinder um mich. Er ist ein sehr kluger Junge, er hat sogar schon einen Computer. Und ein eigenes Internet hat er zu Hause! Ist das nicht erstaunlich?«

Marc nickte ernst. »Doch, das ist wirklich sehr erstaunlich.«

»Vormittags war ich zu einer Begrabung. Margaretha aus Jönköping. Ihr Mann ist Chirurg am Diakonissenkrankenhaus und ...« Bei den letzten Worten war sie immer langsamer geworden, nun schien sie den Faden verloren zu haben. Plötzlich sah sie ihm bedeutungsvoll in die Augen. »Es war Krebs! Sie war erst vierundfünfzig!«

»Also waren sie vormittags nicht hier?«

»Die Begrabung war um zehn. Dann waren wir zusammen Essen. Im Holiday-Inn, das war nämlich früher das Scandic-Crown.«

»Könnte jemand eingebrochen sein?«

»Um von meinem Telefon das Radio anzurufen?«

Marc schüttelte den Kopf, das war wohl wirklich eine abwegige Idee. Sie schob ihm die Kuchenplatte hin. »Sie möchten doch noch?«

Marc wehrte mit beiden Händen ab und suchte nach einer freundlichen Ausflucht. Aber sie zuckte nur die Achseln. Dann richtete sie sich auf und sah ihm streng ins Gesicht.

»Was ist Ihr Beruf?«

Marc gab brav Auskunft.

»Solch eine Firma für Computer-Programme?« Sie beugte sich vor und sagte mit gedämpfter Stimme und verschmitztem Blick: »Ich bin nämlich auch selbständig! Ich vermiete!«

Marc lächelte verständnislos. Sie hob den Zeigefinger und wiederholte: »Ich vermiete Zimmer an Herren! Und ich fürchtete, Sie kämen vom Finanzamt.«

Marc verstand immer noch nicht. »Vom Finanzamt?«

Ein schelmisches Lächeln, ein schneller Blick, und endlich

begriff er. Er lachte auf. »Sie brauchen keine Angst zu haben. Ich werde niemandem was verraten. Am allerwenigsten dem Finanzamt!«

»Einen Herrn Kalmar hat es hier dennoch nie gegeben.«

»Aber es war jemand im Haus an diesem Mittwoch?«

Sie nickte nachdenklich. »Normalerweise vermiete ich nur für die Nacht, verstehen Sie? Bed and Breakfast. Die meisten der Herren kenne ich ja, die kommen immer wieder.« Aus unerfindlichem Grund kicherte sie. »Es sind oft Vertreter, die Spesen sparen. Herr Maretsch zum Beispiel, den Sie gesehen haben, der kommt seit vielen Jahren. Sie wollen auch bestimmt keinen Kuchen mehr?«

Marc nahm doch noch ein Stück Zitronenkuchen. »Maretsch? Sagten Sie Maretsch? Vertritt der nicht Compaq?«

»Er hat mir einmal erzählt, er verkauft Computer. Einen Kaffee möchten Sie doch sicherlich auch noch?«

»Natürlich, den kenn ich.« Marc hielt ihr im Dienste der Wahrheitsfindung die Tasse hin. »Der kommt regelmäßig zu uns, hin und wieder kaufen wir ihm sogar was ab. Und wie hieß nun der Mann, der letzten Mittwoch von hier telefoniert hat?«

»Hinrichsen. Hergen Hinrichsen. Aber ich weiß ja nicht ...«

»Sonst war niemand hier?«

Frau Ärleskog schüttelte den Kopf und füllte ihre Tasse zum drittenmal. Sie schien einen beneidenswert stabilen Kreislauf zu haben. »Die Herren bleiben sonst nur über Nacht. Aber er kam am Dienstag und hat gleich für drei Tage bezahlt. Kennen sie denn Herrn Hinrichsen?«

»Nie gehört.« Marc sah auf. »Das heißt, er ist am Freitag abgereist? Können Sie sagen, wohin?«

Betrübt schüttelte sie den Kopf. »Er ist sehr viel früher abgereist. Und sehr plötzlich. Als ich am Mittwoch zurückkam, da war er nämlich verschwunden.«

»Will er wiederkommen?«

Hilflos hob sie die schmalen Schultern. »Ich weiß es ja nicht.

Er hat keine Nachricht hinterlassen. Aber seine Sachen sind noch da.« Eine Weile sah sie in ihre Tasse. »Vielleicht hat Herr Hinrichsen sich nur einen kleinen Spaß erlaubt?«

»Komische Art von Spaß, Menschen, die man nicht kennt, im Radio ausrufen zu lassen.« Marc richtete sich auf. »Würden Sie mir erlauben, einen Blick auf die Sachen dieses Herrn ... Hinrichsen zu werfen?«

Unruhig rutschte sie auf ihrem Sessel herum und schenkte sich Kaffee nach. Es musste ihre vierte Tasse sein. »Ich weiß aber nicht, ob ...« Mit säuerlicher Miene stellte sie die Kanne ab. »Wie soll ich ihm erklären, wenn ... Er wird ja doch gewiss zurückkommen!«

Marc beugte sich so weit vor, dass sie seinem Blick nicht mehr ausweichen konnte. »Erzählen Sie mir von diesem Herrn Hinrichsen. Bitte.«

Sie nagte an der Unterlippe. »Er hatte ja nicht so viel Gepäck. Und er ... Er war auch so seltsam. So sehr unruhig. Er hat mir ein wenig Leid getan.«

»Hatten Sie den Eindruck, er hatte Probleme?«

»Und er hat ja auch so viel telefoniert. Ich habe mir fast ein bisschen Sorgen gemacht.«

»Lassen Sie uns doch einmal oben nachsehen, Frau Ärleskog. Vielleicht finden wir einen Hinweis oder eine Adresse, wo wir anrufen können. Einen Brief, irgendwas.«

»Ich ...« Offensichtlich um Zeit zu schinden, trank sie ihre Tasse Schluck für Schluck leer. »Ich habe aber schon ...«

»Sie haben schon einmal gesucht?«

Sie nickte verlegen und rührte in der leeren Tasse herum. »Natürlicherweise tue ich so etwas sonst nicht. Aber es ist ja auch nichts da. Nur ein wenig Kleidung und ... was man so braucht.« Sie sah Marc ins Gesicht. »Wie ich ihm am Mittwoch das Frühstück gebracht habe, da habe ich ins Zimmer gesehen. Und da lagen Papiere auf dem Tisch und eine flache Mappe, ungefähr so ...« Sie demonstrierte mit Daumen und Zeigefinger, wie dick die Mappe gewesen war. »Die hat er aber mitgenommen. Die ist nicht mehr da.« Ihr Blick wurde unsicher und irrte ab.

Von oben hörte Marc schwere Schritte auf knarrenden Dielen. Eine Tür fiel ins Schloss. Vermutlich Maretsch, der Compaq-Vertreter.

»Und sonst gibt es nichts, da oben?«

Traurig schüttelte sie den Kopf. »Die Sache ist mir wirklich äußerst unbehaglich.« Nach Sekunden straffte sie sich. »Soll ich uns wohl noch ein wenig Kaffee kochen?«

Marc wehrte eilig ab und erhob sich. Er gab ihr seine Karte. »Falls Herr Hinrichsen wieder auftaucht, würde ich gerne mal ein paar Worte mit ihm reden. Und falls es sonst was Neues gibt, wäre es nett, wenn Sie mich anrufen würden.«

Mit beunruhigter Miene begleitete sie ihn zur Tür. Draußen zog er das Handy aus der Jacketttasche und bestellte ein Taxi.

*

Als Petzold und Birgit nach dem Essen in die Büros zurückkehrten, lag tatsächlich ein Hauspost-Umschlag mit dem vorläufigen Bericht aus der Kriminaltechnik auf Petzolds Schreibtisch. Keiner der gefundenen Fingerabdrücke war erfasst. Aber immerhin wussten sie nun, dass das Blut in dem Van mit hoher Wahrscheinlichkeit von dem Toten stammte.

»Der Chrysler ist also tatsächlich vor zwei Wochen in Wien geklaut worden«, sagte Petzold und reichte Birgit die wenigen Blätter. »Und unser Toter war definitiv in diesem Auto. Aus irgendeinem Grund hat's 'ne Schlägerei gegeben, vermutlich ist er getürmt, die anderen haben versucht, ihn wieder einzufangen, und«, er schnippte mit den Fingern, »hasta la vista ...«

Förster kam mit einem Papier in der Hand, das bedeutete Arbeit oder Neuigkeiten. Wortlos setzte er sich auf einen Besucherstuhl. Er sah unglücklich aus.

»Die Darmstädter Täter sind gefasst. Zwei Jugendliche, Schwarze, sechzehn und siebzehn Jahre alt. Kinder von amerikanischen Armeeangehörigen. Die Darmstädter Kollegen haben es geheim gehalten, bis sie sich ihrer Sache hundertprozentig sicher waren.« Alle schwiegen und warteten. Förster ließ sich Zeit. »Das spätere Opfer hat sie in einem Lokal angepöbelt, weil sie ihm kein Bier spendieren wollten. Nigger war dabei eines seiner freundlicheren Worte. Die beiden haben das Lokal dann verlassen und ihn draußen abgepasst und ...« Er räusperte sich. »Es waren nur wenige hundert Meter bis zur Autobahn.«

»Ist das denn nun 'ne gute oder 'ne schlechte Nachricht?«, fragte Petzold nach einer Weile.

»Ich denke, wenn Menschen anderen Menschen Gewalt antun, dann ist das immer eine schlechte Nachricht«, sagte Förster leise und erhob sich.

»Wir tappen im Dunkeln«, stöhnte Petzold und rieb sich das Gesicht. »Wir strampeln rum wie die letzten Idioten und nichts geht vorwärts.«

Schilling lächelte entspannt. »Heute Abend geht's gemütlich ins Elsass. Und am Montag tappen wir dann weiter. Du wirst sehen, irgendwann vermisst den jemand. Fast jeder wird doch früher oder später vermisst.«

*

Edith saß mit finsterer Miene über einem Teller Spaghetti.

»Wieder mal Miracolitag?«, fragte Marc heiter und warf sein Jackett über einen Stuhl.

»Ich habe über eine Stunde auf dich gewartet! Und ich hatte eigentlich gedacht, dass du was kochst, wo du schon zu Hause herumhängst!«, entgegnete sie wütend. »Dein neues Auto steht übrigens unten, sie haben es vor einer halben Stunde gebracht. Und es hat eine ganz blöde Nummer.«

Marc wunderte sich nur kurz über ihre schlechte Laune. Er holte sich Teller und Glas und berichtete.

»Hinrichsen?«, fragte sie, nachdem er geendet hatte. »Wer in aller Welt kann das sein?«

Mit vollem Mund sagte Marc: »Ich wette, der Name ist genauso falsch wie Kalmar.«

Edith schob ihren leeren Teller weg. »Marc, sollten wir nicht mal die Polizei informieren?«

»Und was sollen wir denen erzählen? Dass sich einer einen Scherz mit uns erlaubt hat? Und dass der jetzt verreist ist?« Sie sah auf ihre Hände und schwieg lange. »Und solltest du dich nicht endlich mal um deine Firma kümmern?«

Marc ließ sich zurückfallen und fühlte sich plötzlich wieder erschöpft. Er nahm die Weinflasche und schenkte sein Glas voll. Edith lehnte mit einer schnellen Handbewegung ab und zog statt dessen eine Schachtel Gauloise Blondes heran.

»Morgen fahr ich hin und lass mir erklären, dass alles schiefgegangen ist.« Er leerte das Glas in einem Zug. »Gönn mir noch den einen halben Tag. Bitte.«

»Sie haben Brunner gefunden«, sagte Edith leise. »Er sitzt in seiner Ferienwohnung am Titisee und weigert sich, wieder ins Krankenhaus zu gehen.« Marc suchte vergeblich nach passenden Worten. »Ich werde später mit Fred ins Labor fahren. Es muss jetzt schnellstens geklärt werden, wie alles weitergeht. Die Amerikaner wollen bis Mittwoch eine Entscheidung.«

Marc sah sie nachdenklich an. »Hast du mal überlegt, dass dieser Reiseruf ja auch was mit deinem Job zu tun haben könnte, Brunner zum Beispiel ...?«

Müde sah sie ihm in die Augen. »Es macht keinen Sinn, Marc. Wer sollte etwas gegen ein Kopfschmerzmittel haben?«

Im Flur klingelte das Telefon. Edith ging hinaus, kam zurück und reichte es ihm. »Frau Ärleskog.«

Während Marc telefonierte, zündete sie sich eine Zigarette an.

»Ich glaub, sie spinnt doch ein bisschen.« Grinsend schaltete er das Telefon aus. »Am Mittwochvormittag hätte da stundenlang ein fremdes Auto vor ihrem Haus gestanden. Sie hat sich sehr darüber beunruhigt. So was Ähnliches wie ein Kleinbus, sagt sie. Ein Van vermutlich.«

*

Am Freitagabend war Petzold endlich wieder einmal im Kap, wenn auch mehr aus Langeweile denn aus Abenteuerlust. Der Nachmittag war niederschmetternd gewesen. Sie hatten sich die Zeit mit Papierkram um die Ohren geschlagen, Protokolle sortiert und Berichte vervollständigt, um dann alles zu kopieren und nach Wiesbaden zu schicken. Unvorstellbar, was für einen Berg Papier ein einzelner Toter verursachen konnte.

Und dann hatte Förster Blatt für Blatt durchgesehen, an jeder Seite etwas zu meckern gefunden und seinem Spitznamen »Das Lexikon« wieder einmal jede Ehre gemacht.

»Hallo«, sagte die Blonde neben ihm. »Du bist öfter hier, nicht wahr?« Petzold sah verblüfft auf. Sie sah ihn freundlich an. »Machst du das immer so?«

»Was?«

Sie wies auf seinen Schlüsselbund, den er wie üblich auf den Tresen gelegt hatte. »Na, das.«

»Warum?«

Sie prustete: »Mann, so reißt man Teenies auf! Ein Porscheschlüssel, wo gibt's denn so was!« Sie wurde eine Spur ernster. »Immerhin hast du keine Fahrradklammern an den Hosenbeinen!«

»Wieso, das ist mein Auto. Was ist falsch daran?«

Nun prustete sie ein wenig gedämpfter. »Sag bloß, du hast echt 'nen Porsche? Was denn für einen?«

»Neunelfer Carrera. Baujahr achtzig«, sagte Petzold mürrisch.

»Geil«, strahlte sie. »Ist ja nicht wahr!«

Petzolds Pils kam, er nahm einen großen Schluck und hielt ihr einen Vortrag über die Motorisierung älterer Porsche-Modelle. Später bestellte er ein zweites Pils und sah ihr tief in die Augen. Sie hatte ein Teenagergesicht mit Sommersprossen und eine Mädchenfigur, war aber mindestens dreißig.

»Du siehst aus, als hättest du 'nen wunderschönen Vornamen«, sagte er mit seiner dunkelsten Stimme. Frauen mögen Komplimente. Alle. Regel zwei.

Ihre Augen blitzten. »Du machst diesen Kurs, nicht? An der VHS? Hab dich hier nämlich schon ein paar Mal beobachtet.« Ohne den Blick von ihm abzuwenden nippte sie an ihrem Tomatensaft.

Petzold hätte um ein Haar sein Pils umgestoßen und fühlte, wie sein Gesicht die Farbe ihres Getränks annahm.

»Welchen Kurs? Was?«

»Na diesen Flirtkurs an der Volkshochschule! Am Donnerstag, nicht?« Sie legte eine Hand auf seinen Unterarm. »Du, ich find da echt nichts Schlimmes bei! Mein Bruder hat den letztes Jahr auch gemacht. Ich selbst hab ihm den sogar zum Geburtstag geschenkt. Früher hat der ja nie 'ne Frau ins Bett gekriegt.« Petzold brach der Schweiß aus. »Ich find das echt in Ordnung, du! Auch, dass du so offen drüber reden kannst! Und wie du rot wirst! Niedlich!«

Petzold leerte schnell sein Glas und versuchte, das Thema zu wechseln. »Und wie heißt du nun?«

»Geeny. Also eigentlich Regina, aber alle nennen mich Geeny. Und du?«

Eine halbe Stunde und zwei Pils später wusste Petzold, dass sie Grafikerin in einem Werbebüro war, sich für die Umwelt engagierte und keine Katzen hatte. Geeny klebte an ihm, redete pausenlos auf ihn ein, er fühlte, wie ihm der Schweiß den Rücken hinab lief, und überlegte panisch, ob es hier eine Möglichkeit gab, heimlich zu verschwinden. Aber da war nichts zu machen, die Toiletten lagen im Keller und einen Hinterausgang gab es nicht.

Plötzlich ließ sie von ihm ab. »Sag mal, ist dir nicht gut? Du guckst irgendwie so komisch!«

»Ich hab ...« Glücklich legte er eine Hand auf den Magen. »Mir ist schon den ganzen Tag so eigenartig und ...« Er schluckte. »Das haben bei uns im Büro schon drei Leute. Und jetzt hat's mich anscheinend auch erwischt ...«

Augenblicke später war sie verschwunden und Petzold bestellte noch ein Pils.

»Na, geht's wieder?« Grinsend machte der Typ hinter dem Tresen seinen Strich auf Petzolds Deckel. »Hast ja schon wieder Farbe im Gesicht!«

*

Als kurz nach zwölf das Telefon klingelte, wechselten Edith und Marc einen müden Blick. Auf dem Tisch standen ein Teller mit einem angetrockneten Rest Camembert, eine fast leere Rotweinflasche und ein übervoller Aschenbecher.

»Lass klingeln«, murmelte Marc. »Wer soll's schon sein um diese Zeit.«

»Fred«, sagte Edith und erhob sich.

Marc starrte in sein Glas und fühlte sich elend. Den ganzen Nachmittag und Abend hatte er herumgegrübelt und es war nichts dabei heraus gekommen als ein brummender Kopf und schlechte Laune. Immer noch hatte er Zora nicht angerufen, obwohl er geschworen hatte, sich mindestens alle drei Tage zu melden. Aber seit nun auch noch der neue Mathematiker verunglückt war, ihre letzte Hoffnung, brachte er den Mut nicht mehr auf. Sein Handy war seit Sonntag ausgeschaltet und am liebsten hätte er auch das andere Telefon tot gelegt.

Edith kam zurück. Es war nicht Fred. »Pepe. Es ist schrecklich wichtig.«

Pepe war tatsächlich sehr aufgeregt. »Ihr Auto, dottore! Mit Ihrem Auto, da stimmt was nicht!«

»Das weiß ich«, sagte Marc und warf Edith einen gequälten Blick zu. »Es ist Schrott.«

»No, no, dottore! È difficile ... è ... Es hat schon vorher ...«

»Ganz langsam.« Marc drehte die Augen zur Decke. Edith beobachtete ihn ausdruckslos. »Was ist mit dem Auto?«

»War mal was mit dem ABS g'wesen? Ist das Steuergerät mal getauscht worden?«

»Das ABS-Steuergerät? Nicht, dass ich wüsste. Warum?«

Pepe schnaufte. »Des Gerät ist fei nicht in Ordnung! Da hat einer dran rum g'macht!«

Mit einem Mal war Marc wach. »Wie kommen Sie darauf?«

Nur langsam wurde Pepe ruhiger. »Der Saab ist am siebzehnten August zwotausend vom Band g'laufen. Aber des ABS-Gerät ist vom November! Das kann man aus der Seriennummer erkennen, wenn man Bescheid weiß. Und ...« Ein Kind weinte und Pepe rief zornig etwas auf Italienisch. Sofort war es wieder still. »Des Gerät g'hört nicht in des Auto, verstehen's? Das Datum passt nicht, capisce? Verstehen's?«

Marc verstand. Er fühlte, wie seine Nackenhaare sich aufrichteten.

»Dottore? Sind Sie noch da?«

»Wenn das ABS-Gerät versagt, kann es dann sein, dass das Auto ... sagen wir mal, einfach so von der Straße abkommt?«

»Wenn Sie bremsen und das rechte Vorderrad blockiert, kein Problem.«

»Und Sie sind ... Ich meine, es ist ausgeschlossen, dass Sie sich irren?«

»Selbstredend!« Pepe schien fast beleidigt zu sein.

»Bauen Sie es aus und schicken Sie es her«, sagte Marc nach kurzem Überlegen. »Und zwar so schnell es irgend geht.«

»Mein Bruder fährt morgen hinauf. Der fangt am Montag wieder beim Daimler an, in Stuttgart. Er könnt's Ihnen bringen.« Noch ein paar laute Sätze auf Italienisch. »Morgen in der Früh fährt er. Und er hat ein Telefonino, ein Handy. Er kann Sie antelefonieren und Sie könnten's dann zum Beispiel auf einem Rastplatz ...«

Marc drückte den roten Knopf und starrte eine Weile auf den Tisch. Plötzlich war ihm schwindlig und er hatte das Gefühl, er müsste sich an der Tischplatte festhalten. Dann sah er auf und berichtete. Edith weigerte sich lange, irgendetwas zu glauben.

»Du willst mir doch nicht einreden, jemand hätte versucht, Hannes zu töten?«

»Nicht Hannes, Mädchen, uns! Und ich will dir nichts einreden, es ist so!«

»Himmel hilf«, flüsterte Edith, nahm ihr leeres Glas und stellte es wieder ab. »Aber warum denn, um Gottes willen?«

»Keine Ahnung«, murmelte Marc und massierte sich die Augenlider mit Daumen und Zeigefinger.

»Und du bist sicher, dass er sich das nicht einbildet?« Sie griff unsicher nach der Flasche.

»Von Autos versteht er nun mal was.«

Lange hielt sie das Glas in der Hand ohne zu trinken. Lange sah sie ihm in die Augen. »Marc, es ist jetzt wirklich Zeit, die Polizei zu informieren! Jetzt sofort! Wer weiß, was als Nächstes geschieht!«

»Erst will ich dieses Gerät sehen. Dann wissen wir mehr.« Er sah auf die Uhr. Inzwischen war es halb eins vorbei. Ungeschickt erhob er sich und stützte sich schwer auf den Tisch. »Und ich muss nachdenken. Ich brauch jetzt einen klaren Kopf. Ich geh eine Runde um den Block.« Fast wäre er über ihre Beine gestolpert. »Bin in zehn Minuten wieder da.«

Edith sah ihm mit angstweiten Augen nach und hielt immer noch das Glas in der Hand.

Marc ging um ein paar Ecken zur Kaiserallee und betrat eine Telefonzelle. Ohne zu zögern wählte er eine lange Berliner Nummer. Es dauerte, bis jemand abhob.

»Ja?«

»Hannes? Hier ist Marc.«

Am anderen Ende hörte er sekundenlang nur schweres, leise pfeifendes Atmen.

»Pflegt ihr nachts nicht zu schlafen, da unten in Baden?«

»Hannes, es gibt Probleme!«

»Was denn für Probleme?«

Marc berichtete von Pepes Anruf. Johannes Debertin lachte am Ende nur müde. »Und was denkst du nun, hat das alles zu bedeuten?«

»Dass jemand versucht, mich umzubringen. Ganz einfach.«

»Und warum sollte er das tun?«

»Hannes, ich glaub dir diese Geschichte mit den Autobahnstaus und dem Verkehrsministerium nicht. Gib doch zu, dass wir hier einen Rüstungsauftrag bearbeiten. Und irgendjemand mit ziemlich schlechten Manieren hat anscheinend was dagegen, dass wir das Projekt zum Ende bringen, und ich hab wahrhaftig keine Lust, für euren Mist am Ende ins Gras zu beißen!«

»Aber das ist doch Unfug, Marc! Du hast doch einen schriftlichen Auftrag bekommen, oder irre ich mich da?«

»Ja. Natürlich.«

»Und das Pflichtenheft kam von wo?«

»Vom Verkehrsministerium, ja. Aber das sagt doch nichts. Was weiß ich, mit wem du da kungelst. Ich werd das Gefühl nicht los, dass in Wirklichkeit ihr hinter der Sache steckt. Dass ihr die anderen vorgeschoben habt, damit ich den Braten nicht rieche.«

»Welchen Braten sollst du denn nicht riechen?«

»Ich überlege allen Ernstes, ob ich nicht mal langsam die Polizei informieren sollte!«

Johannes lachte schallend. Für Marcs Geschmack etwas zu schallend. »Bist du verrückt geworden? Willst du dich lächerlich machen? Marc, das sind doch Hirngespinste! Wer in aller Welt sollte ein Interesse daran haben, dich umzubringen?«

»Das wollte ich eigentlich von dir hören!«

Johannes sprach jetzt betont langsam: »Mach deine Arbeit, Marc, und kassiere dein wohlverdientes Geld. Das hier ist kein Spionagethriller, das hier ist die Realität!«

Marc wünschte, er könnte das glauben. »Hannes?«, fragte er zögernd.

»Was ist denn nun noch?«

»Hannes, es gibt da wirklich nichts bei diesem Auftrag, was ich wissen sollte?«

»Was sollte das sein?« Johannes' Stimme klang jetzt gereizt. »Geh schlafen, damit du morgen mit deinem Job vorankommst. Und verschone mich zukünftig bitte mit nächtlichen Anrufen und Räuberpistolen.«

In Berlin wurde aufgehängt. Marc stand noch lange in der Zelle mit dem tutenden Hörer in der Hand. Eine junge Frau ging vorbei und zog einen hinkenden Pudel hinter sich her. Sie warf Marc einen ängstlichen Blick zu und beschleunigte ihren Schritt ohne Rücksicht auf ihren gehbehinderten Hund.

Schließlich hängte er ein und ging langsam und mit schwirrendem Kopf zurück. Edith lag schon im Bett. Sie fanden lange keinen Schlaf.

*

Um sieben Minuten vor halb drei klingelte Petzolds Telefon. Eine aufgeregte, gedämpfte Männerstimme.

»Sie haben doch gesagt, ich soll sofort anrufen, wenn etwas ist.«

»Was? Wer ist da?«

Der Mann nannte einen Namen, der Petzold nichts sagte.

»Da ist jemand in Kapitzkas Haus. Ich beobachte das schon einige Minuten. Einbrecher, vermute ich.«

Jetzt erinnerte Petzold sich: Es war der Nachbar mit der Baskenmütze.

»Vielleicht sind sie aus dem Urlaub zurück?«

»Das wüsste ich aber. Das Auto wäre da.«

Petzold zögerte. Eigentlich war das eine Angelegenheit für die Schutzpolizei, wo sie ja inzwischen wussten, dass der Tote nicht Kapitzka hieß. Aber nun war er einmal wach.

»Wir sind in zehn Minuten da. Passen Sie auf, dass man Sie nicht sieht. Unternehmen Sie nichts, machen Sie kein Licht.«

Er wählte Schillings Nummer. Erst, als der auch nach Minuten nicht abnahm, fiel ihm ein, dass er mit seiner großen Liebe im Elsass turtelte. Blieb Hirlinger, aber der wohnte in der Pfalz und würde ihn vermutlich für verrückt erklären. Schließlich warf er sich ein paar Hände kaltes Wasser ins Gesicht, zog sich an und verließ seufzend die Wohnung.

Fast alle Ampeln blinkten gelb, kaum ein Auto war unterwegs und so brauchte er nicht mehr als fünf Minuten in die Nordweststadt. Den Porsche ließ er am Anfang der Straße stehen. Noch einmal zögerte er. Was er hier tat, war natürlich gegen jede Vorschrift. Andererseits, einen Blick auf das Haus konnte er ja wohl riskieren, bevor er Verstärkung herbeitelefonierte. So gut es ging hielt er sich im Schatten der Bäume und Büsche. Alle Häuser waren dunkel. Nur beim Nachbarn schien sich einmal eine Gardine zu bewegen. Im Schlagschatten einer Tuja blieb Petzold einige Zeit bewegungslos stehen. Nichts rührte sich, die Straße lag vollkommen still. Die Luft war kühl und feucht, ein böiger Wind ließ die Peitschenlampen der Straßenbeleuchtung schaukeln und die Schatten tanzen. Tief liegende, im Widerschein der Stadt rot glühende Wolken trieben schnell nach Osten. Vermutlich würde es bald wieder regnen.

Schließlich überstieg Petzold das Gartentörchen und ging an der Schmalseite des Hauses entlang auf einem Plattenweg nach hinten. Dort war es fast vollkommen dunkel. Eine Weile blieb er an die Wand gedrückt stehen, bis er wenigstens die Umrisse der Bäume und Büsche des überraschend weitläufigen Grundstücks ausmachen konnte. Dann huschte er über die Wiese unter einen Baum mit tief hängenden Ästen und beobachtet von dort die Rückseite des Hauses. Alle Rollläden waren heruntergelassen, durch keine Ritze drang Licht. Nach fünf Minuten wurde Petzold kalt und er war jetzt überzeugt, dass der Nachbar seiner überschäumenden Wachsamkeit zum Opfer gefallen war. Er schlug die Arme ein paar Mal um die Brust, gähnte und ging noch ein paar Schritte vom Haus weg, um auch die Dachfenster sehen zu können.

Dann sah er das Licht. Hinter einem der Rollläden wurde es für zwei, drei Sekunden hell und sofort wieder dunkel. Petzold wartete, aber es rührte sich nichts mehr. Schließlich zog er das Handy aus der Jackentasche, drückte die Hundertzehn, gab sich als Polizist zu erkennen und berichtete von dem Einbruch.

»Ist schon gemeldet«, war die gelassene Antwort. »Kollegen sind unterwegs.«

Da hatte es der Nachbar wohl nicht länger ausgehalten. Petzold steckte das Handy ein und ging zurück. Es konnte nur Minuten dauern, bis der erste Streifenwagen ankam. Als er die Hausecke umquerte, hatte er eine Pistolenmündung an der Stirn.

»Langsam zur Wand drehen, keine Dummheiten, keine hastigen Bewegungen, Hände an die Wand, Beine auseinander.«

»Moment mal.« Petzold gehorchte sicherheitshalber.

»Und die Schnauze halten«, sagte der uniformierte Polizist durch die Zähne. »Was treibst du hier? Das Terrain ausspähen für euren nächsten Bruch?«

Petzold wurde abgetastet.

»Keine Waffe«, sagte der zweite Polizist halblaut und trat zurück.

»Ich glaub, ihr macht da 'nen Fehler«, sagte Petzold.

»Ich glaub eher, du bist der, der hier den Fehler macht. Hände im Nacken verschränken und schön langsam zur Straße. Wo kommst du her? Rumänien? Polen? Russland?«

»Ihr macht echt 'nen schweren Fehler, Jungs«, seufzte Petzold. Der Streifenwagen stand einige Häuser weiter unbeleuchtet auf der Straße.

»Na, wenigstens kann er Deutsch«, sagte der mit der Pistole. »Das ist doch schon mal was. Los, leg ihm Handschellen an.«

Gehorsam streckte Petzold die Hände nach hinten.

»So, und jetzt umdrehen.«

Die Pistole sank erst langsam, dann immer schneller herab. Die Unterkiefer ebenfalls.

»Oh, oh«, sagten der mit den Handschellen. »Da haben wir jetzt scheinbar ziemlichen Mist gebaut!«

»Anscheinend heißt das, nicht scheinbar«, knurrte Petzold. »Und jetzt nehmt mir diese Dinger ab. Der Einbrecher ist nämlich noch im Haus. Wenn er nicht inzwischen hintenrum verduftet ist wegen euch Armleuchtern.«

In diesem Augenblick öffnete sich die Tür und ein schmächtiger Mann in gestreiftem Bademantel und mit wirrer Frisur trat aus Kapitzkas Haus.

»Haben Sie ihn?«, rief er. »Nicht zu fassen, so was!«

Gegenüber ging Licht an, ein Fenster wurde geöffnet.

»Herr Kapitzka! Ich wusste ja gar nicht, dass Sie schon zurück sind!«, rief der Nachbar, heute ohne Mütze.

»Und jetzt? Was passiert jetzt?« Betreten schloss der zweite Polizist die Handschellen auf.

Petzold massierte seine Handgelenke. »Ich trink gern Rothaus Tannenzäpfle. Sagen wir, zwei Kisten?«

»Das ist unmenschlich«, sagte der andere und steckte die Pistole weg. »Wie sollten wir denn ahnen ...«

In immer mehr Häusern ging Licht an. Hunde bellten.

»Polizei«, rief Petzold gedämpft, um nicht noch mehr Nachbarn aufzuscheuchen. »Das hier ist nur ein riesengroßer Irrtum.«

Nach einigem Hin und Her bat Kapitzka sie ins Haus und bald war alles aufgeklärt. Er hatte sich während des Urlaubs mit seiner Frau zerstritten und war am Ende mit dem Zug nach

Hause gefahren. Aus Angst vor dem Gerede der Nachbarschaft hielt er sich seit Dienstag in seinem eigenen Haus versteckt und ernährte sich von Konserven und Tiefkühlpizza.

»Sie glauben ja nicht, was hier getratscht wird. Und Montag kommen sie ja zurück«, erklärte er kleinlaut und bot an, Kaffee zu kochen. Aber niemand wollte einen.

»Na gut«, sagte Petzold auf der Straße und schlug den beiden Streifenbeamten auf die Schultern. »Eine Kiste, weil ihr es seid, und niemand erfährt was von der Geschichte.«

*

Daniele, Pepes Bruder, rief am Samstagnachmittag kurz vor vier zum erstenmal an, als er bei Basel die Grenze überquerte. Sie verabredeten sich an der Ausfahrt Karlsruhe Süd.

Der Tag war in gedrückter Stimmung verlaufen. Edith war früh gegangen und hatte den Vormittag im Labor verbracht, um irgendwelche Dinge zu diskutieren. Gegen Mittag war sie sichtlich deprimiert zurückgekommen und beim improvisierten Mittagessen ungewöhnlich wortkarg gewesen. Marc vermutete, dass es aus Boston keine guten Nachrichten gab, und ließ sie in Ruhe.

Auch später hatten sie kaum gesprochen und waren miteinander umgegangen wie zwei Menschen, bei denen jeder vom anderen weiß, dass er an einer unheilbaren Krankheit leidet.

Inzwischen saß Marc wieder vor seinem Computer und fütterte Internet-Suchmaschinen mit dem Stichwort »Kalmar«. Yahoo kannte ein Hotel Kalmár in Budapest.

»Was wirst du mit dem Gerät tun?«, fragte Edith, die lautlos ins Zimmer getreten war. Marc schrak hoch.

»Hab schon mit Joschka telefoniert. Wir treffen uns später in der Firma und nehmen es auseinander.«

»Joschka?«

»Du kennst ihn von der Weihnachtsfeier. Der Dicke mit

Schnurrbart, der mit Giga zusammen White Christmas gesungen hat.«

Marc klickte sich weiter zu Alta Vista.

»Giga ist der, der verunglückt ist?«

Marc nickte. Edith trat hinter ihn und sah ihm über die Schultern.

»Wie war das mit diesem Unfall?«

»Muss 'nen völligen Blackout gehabt haben. Er hat nur zwei, drei Bierchen intus gehabt und für Giga heißt das, er war so gut wie nüchtern. Und dann ist er einfach so unter diesen Laster gefahren. Blind wie 'ne Eule.«

Edith schauderte.

»Dabei hat er sogar noch angehalten an der Fußgängerampel. Ein Zeuge hat ausgesagt, dass er dort noch mit jemandem geredet hat. Der hat irgendwas zu ihm gesagt, Giga hat gelacht, sich aufs Rad geschwungen und eine Sekunde später war er tot.«

»Wer war das?«

»Der Zeuge? Ein Student. Kam aus der Schauburg.«

»Der andere. Der, mit dem er gesprochen hat?«

»Niemand weiß es. War weg, als die Polizei kam.«

»Seltsam«, murmelte Edith. »Hat man denn nicht nach der Person gefahndet?«

»Du tust ja gerade so, als sei er ermordet worden«, sagte Marc in bemüht heiterem Ton.

»Wow«, sagte Edith leise, »sind das aber viele!« Alta Vista hatte endlich seine Listen zusammengestellt.

»Verdammt viel Betrieb heute«, seufzte Marc und klickte den ersten Link an – den Kalmar Frisbee Klubb. Erwartungsgemäß wurde hier Schwedisch gesprochen. »Gibt's Neuigkeiten aus Boston?«

»Fehlalarm«, sagte Edith überraschend gleichgültig. »Sie hatte schon früher mal einen leichten Schlaganfall, das hatte sie aber verschwiegen.«

»Na, das ist doch zur Abwechslung mal 'ne gute Nachricht.« Marc klickte sich zurück. Er spürte Ediths Wärme im Nacken. Sie roch nach Kaffee und frisch gewaschenen Haaren.

Kalmár schien in Österreich und Ungarn ein gebräuchlicher Name zu sein. An der Charité in Berlin gab es einen Kardiologen Namens Kalmar mit beachtlicher Publikationsliste.

»Giga fand ich ganz sympathisch, auch wenn er ein bisschen komisch war. Er war ein guter Mann, nicht?«

»Mathematiker sind umso komischer, je besser sie sind. Giga war ein verdammt guter.«

Auf dem Bildschirm gab es Bildchen vom Hafen, dem Schloss und der Altstadt von Kalmar zu besichtigen. Blauer Himmel, viel Sonne und reichlich schwedische Fahnen.

Plötzlich beugte Marc sich vor. »Guck mal, das U-Boot, von dem Johannes gesprochen hat!«

Auf dem Bildschirm erschienen quälend langsam eine Seitenansicht und die Daten der russischen Atom-U-Boote der Kalmar-Klasse. »Ballistic Missile Submarine«, las Marc halblaut. »All stationed at Gadzhievo at Olenya Bay.«

Edith zog eine Grimasse. »Aber telefonieren kann so ein Ding ja vermutlich nicht.«

»Aber verdammt vielen Leuten das Lichtlein ausblasen. So eine Höllenmaschine kann Millionen von Menschen töten, wenn's drauf ankommt.«

Mit einem Mal hörte Edith auf zu atmen. Langsam sank sie auf den Stuhl neben dem Schreibtisch und starrte Marc mit halb offenem Mund in die Augen.

»Was machst du für ein Gesicht? Die meisten liegen in ihren Häfen fest, weil sie kaputt sind oder keinen Treibstoff für ihre Reaktoren mehr haben.«

Ihre Augen wurden immer weiter.

»Edith? Was hast du?«, fragte Marc beunruhigt.

»Marc!« Sie legte eine Hand auf die Brust und die andere auf seinen Unterarm. »Marc, wenn jemand absolut nicht möchte, dass euer Dark Eye jemals startet. Wenn jemand das wirklich mit aller Gewalt verhindern will. Auch um den Preis von Menschenleben. Wen würde er dann töten?«

Marc räusperte sich, schob die Maus sinnlos hin und her, ließ sie fahren und legte die Hände vors Gesicht. »Giga«, sagte er schließlich. »Er hat die ganzen Algorithmen programmiert. Er war der Einzige, der wirklich geblickt hat, wie's funktioniert. Die Theorie, die ganzen verfluchten Transformationen für die Bildauswertung.« Er räusperte sich wieder und sah zur Decke. »Und dann mich. Ich hab die Treiberprogramme geschrieben, für die Kameras. Die anderen machen das Datenmanagement, Datenübertragung und so. Das ist Fleißarbeit, das kann jeder.«

»Marc, sag bitte sofort, dass das nicht wahr ist!«

Er schlug sich mit beiden Händen auf die Knie. »Verdammt! Ich hab doch schon so viel darüber nachgedacht! Es kann einfach nicht sein! Wer sollte denn so was machen?«

»Du hast schon daran gedacht?« Ediths sprach jetzt sehr leise und sehr langsam. Das bedeutete Alarmstufe Rot. Mit jedem Wort wurden ihre Augen kleiner. »Du hast daran gedacht, dass dich jemand töten könnte? Und mir kein Wort davon gesagt?«

»Wozu?«, fragte er kleinlaut und glotzte auf die Tastatur. »Was hätte das geändert? Du hättest dir auch noch Sorgen gemacht und unser Urlaub hätte vermutlich gar nicht erst angefangen.«

Lange sah sie ihm sprachlos ins Gesicht. »Ich fasse es nicht! Ich fasse es einfach nicht!«, flüsterte sie dann mit fast unmerklichem Kopfschütteln. »Und ich Idiotin habe mir eingebildet, du hast dich für mich von deiner Arbeit losgerissen, und in Wirklichkeit ... waren wir auf der Flucht? Du hast auch mein Leben riskiert, ist dir das klar?«

»Ich ... Ich hab durchgedreht, als das mit Giga passiert war. Als mir klar wurde, wer der Nächste sein würde, ich meine, sein könnte, dann ... und ...« Marc verstummte.

»Und nun? Sie haben es einmal versucht ...«

»Zweimal vielleicht«, fiel Marc ihr ins Wort. »Dieser Unfall bei Basel.«

»Was sollte sie daran hindern, es wieder zu versuchen?«

Marc hob die Schultern und ließ sie langsam wieder sinken. »Keine Ahnung. Sie haben es eben nicht mehr versucht. Weiß auch nicht, warum.«

»Wer sind überhaupt ›sie‹?«

»Woher soll ich das wissen? Es wird auf der Welt nicht viele Regierungen geben, die mit Begeisterung zusehen, wenn Europa sich ein satellitengestütztes Raketenabwehrsystem zulegt. Es können die Russen sein, Chinesen, Iraker ...«

»Du sprichst ja auf einmal so, als sei es schon erwiesen, dass ihr einen Spionagesatelliten programmiert...«

»Einen Aufklärungssatelliten, das ist was anderes.«

»Und wenn ich das alles jetzt richtig verstehe, dann hast du von Anfang an gewusst, was für eine Art Auftrag das war? Korrigiere mich bitte, wenn ich mich irren sollte!«

Marc sah betreten auf seine Hände. Schließlich nickte er wie ein Schuljunge, der vor versammelter Klasse gestehen muss, dass er die Beule in das Auto des Rektors getreten hat.

»Und ich habe gedacht, du sagst mit wenigstens einmal die Wahrheit«, murmelte Edith und fiel zurück. Eine Weile schwieg sie, ohne den Blick von Marcs Gesicht zu wenden. »Was weißt du sonst noch über die Sache? Was verschweigst du mir noch? Was kommt als Nächstes?«

»Nichts. Nichts mehr. Das ist alles.«

Der PC summte, draußen lärmten Kinder, manchmal wehte das Rauschen des Verkehrs von der Kaiserallee herüber. Er beobachtete das Schneetreiben auf dem Monitor und fühlte immer noch Ediths forschenden Blick. Die Stille zog sich hin und Marc fühlte sich von Sekunde zu Sekunde unwohler. Seine Hände waren jetzt schweißnass.

»Also ist es doch wahr. Fred hat doch Recht«, sagte sie endlich. »Und ich wollte es nicht glauben.«

»Was? Womit? Was hat auf einmal Fred damit zu tun?«

»Sie hat dich gesehen. Als ich in Boston war. Mit einer anderen Frau«, sagte sie sachlich.

»Edith!«

»Erinnerst dich daran, wie du geschworen hast, du würdest mich nie betrügen?«

»Moment mal!« Marc fasste sich an die Stirn. »Was ist denn das jetzt? Spinnst du?«

»Auch da hast du mich also angelogen.« Plötzlich federte sie hoch. Die Tür knallte zu und flog nach einer Sekunde wieder auf. »Für den Fall, dass du es vergessen haben solltest: Weinrotes Kleid, hohe Schuhe, schwarzes Haar!«

Marc sprang auf. »Edith!« Erst am Ende des Flurs holte er sie ein, packte sie am Arm. Sie versuchte vergeblich, sich loszureißen. »Erklärst du mir jetzt bitte mal, was der Quatsch soll?«

Mit dem Rücken an der Badezimmertür funkelte sie ihn an.

»Sie hat es mir schon vor zwei Wochen erzählt, gleich, nachdem ich zurück war. Aber ich dumme Kuh habe es einfach nicht glauben wollen! Bis eben habe ich es nicht glauben wollen! Ich bin ja so unbeschreiblich dämlich! Ja, sie hat euch gesehen. Am Sonntag vor unserem ... Urlaub!« Das letzte Wort spie sie ihm mit einem bitteren Lachen vor die Füße. Es klang wie zerschellendes Glas.

Marc schwieg. Eine Sekunde zu lange.

»Gibst du es denn wenigstens zu?« Sie wandte sich ab. »Du hast es ja schon zugegeben.«

Die nächste Tür knallte zu, der Schlüssel drehte sich im Schloss. Marc schimpfte eine Weile im Flur herum und versuchte, durch die Tür ein Gespräch in Gang zu bringen.

»Sei endlich still!«, schrie sie. »Du brauchst mir nichts mehr vorzulügen! Denkst du denn, ich bin blind? Denkst du, ich habe nicht gesehen, wie du an Susanne herumgegrapscht hast? Und diesem Dorf-Nüttchen in ihrem Kramladen Augen gemacht hast?« Und dann antworteten nur noch die Papageien mit fröhlichem Zwitschern und Telefon-Getriller.

Schließlich klingelte das reale Telefon und Marc war erleichtert. Pepes Bruder war an Offenburg vorbei und würde in spätestens einer halben Stunde an der verabredeten Ausfahrt sein. Marc nahm die Schlüssel von der Ablage unter dem Garderobenspiegel und warf die Wohnungstür mit aller Kraft hinter sich ins Schloss.

*

Daniele fuhr einen aufgemotzten schwarzen Lancia, sah aus wie ein Mafioso, mit kantigem Gesicht und stechendem Blick. Er reichte Marc mit ein paar freundlichen Worten und Grüßen von Pepe einen Schuhkarton durchs Fenster und fuhr schon wieder an. Sekunden später war er verschwunden.

Das Päckchen war nicht besonders schwer und an einer Ecke ölig. Marc legte es in den Kofferraum, als würde es Meißener Porzellan enthalten, machte sich auf den Weg in seine Firma und hoffte inständig, dort außer Joschka niemanden anzutreffen.

Sein Wunsch ging nicht in Erfüllung.

»Na sieh mal an, unser Herr Boss lässt sich doch noch mal blicken!«, begrüßte Zora ihn mit bitterem Lachen. Sie saß vor ihrem Bildschirm und drehte sich nicht einmal um. »So richtig wohl fühlst du dich eben nur, wenn du deinen Sklaven hin und wieder beim Schuften zugucken kannst, was?«

»Du könntest mich wenigstens fragen, warum ich nicht mehr in Urlaub bin«, sagte Marc müde und küsste sie von hinten auf beide Wangen.

»Ich würde im Gegenteil gerne erfahren, wie du jemals auf die hirnrissige Idee kommen konntest, uns hier allein in der Scheiße sitzen zu lassen!«, war die gallige Antwort. »Aber als Mann und Unternehmer kann man sich ja wohl alles erlauben!«

Näschen, die neue Aushilfssekretärin, saß aufrecht an ihrem Schreibtisch und verfolgte die Unterhaltung mit Interesse. Marc reichte ihr die Hand. Sie drückte sie flüchtig und lächelte erschrocken.

»Ich hab dir auch was mitgebracht.« Marc stellte eine Grappa-Flasche auf Zoras Schreibtisch. Sie sah kaum hin.

»So billig kommst du mir nicht davon, mein Bester. Jetzt ist Schampus fällig und zwar eine Kiste und zwar echter! Und wenn du so was noch mal machst, dann lass ich mich schwängern und geh in Mutterschutz!«

»Wer sollte denn auf die Idee kommen, dich zu schwängern?«, fragte Marc heiter.

Näschen guckte empört in ein Schriftstück.

»Sie verknallt sich nämlich bevorzugt in Schwule«, erklärte er ihr. Daraufhin packte sie ihr Rucksäckchen und verließ das Büro erhobenen Hauptes und ohne einen weiteren Blick.

»Oder in verheiratete Typen«, seufzte Zora, warf ihre schwarze Mähne zurück und sah ihr träumerisch nach. »Ist sie nicht süß?«

»So wird das nie was mit deinem Mutterschutz.« Marc legte endlich seinen Schuhkarton ab.

»Willst du mir auch noch deine alten Schuhe schenken?«, fragte Zora. »Denkst du, dadurch machst du irgendwas besser?«

»Wo steckt Joschka?«

»Im Keller natürlich, wo er hingehört. Er wartet auf dich.«

»Und die anderen?«

»Rainer und Mischa hab ich nach Köln geschickt. Ford macht Stress, weil die Anlage schon wieder seit sechzehn Stunden steht. Schließlich haben wir auch noch andere Kunden.« Sie schubste das Päckchen vorsichtig an. »Nun sag schon, was ist das? Was hast du für Geheimnisse vor mir? Oder hast du Edith nun endlich umgebracht? Ist da ihr Kopf drin?«

»Kümmere dich um deinen Job, damit du am nächsten Ersten

deine Groschen kriegst!«, sagte Marc und packte seinen Karton.

Zora pfefferte die Maus in den Papierkorb und die Tastatur gleich hinterher. »Hiermit kündige ich fristlos! Ich gehe zu Siemens«, erklärte sie in amtlichem Ton. »Die haben die Sklaverei nämlich abgeschafft und geregelte Arbeitszeiten haben sie auch!«

Marc zog Maus und Tastatur am Kabel wieder hoch, legte alles ordentlich vor sie auf den Schreibtisch, küsste Zora auf die Stirn und ging.

»Männer!«, hörte er noch. »Wer die bloß erfunden hat! Und wozu, frag ich mich immer!« Dann wurde sie noch lauter. »Und erklär Joschka bitte mal von Mann zu Mann, wie man mit Wasser und Seife umgeht! Und dass man Hemden auch waschen kann!« Marc zog die Tür ins Schloss und stieg die Treppe in den Keller hinunter. Eine Weile hörte er Zora noch zetern.

Joschka steckte mit dem Kopf in einem der Bildverarbeitungscomputer, die man ihnen zu Testzwecken zur Verfügung gestellt hatte. Er begrüßte Marc mit einem Wedeln der Hand. »Leg's da irgendwo hin. Bin gleich fertig.«

Wie üblich roch der Raum nach durchgeschwitztem Hemd und überlastetem Deodorant. Mit rotem Kopf kam Joschka hoch und legte seine Pinzette weg.

»Und? Was liegt an?«

Marc hob den Deckel von seinem Schuhkarton und nahm vorsichtig das schwarze ABS-Steuergerät heraus.

»Guck dir das hier bitte mal an.«

Joschka sah angewidert auf das Ding in Marcs Hand. »Mann, ich bin Elektroniker! Versteh nichts von solchem Schweinkram!«

»Trotzdem. Guck's dir einfach mal an.«

»Termin?«

»Gestern.«

»Natürlich«, stöhnte Joschka, schleppte sein Übergewicht zum Labortisch und ließ sich auf den Stuhl krachen.

»Gib mir 'nen Lappen von da drüben, damit ich mir den Tisch nicht versaue!« Mit spitzen Fingern und fassungslosem Kopfschütteln wendete er das Kästchen von der Größe eines dicken Buches hin und her. Schließlich tippte er missmutig auf eine Ecke.

»Hier drunter steckt die Elektronik. Reich mir mal den Schraubenzieher da. Aber bisschen dalli, ich hab zu tun!«

Minuten später war das Gerät offen, Joschka schwenkte eine Leuchtlupe heran und betrachtete die Elektronik-Platine. Dann schob er sie weg.

»So, jetzt hab ich's mir angeguckt. Darf ich jetzt wieder was Richtiges arbeiten?«

Marc setzte sich neben ihn. »Alles okay damit?«

»Woher soll ich das wissen? Hab ich vierzehn Semester E-Technik studiert, um Automechaniker zu werden?«

Marc stützte das Kinn auf die Fäuste und überlegte. Die Tür ging auf, Näschen kam lautlos herein.

»Frau Zorankovsky lässt fragen, ob Sie später noch eine Sekunde Zeit hätten, über Projekt Dark Eye zu sprechen«, sagte sie zaghaft, als könnte jedes laute Wort eine Explosion auslösen.

Marc nickte zerstreut. Mit großen Augen sah sie Joschka über die Schulter. »Darf man fragen, was das ist?«

»Ein Teil aus meinem Auto«, erklärte Marc erschöpft. »Hab gedacht, es ist kaputt.«

Näschen rümpfte die Nase und verschwand mit der seltsamen Bemerkung: »Dass der Mensch in allem, was ihm für das Höhere gilt, sich weit altmodischer benimmt, als es seine Maschinen sind.«

»Was hat die denn?«, fragte Joschka verblüfft.

»Promoviert über Musil«, murmelte Marc und versuchte, Joschkas Geruch zu ignorieren. »Was ist das für ein Draht?«

Joschka schraubte die Platine los und klappte sie zur Seite. Grummelnd stocherte er in den Tiefen des Geräts herum, zupfte an einem Drähtchen und sah wieder auf. »Keine Ahnung.«

»Fällt dir denn nichts daran auf? Irgendwas Ungewöhnliches? Kann es sein, dass es jemand manipuliert hat, zum Beispiel?«

»Bin ich Jesus? Heiß ich Ölfuß? Das hier ist stinknormale Autoelektrik. Soweit ich sehen kann, ist es okay. Aber für so was werd ich wirklich nicht bezahlt!«

Marc wusste nicht, ob er erleichtert oder enttäuscht war. Joschka rollte seinen Stuhl zurück.

»Darf ich dann wieder was Vernünftiges arbeiten? Wir haben da nämlich einen Auftrag, der nächste Woche fällig ist!«

Marc schlug Joschka auf die schwabbelnde Schulter und ging. Schon auf der Treppe hörte er Zora mit Inbrunst »Männer sind Schweine« singen. Näschen sah ihm mit weiten Augen entgegen und erwartete offensichtlich den Weltuntergang.

Zora sah nicht auf. »Zieht der Herr Unternehmer sich jetzt gleich wieder auf seine Ländereien in Ligurien zurück oder hat er noch ein Sekündchen Zeit, mit seiner nichtswürdigen Mitarbeiterin ein paar Worte über Projekt Megakohle zu wechseln, das selbige in den letzten Wochen zehn Jahre ihres trostlosen Lebens gekostet hat?«

Marc setzte sich und legte das Gesicht in die Hände. Das war der Moment, vor dem er sich seit zehn Tagen fürchtete.

»Also gut, gib's mir. Wir sind pleite, stimmt's?«

»Das könnte dir so passen«, sagte Zora durch die Zähne. »Damit du dann überall rumerzählen kannst, ohne dich ginge hier nichts?«

»Frau Zorankovsky war nämlich äußerst fleißig die letzten Tage!«, flüsterte Näschen ehrfurchtsvoll.

Endlich sah Zora auf. »Nicht, dass ich annehme, dass es dich interessiert. Aber wenn du grad nichts Besseres vorhast, kannst du ja mal gucken.«

Gleichmütig wies sie auf den Monitor. Dort war eine sehr unscharfe Luftaufnahme zu erkennen, die offensichtlich aus großer Höhe gemacht worden war. Marc kannte sie, es war eines der Testbilder. In der Mitte ein graues Band, auf dem man Pünktchen erahnen konnte.

»Und jetzt pass auf.« Zora drückte eine Taste. In rasender Geschwindigkeit liefen Streifen über den Schirm, er veränderte sich von Augenblick zu Augenblick, ein schwarzer Balken huschte von oben nach unten und dann waren sieben Stellen des Bildes mit kleinen Kreuzen markiert, das jetzt unverkennbar eine Acker- und Wiesenlandschaft mit einem Dorf und einer Autobahn darstellte. An jedem Kreuzchen ein Pfeil für die Fahrtrichtung und eine Geschwindigkeitsangabe.

»Drei Laster und elf Pkws. Nicht übel, was?«

»Was war das denn?«, fragte Marc mit vor Verblüffung erstickter Stimme.

»Na, das war's!«

»Heißt das, es funktioniert? Soll das etwa heißen, ihr habt's geschafft?«

»Aber wenn du noch mal so einen Job anschleppst, mein Junge, dann kündige ich wirklich. Und nicht nur ich. Wir haben den Taucher aus dem Krankenhaus geholt, zu Hause in sein Bett gelegt und ihm seinen wasserdichten Laptop in den Arm gedrückt. Und in den letzten fünf Tagen hat der arme Kerl mit hochgelegtem Gipsfuß siebentausendfünfhundert Zeilen Code durchgesehen, die Giga geschrieben und wie üblich mit keiner Zeile kommentiert hatte.« Endlich wandte Zora sich um. »Wir haben noch zwei winzige Bugs in der Software, aber der Taucher meint, bis morgen oder übermorgen findet er die auch noch. Spätestens am Dienstag können wir dann mit den Tests anfangen.«

Marc erhob sich und fürchtete einen Moment, die Knie würden sein Gewicht nicht tragen. Er legte Zora die Hände auf die Schultern und küsste sie auf den Mund.

»Bist ein gutes Mädchen, Zora«, sagte er sehr leise. »Bist ein wirklich gutes Mädchen.«

»Übernächste Woche kannst du deine Rechnung schreiben und die Prämien auszahlen. Und dann fahr ich ganz weit weg und ganz, ganz lange in Urlaub.« Sie hob den Kopf und sah ihm müde in die Augen. »Marc, seit du weggefahren bist, wechselt Joschka sein Hemd überhaupt nicht mehr und ich hab seit zwei Wochen nicht mal mehr in eine Zeitung geguckt!«

»Was ist eigentlich passiert? Was hatte der Taucher für einen Unfall?«

»Hat sich von unserem Vorschuss einen neuen Kompressor gekauft und die erste Gasflasche, die er dran füllen wollte, ist ihm auf den Fuß gefallen. Trümmerbruch diverser Mittelfußknochen.«

»Und ... Es gibt keinen Zweifel? Ich meine, es hat niemand nachgeholfen dabei?«

»Wieso? Wer sollte denn da nachhelfen?«

»Und was ist mit Arni?«, fragte er möglichst gleichgültig.

Zora rieb ihre Augen. »Der ist immer noch krank. Weiß nicht, was ihm fehlt. Wir haben mal angerufen, aber er hat nicht abgenommen.«

»Ihr seid einfach große Klasse. Alle zusammen!«

Dieses Mal erwiderte sie seinen Kuss. Näschen schob mit einem Ruck den Stuhl zurück und verließ das Büro.

»Was hat sie jetzt schon wieder?«

»Frau Gräfin ist eine Frau mit Prinzipien. Du bist verheiratet.«

»Nimmt sie deshalb den Rucksack mit? Demonstriert man dadurch besondere moralische Entrüstung?«

»Ich glaub eher, da ist ihre Dissertation drin. Vermute, wenn man nicht aufpasst, arbeitet sie heimlich daran.«

»Worüber promoviert sie denn nun wirklich?«

Augenrollend flötete Zora: »Unsere Gräfin geruhen über ›Das Bild des Hochadels in der österreichischen Literatur des frühen zwanzigsten Jahrhunderts am Beispiel von Robert Musils Mann ohne Eigenschaften‹ zu promovieren.«

Marc nickte erschüttert. »Donnerwetter. Dass sich da nicht längst jemand drum gekümmert hat.« Er wandte sich zum Gehen. »Ab morgen bin ich wieder da. Kannst dich drauf verlassen!«

»Ich will es schwer hoffen!« Zora kramte zwei CDs aus ihrem Schreibtisch. »Die hier solltest du mitnehmen, das sind unsere letzten Backups. Stand heute Mittag zwölf Uhr.«

Marc nahm die Sicherungskopien ihrer Programme an sich, um sie wie üblich zu Hause im Safe einzuschließen. Selbst wenn die Firma ausgeräubert werden oder durch eine Gasexplosion in die Luft fliegen sollte, waren die Ergebnisse ihrer Arbeit dadurch gesichert. Nachdenklich betrachtet er die Kunststoffhüllen.

»Schon komisch, dass die Früchte unserer gesamten Arbeit von acht Wochen auf ein Plastikscheibchen passen.«

»Software kann man nun mal nicht anfassen und nicht riechen. Sie wiegt nichts, man kann sie nicht sehen und trotzdem macht sie jede Menge Arbeit und kostet ein Schweinegeld«, erwiderte Zora.

»Zora, hör mal. Dieser Urlaub. Ich war das Edith einfach schuldig. Und ich ...«

»Vergiss es«, sagte sie scharf. »Spar dir die Ausreden, ich glaub sie dir sowieso nicht. Tu's einfach nie wieder!«

Sie sah sich nicht mehr um. In der Tür stieß Marc um ein Haar mit Näschen zusammen, die mit grimmiger Miene hereinstrebte. Beim Versuch, ihr auszuweichen, prallte er gegen den Türpfosten.

»Wenn man durch geöffnete Türen kommen will, muss man die Tatsache achten, dass sie einen festen Rahmen haben«, sagte sie mit Verachtung und setzte sich würdevoll.

»Wetten, das war Musil?«, gluckste Zora.

Marc winkte mit den CDs und ging.

»Und vergiss nicht, Edith zu vergiften!«, hörte er sie noch.

»Die allgemeine Rohheit ist heute unerträglich«, sagte Näschen spitz. »Und auch das war übrigens Musil!«

Die Wohnung empfing ihn dunkel und leer. Auf einem gelben Klebezettel am Spiegel standen drei Worte: »Bin bei Fred.«

Sogar die Vögel hatte sie mitgenommen. Marc schloss die CDs im Safe ein, wo schon ein ganzer Stapel davon lag, weil Zora praktisch jeden Tag Sicherheitskopien ihrer Programme zog. Dann ging er in die Küche, riss den Korken aus einer Barbera-Flasche und setzte sich an den Tisch. Bald verbreitete der Wein angenehme Wärme in seinem leeren Magen und Marc versuchte sich einzureden, dass ihm Ediths Verschwinden im Grunde ganz gelegen kam. So hatte er wenigstens an dieser Front vorübergehend Ruhe.

Nach dem ersten Glas durchsuchte er den Kühlschrank und fand ein Glas Wiener Würstchen, die mit viel Dijon-Senf genießbar waren, und eine Tüte leicht angetrocknetes Schnittbrot. Später verschränkte er die Hände im Nacken und dachte an Zora. Sie hatte diesen Job also tatsächlich durchgeboxt. Zora gab einfach niemals auf. Eigentlich hatte er ja nun Grund zu feiern, aber die rechte Freude wollte nicht aufkommen. Er füllte sein Glas erneut und bald fuhren die Gedanken in seinem Kopf wieder Karussell.

Litt er wirklich unter Verfolgungswahn, wie Johannes behauptete? War alles wirklich nur eine unglaubliche Kette von Zufällen? Gigas unerklärlicher Tod? Ihr Beinahe-Unfall auf der Autobahn in der Schweiz? Johannes' Totalschaden mit dem Saab? Waren sie wirklich nur vom Pech verfolgt? Oder gab es da doch jemanden im Hintergrund, dem jedes Mittel recht war, den Start von Dark Eye zu verhindern? Marc spielte mit dem halb vollen Glas, ließ den Wein im Licht funkeln.

Aber würde Johannes es zulassen, dass der Mann seiner Schwester und vielleicht sogar sie selbst in Lebensgefahr geriet, nur um einen eiligen Rüstungsauftrag bearbeitet zu bekommen? Hatte er überhaupt mitzureden bei solchen Dingen? Hatte er nicht gesagt, er würde sich mit der Beschaffung von Bleistiften und Aktenlochern beschäftigen? Aber warum wusste er dann so gut über russische U-Boote Bescheid?

Mit jedem Glas Barbera drehte sich das Karussell in Marcs Kopf schneller. Als er die Stille nicht mehr ertrug, ging er mit unsicheren Schritten zum Kühlschrank und schaltete das Radio ein. Es gab Interviews mit Leuten, die nicht einmal ihren Namen ohne zu stottern nennen konnten und »ihrem lieben Axel alles, alles Gute« wünschten, und Schmusemusik. Marc war im Augenblick eher nach Metallica oder Skunk Anansie zu Mute, nach etwas, das seinen Kopf durchpustete.

Als plötzlich Gianna Nanninis Stimme aus dem Radio röhrte, schaltete er es schnell aus und unterdrückte das aufflammende Verlangen, Edith anzurufen. Nein. Dazu brauchte er einen klaren Kopf und ein halbwegs gutes Gewissen und beides hatte er zur Zeit nicht zu bieten. Immer schön ein Problem nach dem anderen lösen. Dieser Grundsatz hatte noch immer funktioniert und er würde auch diesmal funktionieren, verflucht noch eins.

Er drehte ein paar Runden um den Küchentisch, holte das Handy aus dem Flur und begann, die Berliner Nummer zu wählen. Vor den letzten Ziffern zögerte er, legte auf, wählte erneut, legte wieder auf, suchte eine Telefonkarte aus seinem Portemonnaie und verließ mit plötzlicher Eile die Wohnung.

Die frische Luft klärte seinen Kopf und schon auf dem Weg zur Zelle fragte er sich wieder, ob er nicht vielleicht doch nur Gespenster sah. Eine Weile hielt er den Hörer unschlüssig in der Hand, dann schob er die Karte ein und wählte. Es dauerte lange, bis Johannes Debertin abnahm.

»Geht ihr eigentlich überhaupt nicht mehr ins Bett?«, fragte er mürrisch. »Was ist denn nun schon wieder?«

Marc drückte den Hörer fest ans Ohr und beobachtete die Straße. Er zwang sich, nicht zu flüstern.

»Johannes, was ist das für ein verdammter Job, den du mir da angedreht hast?«

»Marc, du hast eine höchst offizielle Bestellung vom BMBF. Dein Ansprechpartner dort ist ein gewisser Ministerialrat Sendelbach, ich habe mich inzwischen erkundigt. Aber ruf ihn bitte erst am Montag an, zu den üblichen Bürozeiten! Nicht, dass du den auch noch mitten in der Nacht aus dem Bett klingelst! Ich selbst habe das nur vermittelt, wenn du dich vielleicht entsinnst!«

Marc fröstelte, obwohl es nicht kalt war. Und ein wenig war ihm schwindlig vom Wein. Er zwang sich, einen festen Punkt zu fixieren.

»Johannes! Wir sind doch keine Kinder! Stauwarnung per Satellit, da lachen doch die dümmsten Hühner! Wer sollte das denn bezahlen, zum Beispiel?«

»Hast du eine ungefähre Vorstellung davon, wie viele Milliarden unsere Volkswirtschaft jedes Jahr durch Autobahnstaus verpulvert? Mal ganz abgesehen davon, was für ein Exportschlager ein solches System wäre?«

Marc erschrak. Er hatte einen Mann entdeckt, der gegenüber bewegungslos in einem unbeleuchteten Hauseingang stand. Das Gesicht war nicht zu erkennen. Marcs Handflächen wurden feucht.

»Gib dir keine Mühe. Ich glaub's nicht. Um ehrlich zu sein, ich hab's ab der ersten Sekunde nicht geglaubt!«

Johannes schwieg einige Zeit.

»Dann kann ich dir auch nicht helfen«, sagte er schließlich müde. »Wenn es dir solchen Spaß macht, dann bilde dir eben ein, dass du ein schrecklich gefährliches Waffensystem entwickelst. Und anschließend solltest du dich vielleicht mal nach einem guten Therapeuten umsehen. Das ist ja langsam pathologisch. Von wo telefonierst du?«

»Aus 'ner Zelle.« Der Mann stand immer noch drüben im Dunkeln.

»Gut.« Johannes räusperte sich. »Wie läuft es überhaupt? Kommt ihr voran?«

»Hervorragend läuft es. Wenn nicht auf den letzten Drücker noch was passiert, sind wir in zwei Tagen durch.«

»Na also. In Italien klang das nämlich nicht so überzeugend.« Johannes machte eine kurze Pause, anschließend hatte seine Stimme einen anderen, formellen Klang. »Nehmen wir mal an, du hättest Recht. Was würde das ändern? Es ist ein Auftrag von der Regierung, du wirst blendend bezahlt. Was willst du mehr?«

»Zum Beispiel hinterher noch leben!«

»Vor einer Woche hast du noch ganz gesund gewirkt!«

»Mein Mathematiker ist tödlich verunglückt, einer meiner Mitarbeiter ist seit letzten Dienstag verschwunden und an meinem Auto hat offenbar jemand rumgebastelt.« Marc zog zischend die Luft ein. »Und fast wärst du selbst dabei draufgegangen, vergiss das nicht! Hannes, die Sache wird mir zu gefährlich! Wenn du mir jetzt nicht reinen Wein einschenkst, stelle ich die Arbeiten ein und du kannst gucken, wer euren Satelliten mit Software füttert.«

Am anderen Ende blieb es eine Weile still. Marc hörte das ferne Quietschen der Stadtbahn auf ihrem Weg nach Leopoldshafen. Der Mann drüben im Hauseingang hatte sich noch immer nicht bewegt und er fragte sich, ob es vielleicht doch nur ein Schatten war, was er da so argwöhnisch beobachtete.

Johannes klang jetzt erschöpft. »Dein Mathematikgenie hat vermutlich einen über den Durst getrunken. Hier in Berlin kommen jeden Tag Radfahrer ums Leben, ohne dass der KGB bemüht werden muss. Was soll ich denn noch sagen? Du bist auf dem Holzweg! Der kalte Krieg ist vorbei!«

Drüben ging das Licht im Treppenhaus an, eine Frau kam heraus und fiel dem Mann, den Marc jetzt plötzlich gut erkennen konnte, lachend um den Hals. Untergehakt eilten sie zu einem Suzuki-Jeep und stiegen ein.

»Und die Sache mit meinem Auto? Dein Unfall? Alles nur Einbildung? In Mailand hat jemand dran rumgemacht. Es hat morgens nicht mehr so im Parkhaus gestanden, wie ich es hingestellt hatte!«

»Marc, dieser Unfall ...« Plötzlich klang Johannes' Stimme nicht mehr so sicher. »Manchmal glaube ich mich zu erinnern, dass mich doch jemand von der Straße gedrängt hat. Aber es ist alles wie im Nebel ... Ich hatte einen Schock ... Die Versicherung weiß jedenfalls Bescheid. Es gibt keine Probleme.«

»Immerhin etwas.« Marc sah einem jungen Paar nach, das Hand in Hand vorbeischlenderte. Die Frau trug ein knappes weißes Röckchen und flache Schuhe. Dennoch überragte sie ihren gut genährten Partner. Marc atmete tief ein und biss die Zähne zusammen.

»Tut mir Leid, das sind mir alles viel zu viele Zufälle. Ich will jetzt wissen, woran ich bin. Das heißt ja nicht, dass ich den Job hinschmeiße, wenn du sagst, es ist 'ne Rüstungskiste. Aber ich will wenigstens Bescheid wissen, verstehst du?«

Johannes sprach wie jemand, der einem begriffsstutzigen Kind das kleine »i« erklärt. »Marc, nun hör mal zu. Wenn das wirklich ein Rüstungsauftrag wäre und wenn wirklich ein fremder Dienst etwas dagegen hätte, dass der Job gemacht wird, dann würde um deine Firma herum längst kein Gras mehr wachsen, verstehst du wenigstens das?«

Draußen ging die Frau mit dem hinkenden Pudel wieder vorbei. Als sie Marc entdeckte, nahm sie ihr Hundchen auf den Arm und begann zu laufen.

Marc hörte durchs Telefon ein Feuerzeug klicken. Johannes fuhr fort: »Und wenn die dir wirklich nach dem Leben trachten würden, dann wärst du längst tot, kannst du mir folgen? Was meinst du wohl, warum wir solche Aufträge normalerweise an gut bekannte Firmen geben und warum man sie dort in hervorragend bewachten Anlagen bearbeitet? Denkst du, die Entwickler der EADS und MBB sitzen in ungesicherten Häuschen mitten auf der grünen Wiese? Junge, da sind Zäune und Hunde und Sicherheitsschleusen und du bist verhaftet, bevor du auch nur in die Nähe der Labors kommst!« Johannes hustete und lachte in einem. »Die Leute, vor denen du dich fürchtest, schubsen doch niemanden vom Fahrrad! Wenn schon, dann verschwindet er und taucht niemals wieder auf. Oder er bekommt einfach einen Schlaganfall und basta. Und die basteln auch nicht an Autos herum, damit später womöglich Spuren gefunden werden! Marc, bitte, geh jetzt zu Bett und beruhige dich. Und lass mich zukünftig nachts in Ruhe schlafen!«

Auf dem Weg zurück sah Marc sich immer wieder um. Aber die Straßen waren nass, leer und still. Einmal meinte er, aus dem Dunkel eines Vorgartens ein Geräusch zu hören. Aber als er mit hämmerndem Puls stehen blieb, war da nichts.

Die Wohnungstür schloss er zweimal ab und ausnahmsweise hängte er sogar die Kette ein. Er ließ alle Rollläden herunter, goss den Rest aus der Weinflasche in sein Glas und legte sich angezogen aufs Bett, um alles noch einmal zu überdenken. Es war halb eins, als er das Licht löschte. Draußen war Wind aufgekommen.

*

Nach einem sterbenslangweiligen Abend im Kap kam Petzold erst kurz vor Mitternacht nach Hause. Das Telefon lag tutend am Boden, die Fetzen des neuen Telefonbuchs waren über den Flur verstreut, das Lämpchen des Anrufbeantworters blinkte und mitten in dem Chaos saß Pedro und sah ihm rauflustig entgegen. Gähnend drückte Petzold den Knopf des Anrufbeantworters.

»Hi, ich bin's«, sagte Steffis Stimme. »Wollte nur mal so hören – na ja – wie's dir geht und so.« Sie klang verlegen und verkrampft. »Ich ... Vielleicht rufst du mich mal ...? Oder besser ich ... Ach, Mist, vergiss es einfach ...«

Petzold sperrte den Kater ins Klo, pumpte die Luftmatratze auf, warf sich hin und schlief sofort ein.

*

Als Marc am Sonntag gegen Mittag erwachte, war das Weinglas neben seinem Bett noch voll und er hatte seltsamerweise völlig traumlos geschlafen. Draußen war alles still und er brauchte lange, um zu begreifen, dass Sonntag war. In der nächsten Sekunde waren da gleichzeitig drei Fragen, die sein Gehirn über Nacht aus dem Wirrwarr in seinem Kopf destilliert hatte: Warum hatte Johannes gefragt, von wo er anrief? Woher wusste er, dass rund um das Firmengebäude Wiese war? Und warum hatte er beim ersten Anruf anscheinend sofort gewusst, dass sie wieder in Karlsruhe waren? Obwohl sie doch vorgehabt hatten, zwei Wochen in Italien zu bleiben?

Marc setzte sich auf, rieb die Augen, raufte sich die Haare und versuchte zu denken. Nach kurzer Zeit sah dann alles wieder ganz harmlos aus. Das erste war vermutlich eine dahergeredete Frage gewesen, eine Gewohnheit. Und das andere? Hatte er vielleicht selbst in seinem Gründerstolz Johannes einmal ein Foto gezeigt oder von der Firma erzählt? Leicht möglich. Vermutlich. Wahrscheinlich.

Aber woher konnte er wissen, dass sie nicht mehr in Italien waren? Vermutlich hatte er es ihm selbst gesagt, in einem Nebensatz, bei der Begrüßung. Oder er hatte zuvor schon mit Edith telefoniert.

Marc ging unter die Dusche. Später saß er lange in der Küche und hoffte, durch viel Kaffee wach zu werden. Aber seine Gedanken wurden immer verworrener. Schließlich traf er eine Entscheidung.

»Ja, spinnst du denn jetzt vollständig?«, klang Zoras zornige Stimme aus dem Hörer. »Erst lässt du uns hier den halben Tag warten, und dann verlangst du auch noch, ich soll alles stehen und liegen lassen und mit dir frühstücken? Nachmittags um halb zwei? Marc, mal ganz unter uns, hast du sie noch alle?«

»Zora, bitte!«

»Was bitte? Wie bitte? Komm her und mach deinen Job! Übermorgen müssen wir fertig sein, wenn wir diese Woche abliefern wollen! Und dein Treiber geht hier alle paar Minuten in die Grütze! Sieht übrigens schwer nach Stack-Overflow aus! Anfängerfehler! Verdammte Schlamperei das!«

»Zora! Eine Stunde! Allein ... Ich komm einfach nicht mehr weiter.«

»Stress mit der Gattin?«, fragte sie mit plötzlichem Interesse.

»Ja. Auch. Aber das ist momentan noch das Wenigste.«

Jetzt klang ihre Stimme anders. »Muss ja echt was Ernstes sein. Bin unterwegs.«

»Und bring bitte was zu essen mit!«

»Zu dir nehmen wirst du es aber schon selbst können, oder soll ich auch 'ne Schnabeltasse besorgen?«

Marc legte auf und trat ans Fenster. Draußen regnete es schon wieder. Das passende Wetter zu seiner Stimmung. Eine halbe Stunde später hörte er unten den Auspuff von Zoras altem Civic klappern, den sie offenbar immer noch nicht repariert hatte. Ein wohl vertrautes und, wie er jetzt fand, wunderschönes Geräusch. Und dann, endlich, stand Zora mit ihren Einkäufen vor der Tür.

»Wie hast du es gemacht? Rattengift in die Ravioli? Föhn in die Badewanne? Und wo hast du sie verbuddelt oder liegt sie hier noch irgendwo?«

»Zora, bitte! Das ist überhaupt nicht witzig!«

Sie sah sich würdevoll um und stolzierte in Richtung Küche, als sei sie hier zu Hause. Sie trug einen grauen Nadelstreifenanzug, hohe Schuhe und eine locker gebundene Krawatte.

»Siehst aus, als ob's ein echt schweres Problem wäre!«

Sie warf ihre Sachen auf den Tisch. Duftende Brötchen kullerten aus einer Tüte.

»Guck mal, sogar Pfirsiche hat Tante Zora mitgebracht, damit du deine Vitamine kriegst.« Sie wickelte die Früchte aus einer Zeitung und wusch zwei davon unter dem Wasserhahn. Einen drückte sie Marc in die Hand.

»Wo hast du das alles aufgetrieben? Am Sonntag?«

»An der Tanke, wo sonst? Demnächst kaufen wir dafür das Benzin bei Tschibo und den Kaffee im Computershop.« Sie setzte sich und biss in ihren Pfirsich. »So. Erzähl.«

Und Marc erzählte. Er begann mit dem Beinahe-Crash bei Basel, erwähnte den Reiseruf, berichtete ausführlich von Johannes' Unfall in Ligurien, vergaß auch nicht Gigas unerklärlichen Tod. Zora hörte zu, unterbrach ihn selten mit präzisen Fragen. Ihre Kaubewegungen wurden langsamer und langsamer. Nach zehn Minuten war der Pfirsich aufgegessen und ihr Humor verschwunden. Lange sah sie ihn ausdruckslos an.

»Bisschen viel, das alles, findest du nicht?« Sie warf den Kern auf die Zeitung und lutschte sich die Finger ab. Marc legte seinen kaum angebissenen Pfirsich behutsam auf den Tisch.

»Es will mir absolut keine harmlosere Erklärung einfallen. Und du kannst mir glauben, nichts hätte ich lieber als eine harmlose Erklärung für den ganzen Schlamassel!«

Zora ging zum Fenster und sah in den Regen hinaus. Marc starrte auf dem Tisch und fühlte sich alt. Sein Blick fiel auf die Zeitung. »Zora!«

Sie fuhr herum und prustete: »Mann, kannst du einen erschrecken. Ich hab gedacht, da steht einer mit 'ner MP ...«

»Zora, die Zeitung!« Mit einer fahrigen Bewegung wies er auf das zerknitterte Papier. Sie kam näher, sah hin, sagte tonlos: »Scheiße« und setzte sich ungeschickt. Noch einmal sagte sie: »Scheiße!«, fuhr sich mit der Hand über die Stirn, die Augen. »Aber das ist ja Arni, verdammt noch mal!«

Marc las mit tonloser Stimme: »Wurde am Mittwoch, dem fünfundzwanzigsten April Opfer eines ...« Er fiel zurück. »Das war der Tag, an dem ...«

»Ihr in Urlaub gefahren seid.« Zora drehte die Zeitung herum und las den Artikel stumm zu Ende.

»Mittags kurz nach zwölf ist er überfahren worden. Er war ziemlich ent...« Sie schnaufte. »Ziemlich entstellt. Es ist ein Phantombild. Aber es ist Arni. Ganz eindeutig. Die Beschreibung passt.«

»Um zwölf, da waren wir schon im Tessin«, murmelte Marc. »Aber warum denn Arni? Giga, das kann ich ja zur Not verstehen. Aber warum ausgerechnet Arni?« Er sah sie flehend an und hoffte wirklich, sie wüsste eine Erklärung.

»Stimmt. Der hatte ja von gar nichts 'ne Ahnung.« Zora rieb sich die Nase. »Dieser Reiseruf. Vielleicht hat das was ... Ich meine, könnte doch sein oder nicht?« Ruckartig beugte sie sich vor und packte ihn am Arm. »Marc, Vielleicht war Arni ein ... na ja, so 'ne Art Aufpasser. Vielleicht ist das bei super geheimen Rüstungsaufträgen so üblich, dass sie einen Aufpasser in die Firma schleusen? Und Arni war ja noch nicht so lange bei uns!«

Marc sah sie erschrocken an. »Was denn für ein super geheimer Rüstungsauftrag?«

Plötzlich sprühten ihre Augen Funken. »Marc, hältst du mich für bescheuert? Hältst du uns alle für bescheuert? Oder bist du etwa selber so blöd, dass du dieses Ammenmärchen mit den Stauwarnungen glaubst?«, fuhr sie ihn an.

Betreten schüttelte er den Kopf. Zora kämmte sich mit beiden Händen die Haare.

»Du glaubst doch nicht im Ernst, das Verkehrsministerium investiert ein paar hundert Mios in ein solches Wunder-System und gibt nicht pausenlos damit an? Hast du je eine Zeile darüber in der Zeitung gelesen? Und nächstes Jahr sind Wahlen!« Ihr Lachen klang nicht lustig. »Das glaubt dir ja nicht mal unsere Gräfin!«

»Vielleicht wollt ich's ja einfach glauben«, murmelte er kleinlaut und wich ihrem Blick aus.

»Genau das ist es«, sagte Zora nüchtern und sprang auf. »Genau das.«

»Aber es ist in jedem Fall ein Verteidigungssystem, keine Angriffswaffe. Und das ist doch allemal besser als Raketen und Kanonen und solcher Mist.«

»Weiß nicht, ob man das so einfach auseinanderdividieren kann. Eine gute Verteidigung ist die Basis für einen erfolgreichen Angriff. Das weiß jeder, der dem KSC mal beim Verlieren zugeguckt hat.« Nachdenklich ging sie zum Fenster zurück. Der Regen lief in Bächen die Scheiben hinunter.

»Wenn Arni so ein Aufpasser und Berichterstatter war, dann hat er vielleicht irgendwie auch von deinem – sorry – geplanten Ableben erfahren. Und vielleicht wollte er dich warnen und hat deshalb diesen Reiseruf ... Mensch!« Sie schlug sich an die Stirn. »Jetzt fällt's mir wieder ein, an diesem Mittwochvormittag, ich war grad bei Joschka im Keller und da ist irgendwann Näschen reingeschneit, jemand sei am Telefon für dich. Ich hab ihr gesagt, dass du auf dem Weg in den Urlaub bist.«

»Nach Italien?«

Sie überlegte nur einen Moment, dann nickte sie heftig.

»Nach Italien. Ja, ich bin sicher, ich hab's gesagt. Hab nicht mal richtig hingehört, weißt du. Sie kommt ja alle Nase lang mit irgendwelchen Kinkerlitzchen.«

Zora riss ihr Handy aus der Jackentasche und wählte mit den Bewegungen einer guten Klavierspielerin. Näschen hob nach dem zweiten Klingeln ab und hatte keine Chance, ihr Sprüchlein aufzusagen.

»Er war's.« Zora knallte das Telefon auf den Tisch, dass Marc fürchtete, es sei kaputt. »Um halb zehn hat er angerufen und wollte dich dringend, dringend sprechen. Zum Glück schreibt sie ja jede Kleinigkeit auf, die Gute. Ziemlich im Stress sei er gewesen und ziemlich wirres Zeug hat er geredet.«

Sie ging zur Espressomaschine und studierte die Tastatur. Bald duftete es nach Kaffee.

»Zeit für Frühstück. Es ist gleich drei.«

Beim Essen dachten sie weiter nach und spielten sich die Bälle zu, wie sie es schon so oft in Projektsitzungen getan hatten. Dass Arni so plötzlich von der Bildfläche verschwunden war, ließ nur den Schluss zu, dass er untertauchen musste. Dass er kurz darauf tot war, zeigte, dass es ihm nichts geholfen hatte.

Zora legte das Messer weg und biss von ihrem Käsebrötchen ab. Beim Kauen schnippte sie plötzlich aufgeregt mit den Fingern. »Wir müssen dieser unaussprechlichen Schwedin ein Foto von ihm zeigen!«, sagte sie mit vollem Mund.

Marc sprang auf. »Das ist eine der leichteren Übungen.« Er brachte das Gruppenfoto, das sie letztes Jahr für den Firmenprospekt hatten machen lassen.

»Du kommst doch mit?«

Zora schob den Stuhl zurück. »Früher, als ich noch jung und vernünftig war, da wollte ich immer Detektivin werden. Kalle Blomkvist, kennst du den?«

Im Stehen schmierte sie sich noch ein Brötchen und belegte es dick mit Gouda. Marc wartete ungeduldig in der Küchentür.

Kurz vor vier parkte Zora den Civic in Bulach. Frau Ärleskog war heute zum Glück schnell von Begriff. Sie holte ihre Brille und deutete ohne Zögern auf die richtige Stelle des großen Fotos. »Dieser Mann ist Herr Hinrichsen.«

Irritiert schloss sie die weiß lackierte Tür, nachdem die jungen Leute mit einem hektischen Gruß und nervösem Lächeln davongerannt und in ihren klapprigen Wagen gestiegen waren.

»Punkt für uns«, sagte Zora. »Arni wohnt auf einmal bei dieser schwedischen Krümeltante und will dich ganz dringend sprechen.« Sie rammte den ersten Gang ins Getriebe, der Civic holperte mit knarrenden Federn vom Bürgersteig. »Aber warum kann er nicht mehr in seine Wohnung? Und was kann er so dringend von dir wollen? Vor wem hat er sich überhaupt versteckt?«

»Ich bin erst mal froh, dass ich endlich weiß, wer diesen verdammten Reiseruf auf dem Gewissen hat«, seufzte Marc und entspannte sich ein wenig. »Wo fährst du überhaupt hin?«

»Abwarten.«

Minuten später stellte sie den Wagen auf den Gehweg vor dem Staatstheater. Wegen des Regens überquerten sie die Baumeisterstraße im Laufschritt, bogen in die Marienstraße ein und nach hundert Metern blieb Zora vor einem Fünfzigerjahre-Mietshaus mit beige-grauer Fassade und Balkons in der Größe von Kaninchenställen stehen. Mit krauser Stirn studierte sie die Klingeltafel.

»Dacht ich's doch. Hier ist es. Hier hat er gewohnt.« Sie drückte mit der flachen Hand auf die Knöpfe. »Die Post! Danke!«, rief sie glockenhell, als der Türöffner summte und winkte Marc. »Komm schon. Er wohnt im Dritten.«

Marc war ein wenig schwindlig und atemlos, als sie oben waren. Schnaufend lehnte er sich an das schwarz-golden lackierte Treppengeländer mit Kunststoff-Handlauf. Zora rüttelte am Türgriff. »Gib mir mal eines von deinen Kärtchen!«

»Was?«

»Kreditkarte!« Ungeduldig wedelte sie mit der Hand. »Muss ja keine von den goldenen sein!«

Schon knackte das Schloss, die Tür schwang auf. »Gesegnete Mahlzeit«, sagte Zora durch die Zähne. »Wir sind offenbar nicht die Ersten, die den Trick kennen.«

Der Flur lag voll mit allen möglichen Gegenständen. Ein Spiegel zerbrochen am Boden, ein Schrank weit von der Wand gerückt. Zora stakste durch das Chaos zum anderen Ende des Flurs. Am schlimmsten sah es im Wohnzimmer aus. Dort steckte keine Schublade an ihrem Platz, kein Buch stand mehr in den Regalen. »Sogar die Bilder haben sie runtergenommen!«, sagte Marc beinahe ehrfürchtig.

»Vielleicht haben sie den Tresor gesucht?«

Marc lachte heiser. »Tresor? Bei Arni?«

Mit einer Armbewegung fegte Zora das Sofa frei. »Setz dich. Time for Brainstorming!«

Ihre Sitzung dauerte nicht lange und führte zu nichts. Dann begannen sie, die Wohnung zu durchsuchen, lasen Briefe, die Zora teilweise amüsant fand.

»Hättest du gedacht, dass Arni auf Frauen stand? Ich hab nie was davon gemerkt. Seine E-Mails waren immer sauber.«

»Und dabei du hättest ihn doch so gern wegen sexueller Belästigung am Arbeitsplatz angezeigt, nicht wahr?«

Zora hob den nächsten Brief auf und pfiff durch die Zähne. »Von der Bank. Freitag vor seinem ... Er muss .. wie viel?« Empört hielt sie Marc den Brief hin. »Verstehst du das?«

»Knapp dreihunderttausend Mark nachschießen«, las er.

Sie sah ihn erschüttert an. »Sag mal, was verdient der Kerl eigentlich ...?« Sie brach ab. »Wofür sollte der so viel Geld bezahlen?«

Er studierte die beiliegenden Depotauszüge. »Sieht aus, als hätte unser lieber Arni an der Börse spekuliert. Am neuen Markt. Der größte Posten auf diesem Auszug sind Optionen auf Nethound-Aktien für fast 'ne halbe Million.«

»Sind die nicht vor drei Wochen Pleite gegangen?«

Marc nickte mit krauser Stirn. »Aber deshalb muss man doch nicht gleich untertauchen. Er hätte zwei Wochen gehabt, das Geld aufzutreiben, und ich meine, dreihunderttausend ...«

Sie schnitt ihm das Wort ab. »Klappe! Nicht jeder hat 'nen Millionär als Papi!« Sinnend zupfte sie am Ärmel ihrer Jacke. »Meinst du, die Bänker haben ihn vor den Zug geschubst?«

»Quatsch. Wie sollten sie dann zu ihrem Geld kommen?«

Zora kaute auf der Unterlippe, dann sprang sie auf, hüpfte durch das Durcheinander zum Schreibtisch und schaltete Arnis teuren Laptop ein. Während er hochlief, las sie ein paar herumliegende Notizzettel.

»Sieh mal«, sie hielt einen hoch. »Hier hat er 'ne Liste mit Geburtstagen. Seine Mutter, sein Vater, sein Bruder. Wer muss sich denn den Geburtstag seiner Mutter aufschreiben?«

»Arni war imstande, seinen eigenen Geburtstag zu vergessen. Weißt du noch, wie er nach Hamburg gefahren und bei Kassel umgekehrt ist, weil er alles daheim vergessen hatte? Einschließlich Handy, Kundenadresse und Rechner, den er dort installieren sollte?«

»Ich hab tagelang Seitenstechen gehabt vor Lachen.« Zoras Kichern verstummte abrupt. »Tschuldigung.«

»Das Benzin hab ich ihm aber vom Gehalt abgezogen.«

Endlich war der Laptop so weit, Zora rutschte vor, räumte ein Stück Arbeitsfläche frei und schob mit geübten Bewegungen die Maus herum.

»Na, wer sagt's denn. Unser Arni hat natürlich Homebanking gemacht«, murmelte sie und drückte ein paar Tasten.

Marc sah ihr über die Schulter. »Zu schade, dass wir sein Passwort nicht kennen.«

»Was willst du wetten?«, zischte Zora, und nach zehn Sekunden erschien das Eingangsfenster der Bank-Software. »Arni hat immer nur ein Passwort gekannt: ›Terminator‹. Ein zweites hätte er sich vermutlich gar nicht merken können.«

»Und woher ...?«

»Vergessen, dass ich deine Systemadministratorin bin?«

Auf dem Schirm erschienen die Kontobewegungen der letzten Wochen.

»Heiliger Strohsack!«, hauchte Zora ergriffen und gab der Maus einen Stoß. Die Summen waren durchweg sechsstellig. »Wo hat der bloß das viele Geld her gehabt?« Sie rollte den Schreibtischstuhl zurück und sah Marc hilflos an. »Ob er jemanden erpresst hat?«

Marc ließ sich auf die Couch sinken. »Vielleicht sollten wir jetzt wirklich mal die Polizei informieren?«

Sie musterte ihn ausdruckslos. Dann schüttelte sie den Kopf.

»Nachher. Später. Gleich. Du wolltest, dass wir Detektiv spielen. Und jetzt will ich wissen, was hier gelaufen ist.«

Sie ließ die Listen auf dem Schirm hinauf und hinunter wandern. »Weihnachten hat er noch siebenhundertachtzehn Mark Miese auf dem Konto gehabt«, sagte sie halblaut. »Das war, als du zwei Monate lang keine Gehälter gezahlt hast. Und im Januar sind dann die ersten Überweisungen gekommen. Achtundfünfzigtausend und ein paar Zerquetschte. Und dann jede Woche mehr. Einmal hat er hundertfünfzigtausend überwiesen, an eine Bank in Tripolis. Und dann Ende März noch mal 'ne Viertelmillion nach Luanda. Und zwischendurch immer wieder Anlagen in Aktien und Optionen. Zum Teil mit sagenhaften Gewinnen in ein paar Tagen!«

Sie wandte sich um.

»Marc, was ist da gelaufen? Wenn ich mir diesen Trödelhaufen hier angucke, dann bin ich ziemlich sicher, dass das keine Erbschaft war.« Sie erhob sich. »Ich geh jetzt mal aufs Klo. Manchmal fällt mir beim Pinkeln was ein.«

Gedankenlos begann Marc aufzuräumen. Er stellte einen Arm voller Bücher in ein durchgebogenes Regal, bunte Schachteln, die Software enthielten, in ein anderes. Es war das Übliche: Microsoft-Betriebssysteme und Office-Pakete und die neueste Serversoftware von Sun. Draußen lärmte die Spülung.

Als Zora zurückkam, stand Marc mitten im Zimmer und wog in jeder Hand ein Päckchen, als wollte er feststellen, ob sie wirklich gleich schwer waren.

»Wozu braucht der Mensch fünfmal die gleiche Windows-Version?«, fragte er ohne aufzusehen.

Sie nahm eines der Päckchen und drehte es hin und her. »Originalverpackt. Siegel unverletzt. Hologramm – Moment mal!« Sie deutete auf die Vorderseite. »Guck dir das Hologramm an! Das ist 'ne Fälschung!«

Marc sah sich das andere Päckchen genauer an. »Stimmt. Das sind Raubkopien.«

»Mit Software-Raubkopien kannst du 'ne ganze Menge Kohle machen«, sagte Zora leise.

»Nicht mit fünf Stück. Du musst ziemlich viele von diesen Dingern verhökern, um hunderttausend Mäuse zusammenzukriegen.«

»Aber jetzt fängt das an, ein bisschen Sinn zu machen. Vermute, die Kopien kommen über den Ostblock rein. Rumänien ist momentan der Lieblings-Umschlagplatz der Chinesen, soweit ich weiß.« Sie legte die Zeigefinger an den Mund und sah durch Marc hindurch. »Und nehmen wir mal an ... Genau! So muss es gewesen sein! Arni hat diese Dinger über seine Firma verscheuert. Das eingenommene Geld hat er aber nicht gleich an seine Lieferanten weitergereicht, sondern schnell noch angelegt und mal eben verdoppelt. Und so ist er in ein paar Monaten reich geworden und hätte bis ans Ende seiner Tage ...«

»Wenn nicht ...« Marc nickte aufgeregt.

»Seine Aktien abgestürzt wären. Die Lieferanten wollten Cash sehen und sind ihm auf die Pelle gerückt.«

»Und?«

»Und das heißt, das Ganze hat nichts, aber auch gar nichts mit unserem Auftrag zu tun!«

»Aber was wollte er dann von mir? Wozu dann der Reiseruf?«

Zora sah ihn lange nachdenklich an und wippte nervös mit dem Fuß. »Dich anpumpen vielleicht? Du bist vermutlich der Einzige, der genug Geld hat und den er kennt. Es hat aber nicht geklappt und dann haben sie ihn erwischt und ...« Sie hörte auf zu wippen.

»Und Kalmar? Was bedeutet Kalmar?«

Zora zuckte die Schultern. »Ist das jetzt nicht egal?«

Eine Weile überlegten sie noch hin und her, dann schob sie die Unterlippe vor und sprang auf.

»Lass uns verschwinden. Hier kommen wir nicht weiter.«

»Und die Polizei?«

Zora war schon an der Tür. »Rufen wir später an. Und zwar anonym. Das hier war mindestens Hausfriedensbruch.«

»Aber warum hat ihn niemand vermisst?«, fragte Marc, als sie durch den Regen zum Auto zurückrannten. »Da gibt's doch Nachbarn?«

»Ist dir aufgefallen, dass sich kein Mensch gewundert hat, warum am Sonntag die Post kommt? In diesen Häusern wird so schnell keiner vermisst. Da wohnen jede Menge Studenten, da zieht einer ein und der andere aus und der dritte macht 'nen Trip durch Südamerika oder ein Auslandssemester in Paris.«

Zora pflückte ein Strafmandat vom Scheibenwischer und warf es auf den Rücksitz.

»Nehme an, das zahlt die Firma?«

»Ist gebongt.« Marc schnallte sich an. »Und wenn du noch mehr von diesen guten Ideen hast, zahle ich deine Strafzettel bis ans Ende deiner Tage.«

»Wenn ich noch lange für dich arbeite, werden das wohl nicht mehr viele sein«, seufzte Zora und nahm einem großen Mercedes souverän die Vorfahrt.

Marc schloss die Augen und versuchte, seine Gedanken zu sortieren. Versuchte zu begreifen, was das bedeutete, was er eben erfahren hatte. Erst, als der Civic wieder über einen Bordstein holperte und Zora die Handbremse anzog, sah er auf.

»Wo sind wir denn jetzt?«

Sie standen vor einem Lokal in der Rüppurrer Straße.

»Das da war Gigas Stammkneipe.« Zora klang nicht mehr so selbstbewusst. »Bisschen rumfragen kostet ja wohl nichts.«

Das Lokal hieß »Die sieben Zwerge« und war nicht groß. Eine Theke, an der zwei schläfrige Kerle in Blaumännern hingen, nach der Aufschrift auf ihrem Rücken Monteure einer Heizungsfirma, die vermutlich auf der nahen Großbaustelle des neuen Einkaufszentrums am Mendelsonplatz Sonntagsschicht geschoben hatten. Am Zapfhahn hielt sich eine im trüben Kneipenlicht wie eine Mulattin aussehende Brünette fest und an einem der drei runden Tischchen saß eine offensichtlich sturzbetrunkene fette Frau mit öligen Haaren und hängender Unterlippe.

Die Uhr über dem Flaschenregal stand auf halb sieben, aber das Lokal wirkte, als sei demnächst Sperrstunde. Aus den Lautsprechern sang Edith Piaf »La vie en rose«.

»Tach zusammen«, rief Zora fröhlich und schwang sich auf einen der Barhocker. »Ich nehm ein Pils und du?«

Marc machte eine Handbewegung, die alles bedeuten konnte.

»Für den schönen Herrn an meiner Seite auch eines.«

Die fette Frau in der Ecke murmelte vorwurfsvoll vor sich hin und nahm einen Schluck aus ihrem leeren Weinglas. Sie betrachtete es angewidert und lallte: »Babsi, noch eins!«

»Erst zahlst du die letzten drei«, sagte die Bedienung gelangweilt.

»Ohne Moos nix los«, brüllte einer der Monteure mit rheinländischem Akzent und wollte sich halb totlachen.

Die Brünette musterte Marc mit einem schnellen Blick. Dann sah sie wieder auf ihre Gläser. »Dauert 'n Moment.«

»Gut Pils will Weile haben«, grölte der andere Monteur. Sein Kollege lachte brüllend und hämmerte auf die Theke, als würde er Karateschläge üben.

Zora winkte die Bedienung heran. »Kennen Sie vielleicht jemanden, der Gisbert Ga...«

»Wen?« Sie schüttelte müde den Kopf und wandte sich wieder den Zapfhähnen zu. »Hier stellt sich keiner mit Namen vor.«

Die Tür schwang auf, ein schmaler Mann in ausgebeultem, grauem Zweireiher kam herein, schüttelte seinen Schirm aus und setzte sich geräuschlos an den Tisch unter der Garderobe. Er verständigte sich mit der Bedienung durch komplizierte Handzeichen. Sie zapfte ein Export und brachte es ihm.

»Na, Doktorchen. Was machen die Bücher?«

»Gestern komplette Goethe-Ausgabe verkauft!«, nuschelte

er und nahm einen gierigen Schluck. »Ausgabe von siebenunddreißig! Schweinsleder und Goldschnitt!« Er sah um sich, als müsste man klatschen.

»Dieser Goethe war ein Arschloch«, lallte die Alte und zählte noch einmal die Münzen auf dem Tisch. »Wenn der siebenunddreißig Bücher geschrieben hat, dann war der ein Nazi.« Sie hustete schleimig und brüllte mit plötzlicher Energie: »Zahlen!«

Die Bedienung kassierte, die Alte stopfte ihren Geldbeutel in eine zerschlissene Einkaufstasche zurück und sagte mit würdiger Stimme: »Ein Viertel Dornfelder, bitte schön.«

Zora trommelte mit ihren langen, sorgfältig lackierten Fingernägeln auf die Theke und warf Marc einen genervten Blick zu. Die Bedienung stellte ihnen die Gläser hin. Da drehte Zora sich entschlossen um.

»Hat jemand von Ihnen vielleicht einen Herrn Ganske gekannt? Gisbert Ganske? Er war ein Kollege von mir und ist vor kurzem hier ganz in der Nähe verunglückt. Mit dem Rad.«

Sekundenlang war es still. Die Bedienung legte eine neue CD ein.

»Den Giga meint die«, lallte die Betrunkene, als die Stille begann, peinlich zu werden. »Der war ein Tschentelmän.«

Sie hob ihr Glas und die Musik setzte wieder ein. Zora packte Marc am Ärmel und zog ihn zum Tisch der Frau.

»Wir dürfen Ihnen doch ein bisschen Gesellschaft leisten?« Sie schob Marc einen Stuhl in die Kniekehlen und setzte sich, ohne die Antwort abzuwarten.

»Dürfen wir Sie zu einem Glas einladen?«, fragte Marc.

»Ich bin die Brigitte.« Sie strahlte ihn an und sprach den Namen französisch aus. »Und du bist auch ein Tschentelmän. Genau wie der arme Giga.« Sie schluckte. »Der hat nämlich auch gewusst, wie man eine Dame behandelt!«

»Sie haben ihn gut gekannt?«, fragte Zora vertraulich und beugte sich ein wenig vor.

Die Alte sah sie mit einem waidwunden, wässrigen Blick an. Plötzlich klang ihre Stimme gar nicht mehr betrunken. »War ein netter Kerl. Aber die Netten erwischt's ja immer als Erste. Nur die Arschlöcher werden hundert.«

Marc bemerkte, dass sie aus der Nähe viel jünger aussah. Sie hatte ebenmäßige aber ungepflegte Zähne und manchmal für Sekunden überraschend wache Augen. Sie hob ihr Glas, prostete ihnen zu und trank mit einer feierlichen Bewegung einen großen Schluck. Dann seufzte sie tief und stieß auf.

»Ihr zwei seid ein schönes Paar. Habt ihr Kinder?«

Marc öffnete den Mund, aber Zora war schneller. Sie trat ihm unter dem Tisch auf den Fuß, fiel ihm um den Hals und verklebte seinen Mund mit einem schmatzenden Kuss.

»Wir lieben uns ja so sehr, nicht wahr, mein Schatz?«, strahlte sie. »Aber Kinder haben wir keine. Noch nicht.«

»Schafft euch welche an.« Die Frau hob schon wieder ihr Glas. »Kinder halten die Ehe zusammen. Glaubt mir. Ich weiß, wovon ich rede.«

»Haben Sie Giga gut gekannt?«

Sie zwinkerte. »Oft ist er noch hergekommen nach der Arbeit. Und dann hat er mir immer davon erzählt.« Lange sah sie zur Tür, durch die niemand kam. »Einen schlimmen Chef muss der gehabt haben. Wie lang der immer arbeiten musste!«

Marc zog den Fuß weg und Zora trat daneben.

Die Frau sah Zora durchdringend an. »Wusstet ihr, dass man 'ne Million Dollar kriegt, wenn man den Beweis für die Fermatsche Vermutung findet?« Sie senkte die Stimme und fasste Zora am Arm. »Oft hat er nachts dran gerechnet. Er war ja Mathematiker. Und wenn's klappt, hat er immer gesagt, dann wollte er ein großes Boot kaufen und mit mir zusammen eine Weltreise machen!«

Sie starrte in ihr Glas und sah für einen Moment sehr verloren aus. Dann nickte sie langsam und ernst. »Ihr zwei habt das Leben vor euch. Seht zu, dass ihr was draus macht.«

Erst jetzt fiel Marc auf, dass sie mehrere offensichtlich wertvolle Ringe an den Fingern trug. Sie sah ihm in die Augen.

»Ist nicht schön, Menschen verrecken zu sehen!« Marc senkte den Blick. »Immer sterben sie alle!«, sagte sie, als sei es seine Schuld.

Leise fragte Zora: »Wissen Sie denn, wie er gestorben ist?«

Brigitte musterte sie verständnislos. »Aber ich war doch dabei!«, sagte sie empört.

»Was?« Marc bemühte sich, seine Stimme ruhig zu halten. Zora winkte der Bedienung und deutete auf das leere Weinglas.

»Was heißt das, Sie waren dabei?«

Sie nickte mechanisch, ihre Mundwinkel zuckten, sie legte die Hände flach auf den Tisch und betrachtete sie nachdenklich. Die Monteure zahlten mit Getöse. Marc suchte Brigittes Blick.

»Was ist passiert? Können Sie sich erinnern?«

Sie sah ihn verstört an. »Aber ihr trinkt ja gar nichts! Prost!« Sie hob ihr leeres Glas, schniefte und stellte es wieder ab. »Wie soll man das vergessen? Es war doch Giga!«

Endlich kam der Wein.

»Wir haben ihn beide sehr gut gekannt«, sagte Zora zurückhaltend. »Er war ein Kollege von uns.«

Brigitte hielt ihr Glas gegen das Licht. »Dieser Dornfelder ist in Ordnung! Verdammt in Ordnung!«

»Was ist passiert?«, wiederholte Marc.

Sie zog eine angeekelte Grimasse. »Was soll passiert sein? Er hat mich noch ein Stück begleitet. Das hat er ja oft gemacht. Hat sich aufs Rad geschwungen. Und ich hab doch immer gesagt, Junge, fahr nicht mit dem Rad bei so einem Wetter! Irgendwann holst du dir noch den Tod! Da hat er gelacht. Ich hab noch gerufen, er soll aufpassen, er hat sich umgedreht und irgend 'nen Witz gemacht und dann ist auf einmal der Laster gekommen.«

Wieder war die Musik zu Ende, plötzlich war es sehr still.

Die Bedienung klapperte mit CD-Hüllen, der Buchhändler schlurfte zur Theke und bezahlte flüsternd sein Bier. Jacques Brel begann, ein fröhliches Lied zu singen.

»Und das war alles?«, fragte Zora.

»Ist das nicht genug?«

»Und dann sind Sie einfach weggegangen?«

»Wisst ihr, was das Verrückte ist? Ich glaub, wenn ich nicht gerufen hätte, er soll aufpassen, dann wär der noch am Leben! Das ist doch wirklich verrückt, nicht? Aber so ist es immer. Alle sterben so schnell.«

»Ich bezahle natürlich Ihre Rechnung«, sagte Marc heiser. Zora stieß ihm den Ellenbogen in die Seite, zischte etwas, was nach »Hornochse« klang und hob ihr Glas.

»Auf Giga.«

Die Frau sagte: »Ja« und prostete ihnen zu. »Und das mit dem Boot, das hätte der bestimmt gemacht.«

»Ganz bestimmt«, sagten Zora und Marc gleichzeitig.

»Typisch Giga«, seufzte Marc, als sie wieder im Wagen saßen. »Die Fermatsche Vermutung ist seit fünfundneunzig bewiesen. Und man hat siebzigtausend Mark gekriegt und nicht eine Million Doller.«

»Soll ich dir mal was verraten, du Knalltüte?«, fuhr Zora ihn an. Auf einmal schien sie sehr wütend zu sein. »An deiner ganzen blöden Agentengeschichte ist nichts, aber auch überhaupt nichts dran! Du hast ein schlechtes Gewissen gehabt, weil du diesen Rüstungsjob angenommen hast. Und hoffentlich auch, weil du uns alle angelogen hast. Und deshalb siehst du seit Wochen überall Gespenster und fühlst dich verfolgt und bedroht und was weiß ich. Und dann bist du auch noch abgehauen, als Giga tot war, ohne ein Wort, und hast uns in der Scheiße sitzen lassen und dich einen Dreck geschert ...« Sie schnappte nach Luft und schrie jetzt fast: »Aber Giga ist ganz einfach nur im Suff verunglückt, verstehst du? Und Arni hat Scheiße gebaut und sich mit den falschen Leuten eingelassen und deine ganze wunderschöne Gruselstory ist nichts als Einbildung! Hirngespinste!«

»Aber mein Auto? Wer hat an dem rumgebastelt?«, fragte Marc kläglich.

»Was weiß ich.« Der Rückwärtsgang krachte. »Vielleicht versuchst du das zur Abwechslung mal selber rauszufinden. Aber ich wette, da ist auch nichts dran.«

Marc knispelte an seinen Fingernägeln. »Ich wär verdammt froh, wenn's so wäre. Aber vielleicht hast du Recht. Morgen werd ich mich drum kümmern.«

»Ich fahr dich jetzt heim«, sagte Zora schon wieder milder. »Du musst schlafen. Siehst ziemlich fertig aus.«

Marc lächelte matt. »Vielleicht sollte ich mal ein paar Tage Urlaub machen?«

»Untersteh dich!«, fauchte sie, konnte aber ein Grinsen nicht ganz unterdrücken.

»Was habt ihr eigentlich gedacht?«, begann Marc nach einigen schweigenden Minuten. »Ich mein, ihr habt alle gewusst, was das für ein Auftrag war, und trotzdem ...«

Zora sah konzentriert nach vorn. Der Regen hatte wieder eingesetzt und ihre Scheibenwischer waren ziemlich schlecht.

»Was sollten wir denken? Wir haben unseren Job gemacht. Du bist der Boss. Es ist deine Firma. Es ist deine Verantwortung.«

Am Weinbrennerplatz war die Ampel rot und Zora sah lange zu ihm herüber. »Marc, hör mal. Wenn das mit deiner Edith nicht mehr wird, du weißt ...«

Nach einer Sekunde schob er ihre Hand weg. »So hör doch endlich auf, Zora. Es ist alles schon kompliziert genug.«

Sie sah schon wieder mit unbewegter Miene auf die Straße. Die Ampel wurde grün.

»Du gibst niemals auf, nicht wahr?«, fragte Marc leise.

Als er in der Schubertstraße ausstieg, galt sein erster Blick den Fenstern im ersten Stock. Alles war dunkel.

»Wehe, du bist morgen nicht Punkt acht in der Firma!« Zora lachte schon wieder. Sie warf ihm eine Kusshand nach und fuhr mit klapperndem Auspuff davon.

Von der Tagesschau verpasste Marc nur eine Minute und verstand so gut wie nichts. Später rief er von der Zelle aus die Polizei an, gab mit verstellter Stimme Arnis Namen und Adresse durch und kam sich dabei reichlich albern vor. Anschließend legte er sich ins Bett und verbrachte eine unruhige Nacht. Haushohe Scania-Kühler mit mächtigen Stoßstangen tauchten vor seinem Bürofenster auf, rammten durch die Wand und zermalmten die Firma. Wie irre kreischend rannte Zora zwischen den Trümmern herum und schrie wieder und wieder »Megakohle!«, während Joschka vor sich hinbrummelnd Kabel nach irgendwohin zog, um die zerstörten Computer wieder zum Leben zu erwecken.

*

Als Petzold am Montag kurz nach acht die Bürotür öffnete, saß Schilling schon an seinem Schreibtisch. Er hatte den Kopf in die Hände gestützt, brütete über einem dampfenden Kaffeebecher und sah nicht auf.

»Vierundachtzig!«, rief Petzold fröhlich und hängte seine Jacke an den Garderobenständer.

»Was?«, fragte Schilling.

»Vierundachtzig Kilo.« Petzold setzte sich. »Hab das ganze Wochenende nur Salat und Gemüse und Magerquark gegessen.«

»Glückwunsch«, brummte Schilling.

Um ihn aufzuheitern erzählte Petzold die Geschichte mit Kapitzka und dem vermeintlichen Einbruch. Aber Schilling knurrte wieder nur irgendwas wie »na toll« und »prima« und Petzold gab auf. Im Eingangskorb lag eine Nachricht vom Kriminal-Dauerdienst. Ein anonymer Anrufer hatte den Namen des Toten mit Arnold Schwarzenberger angegeben und eine Adresse in der Südstadt genannt. Der Anruf war von einer Zelle an der Kaiserallee gekommen und habe glaubwürdig geklungen. Aber auch das heiterte Schilling nicht auf.

Petzold erledigte ein paar unwichtige Telefonate und Schilling verschwand irgendwann. Um halb neun erschien Birgit und Petzold erzählte ihr ebenfalls von seinem nächtlichen Abenteuer. Auch hier hatte er kein Glück. Statt zu lachen, starrte sie ihn böse an.

»Warum bist du da alleine hingefahren? Kennst du die einfachsten Vorschriften nicht? Und warum bist du nicht auf die Idee gekommen, mich anzurufen? Wo du Schilling nicht erreicht hast?«

»Es war aber doch ...«, stammelte Petzold verlegen. »Ich hab gedacht ... Na ja ... Es hätte ja gefährlich werden können!«

Sie schnappte nach Luft. »So, gedacht hast du? Sag mal, spinnst du?« Sie ging ein paar Schritte zur Tür und machte wieder kehrt. »Das verstehst du unter Zusammenarbeit? Sind wir Kollegen oder nicht? Bin ich hier das Baby oder was?«

Wutschnaubend knallte sie die Tür zu. Ein Hauch von Parfum blieb in der Luft hängen und erst nach Sekunden fiel Petzold auf, dass sie zum ersten Mal Make-up aufgelegt hatte. Ein wenig Puder und einen unauffälligen Lippenstift. Mit schlechtem Gewissen suchte er die angegebene Adresse im Stadtplan. Nebenan war es bedrohlich still.

Später kam Schilling mit einem zweiten Kaffee und einer Mousse au chocolat aus der Kantine. Froh über die Abwechslung sagte Petzold: »Junge, siehst du fertig aus! Müsst ja heftig gewandert sein!« Schilling ging nicht darauf ein. »Mal ehrlich, seid ihr überhaupt mal aus dem Bett gekommen?«

Schilling schwieg eisern. Seufzend zog Petzold das Telefon heran.

»Und jetzt droh ich diesen Idioten von diesem Möbelhaus 'ne Schadenersatzklage an! Jetzt ist Schluss mit Lustig!«

Schilling löffelte schweigend seine Mousse. Nach Sekunden warf Petzold den Hörer auf die Gabel. »Was heißt das: Der Anschluss ist vorübergehend nicht erreichbar? Das ist doch keine Handy-Nummer oder so?«

»Dass sie Pleite sind, vermutlich.«

»He! Das ist nicht witzig! Ich hab fünfhundert Mark angezahlt!«

»Was meinst du wohl, warum die so billig waren?« Schilling kratzte sorgfältig das Schälchen aus und sah endlich auf. »Thomas, ich mach dir 'nen Vorschlag. Du nimmst das Schlafzimmer zurück. Ich übernehm den Transport und geb dir noch zweihundertfünfzig Mücken als Entschädigung.«

»Ich soll was?« Petzold stutzte. »Du hast ja deine alte Eulen-Brille wieder auf der Nase! Und du trinkst Kaffee! Und löffelst Pudding!«

Schilling pfefferte den Plastikbecher in den Papierkorb und den Löffel auf den Tisch. »Dieses Wochenende, das war ... die Katastrophe war das, das Inferno, die Hölle ...«, sagte er durch zusammengebissene Zähne. Er schloss die Augen, atmete tief ein und dann explodierte er: »Weißt du, wie Tofu-Bouletten mit Leinsamenschrot schmecken? Und Schwarzwurzel-Gschnetzeltes in Petersilien-Joghurt-Sauce mit Zucchinischeiben und Morcheln? Salzarm, versteht sich? Und ganz ohne Pfeffer? Und wie das ist, wenn du zu jedem Scheiß einen Vortrag gehalten kriegst, warum du dies nicht tun sollst und das nicht und jenes erst recht nicht? Ich bin verdammt noch mal vor neunzehn Jahren zum letzten Mal gefragt worden, ob ich mir vor dem Schlafengehen die Zähne geputzt hab! Und keine Tempotaschentücher soll ich benutzen, weil Leinen so viel gesünder ist für die Haut und die Umwelt sowieso!«

Er fiel zurück. »Und hast du 'ne Ahnung, wie das ist, wenn jemand einen geschlagenen Nachmittag lang versucht, das D-Dur Violinkonzert von Brahms auf der Blockflöte zu spielen?«, murmelte er. »Und den ganzen Abfall haben wir mit nach Hause genommen und die leeren Flaschen, weil die in Frankreich angeblich den Müll nicht richtig trennen! Und den ganzen lieben, langen, gottverdammten Sonntag hat's geschüttet!«

Nun war es Petzold, der schwieg.

»Ich zieh zu meiner Mutter«, sagte Schilling erschöpft und warf die Brille auf den Tisch. »Und sag jetzt bloß nicht, du hättest mich gewarnt!«

Petzold schwieg immer noch.

»Ich hätte Lust, mich mal wieder so richtig zu besaufen. Bist du dabei? Heut' Abend?«

Petzold ging um die Schreibtische herum und schlug Schilling auf die Schulter. »Um acht?« Dann packte er ihn am Ärmel und zog ihn hoch. »Komm. Wir fahren in die Südstadt und gucken mal, was an der Geschichte mit diesem Arnold Schwarzenegger dran ist. Bisschen frische Luft wird dir gut tun.«

Er öffnete die Tür und winkte Birgit. Schweigend und ohne einen Blick schlüpfte sie in ihre neuen Puma-Schuhe.

*

Marc war schon vor acht in der Firma gewesen und hatte zu seiner Verblüffung festgestellt, dass er der Letzte war. Als erstes räumte er den versprochenen Champagner in den Kühlschrank.

»Das ist ein Duval Leroy Brut«, rief er. »Dass mir bloß keine Klagen kommen!«

»Stell dir vor, der Taucher hat heute Nacht um halb vier 'ne Mail geschickt«, war Zoras aufgeregte Erwiderung gewesen. »Der arme Kerl arbeitet wirklich immer. Einen der Bugs hat er gefunden. Wir können gleich loslegen.«

Sie hatten sich an die Arbeit gemacht und Marc war von Stunde zu Stunde zuversichtlicher geworden. Um elf war klar, dass sie auf der Zielgeraden waren. Drei Tage vor dem Termin.

Er holte eine Flasche Champagner aus dem Kühlschrank und sie stießen an. Auch Näschen musste ein Glas mittrinken, was sie zum Erröten brachte.

»Hast du schon was wegen des Autos unternommen?«

»Auto? Welches Auto?«

»Mann, hast du ein Gedächtnis!« Zora kicherte albern und schenkte nach. »Für Alzheimer bist du noch ein bisschen jung!«

Marc stellte das Glas ab und ging in sein Büro. Der Werkstattmeister brauchte eine halbe Ewigkeit, bis er verstand.

»Ja aber, wieso denn? Was soll denn mit diesem ABS gewesen sein? Hatten Sie mal Probleme damit?«

»Nein, eben nicht. Ich frage Sie nur, ob Sie es getauscht haben.«

»Und warum sollten wir das machen, wenn's doch keine Probleme gab damit?«

Marc biss die Zähne zusammen. »Was weiß denn ich? Das müssten Sie doch feststellen können, oder nicht? Bei Ihnen gibt's doch bestimmt so was Ähnliches wie 'ne Buchführung?«

»Ja. Momentchen mal ... Was war das noch mal für ein Typ?«

»Ein Neun-Dreier. Baujahr zwotausend. Cabrio«, seufzte Marc.

»Und das Kennzeichen?«

Marc nannte es zum dritten Mal. Er hörte Papier rascheln und empörtes Schnaufen.

»Ein Neun-Dreier also. Und Baujahr ... Ah, da haben wir ihn. Ja ... Moment, ich muss noch mal im Computer ... Ja. Stimmt.« Die Stimme des anderen veränderte sich plötzlich. »Das ABS-Steuergerät, das ist, also, das ist tatsächlich getauscht worden. Vor zwei Wochen, bei der ... der zehntausender ...«

»Und warum bitte, wenn ich fragen darf?«

»Also, das war so. Das hat nämlich einer kaputtgemacht«, quetschte der andere heraus. »Jetzt erinnere ich mich auch an die Geschichte.«

»Was war da?«

»Ist mit dem Drehmomentschlüssel abgerutscht, als er die Krümmer-Schrauben nachziehen wollte, und das Gehäuse hat dann 'nen Riss gehabt und ... aber wir haben's dann auf unsere Kosten ... Und das neue ist bestimmt so gut wie das alte!«

Eine Weile betrachtete Marc voller Sympathie sein Telefon. Zora hatte wieder Recht gehabt. Mit allem hatte sie Recht gehabt. Niemand trachtete irgendwem nach dem Leben. Niemand versuchte, ihre Arbeit zu sabotieren. All seine Ängste der letzten zwei Wochen, seine überstürzte Flucht nach Italien, alles, alles war vollkommen sinnlos und überflüssig gewesen. Sie bearbeiteten hier zwar vermutlich einen Auftrag des Verteidigungsministeriums, aber niemand verübte deshalb Mordanschläge. Sie hatten einfach nur Pech gehabt. Unglaublich viel Pech.

Aber nun hatten sie es Dank Zoras Hartnäckigkeit doch noch geschafft. Die Firma war saniert, Jahre würden sie von diesem Geld leben können. Und auch Edith würde früher oder später zurückkommen, er würde alles erklären können, sie würde eine Weile böse auf ihn sein und ihm am Ende verzeihen. Alles würde wieder in Ordnung kommen.

Marc sah aus dem Fenster und hatte das Gefühl, seit Ewigkeiten nicht mehr so leicht geatmet zu haben. Selbst das Licht schien heller zu werden, als ob nach vielen, vielen Tagen endlich die Sonne durch die Wolken brach. Im Flur kreischte Zora herum, die anderen lachten. Sogar Näschen hörte er kichern.

Marc nahm den Hörer wieder auf, bestellte Pizza für alle, ging hinaus und holte die zweite Flasche aus dem Kühlschrank.

»He, mal langsam!«, gluckste Zora. »Wir sind ja noch nicht fertig!«

»Wir haben genug Gründe zu feiern.«

»Wie viele davon sind noch im Kühlschrank?«

»Vier.«

»Gut.« Zora hielt ihm ihr Glas hin. »Dann ist es gut.«

Beim Einschenken erzählte er ihr mit wenigen leisen Worten von dem getauschten ABS-Gerät.

»Na, siehste wohl.« Über das Glas hinweg sah sie ihm in die Augen, blinzelte und lächelte für eine Sekunde so warm, dass Marc sie am liebsten an die Brust gedrückt hätte. Aber dann hätte Näschen vermutlich mit ihrer Dissertation auf ihn eingedroschen.

In diesem Moment knallte ein Schuss, ein Querschläger heulte. Marc ließ die Flasche fallen und sah panisch um sich. Alles lachte.

»E-Mail for you!«, jubelte Zora. »Witzig, nicht? Ist ein WAV-File, das aus der Soundkarte knallt, wenn 'ne Mail eintrudelt. Hat Joschka mal irgendwo im Internet gefunden.« Sie tänzelte zu ihrem PC und Näschen kam mit einem Lappen. Aber zum Glück gab es nicht viel zu putzen. Es klingelte an der Tür.

Marc öffnete, es war die Pizza. Hinter ihm schrie Zora auf: »Er hat's geschafft! Er hat's wirklich geschafft! Hoch sollen alle Taucher leben! Oh, wie ich Taucher liebe!«

Joschka johlte, ein weiterer Korken knallte, Glas klirrte. Marc bezahlte und das blonde Mädchen von Joey's Pizza-Service verschwand mit einem beunruhigten Blick über die Schulter.

Mit geröteten Wangen kam Zora angerannt und warf sich ihm an den Hals. »Marc! Er hat's geschafft! Er hat's wirklich geschafft!« Pirouetten drehend schwebte sie davon. Dann plumpste sie auf einen Stuhl und war plötzlich still. Näschen ging mit der Flasche herum und schenkte nach.

Zora fuhr sich über die Augen und flüsterte: »Kinder, jetzt kann ich's euch ja sagen. Vor ein paar Tagen hätte ich keinen Pfifferling auf unsere Zukunft gewettet.« Langsam leerte sie ihr Glas. »Mein Gott, und jetzt ist mir ein bisschen schwindlig, glaub ich fast.«

»Ich hol noch 'ne Flasche.«

»Untersteh dich!«, sagte Zora mit plötzlichem Ernst. »Jetzt wird gegessen und dann geht's weiter.«

Die Pizza schmeckte allen vorzüglich und wurde begeistert gelobt.

Um halb fünf waren alle wesentliche Tests bestanden. Sie entkorkten eine weitere Flasche, lagen sich reihum in den Armen und sogar Joschka wurde von jedem ans Herz gedrückt und auf die Backe geküsst, was ihn noch mehr zum Schwitzen brachte.

Als die anderen mit viel Hallo abgezogen waren, saßen Marc und Zora zusammen und gingen das Lastenheft noch einmal Punkt für Punkt durch. Aber es gab nicht einen Haken, den sie übersehen, nicht eine Kleinigkeit, die sie vergessen hatten.

»Sieht aus, als wären wir wirklich durch.« Marc lehnte sich zurück, verschränkte die Hände im Genick und sah lange aus dem Fenster. Den ganzen Tag hatte es nicht geregnet und der Himmel war jetzt klar wie im Winter.

»Jetzt würd ich nur noch eines gern wissen«, seufzte er.

»Na?«, fragte sie ohne Interesse.

»Was bedeutet Kalmar?«

Zora stöhnte auf. »Hast du immer noch nicht genug?«

»Irgendwas muss es doch bedeuten.« Er lächelte sie an. »Lass dir doch noch mal was einfallen. Nur noch einmal!«

Aber sie schüttelte nur müde den Kopf und bedeckte die Augen mit der Hand. »Mir fällt heut' ganz bestimmt nichts mehr ein, Marc.«

»Zora, wir sind saniert, weißt du das? Es gibt Gehaltserhöhung und Prämien und Urlaub!«

Sie nickte nur gleichgültig. Die untergehende Sonne ließ das Büro in freundlichen, warmen Farben glänzen. Ein großes, gerahmtes Foto über Zoras Schreibtisch reflektierte das Licht in Marcs Augen. Er neigte den Kopf etwas zur Seite, um zu erkennen, was darauf zu sehen war.

»Warst du mal in Prag?«

»Letztes Jahr im Herbst. Ist ganz nett da.«

»Wie heißt diese Burg noch mal? Die hat doch so ’nen komischen Namen?«

»Hradschin. Kannst du nicht lesen?« Zora rieb sich das Gesicht mit beiden Händen. »Marc, ich bin so fertig, ich kann mich erst morgen freuen. Tut mir Leid, aber ... Was ist denn in dich gefahren?«

Marc war aufgesprungen, riss den Hörer von Zoras Apparat und wählte die Nummer aus dem Gedächtnis.

»Frau Ärleskog, hier ist noch mal Pasteur«, sagte er atemlos. »Entschuldigen Sie bitte, aber ... Es geht noch mal um Herrn Hinrichsen ...« Argwöhnisches Schweigen am anderen Ende. »Frau Ärleskog, Sie stehen doch jetzt im Flur, nehme ich an. Wenn Sie aufsehen, was sehen Sie dann?«

»Nun, die Wand natürlich!« Frau Ärleskog schien nun doch ernstlich an seinem Verstand zu zweifeln.

»Und weiter?«

»Sie ist tapeziert. Und taubenblau gestrichen. Und dann ist da die Garderobe, aus Kiefernholz. Aber ich verstehe nicht ...«

»Sprechen Sie einfach weiter. Bitte!«

»Nun ja ... Da hängt mein Regenmantel und mein Hut und mein kleiner Schirm. Und möchten Sie nun noch mehr wissen?«

»Ja, bitte. Wenn es Ihnen nichts ausmacht.«

»Ich finde das aber wirklich äußerst seltsam, Herr Pasteur. Und wenn Herr Hinrichsen nicht ein so sympathischer Gast gewesen wäre ... Die Polizei war übrigens heute auch schon hier. Herr Hinrichsen heißt nämlich gar nicht Hinrichsen. Und er ist auch tot, wussten sie das? Aber nun gut ... Da hängen noch die Hundeleinen. Und darunter stehen meine Schuhe, natürlicherweise.«

»Neben Ihrer Garderobe, da hängt doch ein Bild, richtig?«

»Nun ja. Es ist eine Fotografie. Aus den fünfziger Jahren. Das hat mir meine Freundin Margaretha aus Jönköping ...«

»Was ist auf diesem Bild? Was sieht man da?«

»Ein Schloss. Mit einer Fahne auf jedem Turm. Wir in Schweden haben nämlich sehr gerne ...«

»Hat es einen Titel? Steht etwas darauf geschrieben?«

»Also, ich weiß ja nun wirklich nicht mehr ... Ich müsste erst meine Brille holen und ...« Sie wurde immer ungnädiger.

»Bitte, Frau Ärleskog. Bitte holen Sie Ihre Brille. Ich werde Sie auch nie wieder belästigen.«

Der Hörer wurde abgelegt und die alte Dame entfernte sich vernehmlich seufzend. Marc hörte die Hunde winseln. Bald wurden die Schritte wieder lauter, der Hörer wurde aufgenommen. Marc meinte zu hören, wie sie die Stirn kraus zog.

»Kalmar Slot«, las sie gedehnt. »Das Schloss von Kalmar. Die Fotografie ist von ...«

Marc ließ sie nicht ausreden, bedankte sich eilig, warf den Hörer auf den Apparat, packte Zora an den Schultern und schüttelte sie.

»Es steht auf einem Bild über ihrem Telefon! Verstehst du? Es hat überhaupt nichts zu bedeuten! Kalmar, verstehst du? Es steht nur auf dem Bild!«

Zora sah ihn ausdruckslos an. »Schön.«

Marc lief im Zimmer herum und gestikulierte wie ein Marktschreier. »Er musste dem Sender natürlich einen Namen nennen. Seinen wollte er nicht und den von der Frau auch nicht. Beides hätte ihn verraten können. Und sein Tarnname ist ihm vermutlich vor Aufregung nicht eingefallen. Er hat ja nur ein paar Zehntelsekunden Zeit gehabt und er hat ja fürchterlich unter Stress gestanden, mit diesen Gangstern vor der Tür. Und da hat er einfach das nächst beste Wort genannt, das er irgendwo gelesen hat!« Er packte sie am Arm. »Verstehst du? Es ist eine Stadt! Es ist einfach nur ein Wort!«

»Du brauchst nicht so zu brüllen. Ich bin ja nicht taub, nur müde wie ein alter Hund. Und du tust mir weh!«

Er ließ sie los und rannte wieder im Kreis. »Das war alles,

verstehst du! Er hat blitzschnell Geld gebraucht. Und deshalb hat er diesen Reiseruf losgelassen und ...« Marc ließ sich auf den Stuhl fallen. »Zora, du glaubst nicht, wie erleichtert ich bin!«

»Doch«, sagte sie leise. »Es ist nicht zu überhören. Und vergiss nicht, die neuen Backups mitzunehmen.« Sie schob ihm zwei CDs über den Tisch. Marc steckte sie achtlos in die Manteltasche und wusste vor Aufregung nicht, wohin mit den Händen.

»Wäre doch schade, wenn jetzt am Ende noch was passiert und die schönen Prämien flöten gehen«, murmelte Zora.

Marc küsste sie lachend auf die Stirn. »Was soll denn jetzt noch schief gehen?«

Mit einem müden Lächeln erhob sie sich. »Du wirst ja schon wieder frech. Das ist schön.«

*

Es war schon fast dunkel, als Petzold, Schilling und Birgit ihre Büros wieder betraten. Unter Petzolds Schreibtisch stand ein Kasten Rothaus Tannenzäpfle, wie bestellt. Er schob ihn etwas weiter nach hinten und telefonierte nach Förster. Hirlinger war natürlich schon weg. Eine Minute später berichteten sie. Der Fall war im Großen und Ganzen geklärt.

Arnold Schwarzenberger hatte über rumänische Zwischenhändler in großem Stil chinesische Software-Raubkopien importiert und mit feinem Gewinn an kleine Computerhändler im ganzen Bundesgebiet weiterverkauft. Irgendwie war es dann zu Differenzen mit den Lieferanten gekommen, die ihr Geld einforderten und nicht bekamen. Schwarzenberger war abgetaucht und hatte sich unter falschem Namen bei einer älteren und merkwürdig verängstigt wirkenden Schwedin in Bulach eingemietet, deren Adresse er vermutlich von einem Vertreter kannte, mit dem er hin und wieder zu tun hatte.

Schwarzenbergers Firma hatte sich als eine Hinterhof-Garage in der Luisenstraße entpuppt, die bis unters Dach mit illegalen Waren vollgestopft war.

Die Rumänen hatten ihn schnell aufgespürt und einfach in ihrem Wagen vor dem Haus auf ihn gewartet. Als er keinen Ausweg mehr sah, hatte er sich mit alten Sachen von Frau Ärleskogs verstorbenem Mann verkleidet, die er in einem verstaubten Schrank auf dem Dachboden fand, und versucht, durch die Nachbargärten zu fliehen.

Die Rumänen hatten ihn jedoch erwischt, in den Wagen gezerrt, waren ein paar hundert Meter weiter an eine entlegene Stelle gefahren und hatten mit sehr hemdsärmligen Methoden versucht, ihm die Rechtmäßigkeit ihrer Forderungen begreiflich zu machen. Im Zuge dieser Verhandlungen hatte Schwarzenberger eine Menge Blutergüsse, Schürfwunden und ein blaues Auge kassiert und am Ende war es ihm irgendwie gelungen, sich zu befreien.

»Vielleicht hat er dann seine letzte Chance darin gesehen, kurz vor dem Zug über die Gleise zu springen«, meinte Birgit. »Das hätte ihm einen Vorsprung von ein paar Sekunden verschafft und sie hätten mit dem Auto nicht hinterher gekonnt.«

»Die Geschwindigkeit eines Zuges, der mit über einhundert Stundenkilometern herankommt, ist für einen Menschen schwer einzuschätzen.« Förster putzte mit Sorgfalt seine Brille. »Vor allem, wenn man die dort zum Tatzeitpunkt herrschenden Lichtverhältnisse bedenkt.«

Petzold klappte den Ordner zu und schob ihn von sich. Die Sache war für sie erledigt. Software-Raubkopien fielen in die Zuständigkeit einer Sonderkommission des LKA Niedersachsen, die bereits seit längerem eine Spur nach Bukarest verfolgte.

Petzold und Birgit räumten ihre Schreibtische auf, Schilling verschwand mit einer gemurmelten Begründung und tauchte Minuten später mit roten Ohren und verdächtigem Schimmern in den Augen wieder auf.

»Nehme an, du hast heut' Abend was Besseres vor, als mit mir durch die Kneipen zu ziehen?«, fragte Petzold.

Schilling sah ihn verträumt an und nickte und schüttelte den Kopf.

»Und das Schlafzimmer willst du natürlich auch nicht wieder rausrücken.«

Schillings Lächeln erstarb.

Petzold winkte ab. »Vergiss es. Ich will's auch gar nicht mehr haben. Aber mit der Kohle könntest du mal rüberkommen.«

Er zog seine Lederjacke an, lieferte die Bierkiste im Labor ab und fuhr nach Hause.

Pedro war offenbar nichts eingefallen, was er noch hätte anstellen können, und das Lämpchen des Anrufbeantworters blinkte wieder einmal. Petzold hatte kaum die Schuhe ausgezogen, als das Telefon klingelte. Er nahm ab und sein Puls schlug einen kleinen Purzelbaum. Birgit war dran.

»Mir ist da eben noch was eingefallen zu unserem Fall.«

»Und zwar?« Er war ein wenig enttäuscht, weil sie offenbar nur wegen der Arbeit anrief.

»Warum interessiert sich der MAD dafür, dass dieser Arnold Dingsda mit irgendwelchen Software-Raubkopien gehandelt hat? Das hat doch beim besten Willen nichts mit Militär zu tun?«

Petzold schwieg lange. »Du hast Recht«, sagte er dann nachdenklich. »Irgendwas müssen wir übersehen haben.«

Eine Weile stand er grübelnd neben dem Telefon, dann drückte er den Knopf am Anrufbeantworter. Es war wieder einmal Steffi.

*

Edith erwartete Marc auch an diesem Abend nicht zu Hause. Enttäuscht hängte er den Mantel an die Garderobe und überlegte, ob er sie anrufen und ihr von all den wundervollen Neuigkeiten berichten sollte. Schließlich schüttelte er den Kopf. Warum sollte er sich den ersten entspannten Abend seit Wochen mit zermürbenden Diskussionen verderben?

Er studierte das Fernsehprogramm. In Frage kamen nur »Pretty Woman«, den er schon kannte, und um Viertel nach zehn auf Pro 7 »Bullit« mit Steve McQueen, den er schon fünfmal gesehen hatte. Er bemerkte, dass er Hunger hatte, durchstöberte die Küche und nach wenigen Minuten stand das Menü fest: Gemischter Salat mit Krabben, wie ihn Edith so gerne aß, Saltimbocca mit in Butter geschmorten Kartoffeln, sogar eine Zucchini fand sich im Kühlschrank, und anschließend Vanilleeis mit karamellisierten Apfelscheiben. Er würde alles vorbereiten und sie dann anrufen. Es war ein Friedensangebot und Edith würde bestimmt nicht widerstehen können. Summend begann er, den Salat zu putzen.

Um halb zehn war alles vorbereitet und mit einem nicht nur vom Hunger flauen Gefühl im Magen wählte er Freds Nummer. Niemand nahm ab. Er legte das Handy neben den Herd und beschloss, es später noch einmal zu versuchen oder das Festessen zur Not für sich ganz allein zu kochen. Und, wer weiß, vielleicht würde Edith ja im Laufe des Abends einfach auftauchen und Frieden machen. Er schaltete das Radio ein und klopfte die Kalbsschnitzel, die inzwischen aufgetaut waren.

Zehn Minuten vor elf war er satt und immer noch allein, als er einen Schlüssel in der Wohnungstür hörte. Bemüht gelassen ging er in den Flur, um sie mit einem möglichst gleichgültigen »Hallo, da bist du ja wieder« zu begrüßen.

Im dunklen Flur stand eine Gestalt und Marcs erster Gedanke war: Warum macht sie denn kein Licht? Dann erkannte er, dass diese Gestalt viel zu groß und zu breit war, um Edith zu sein, und dass sie etwas in der ausgestreckten Hand hielt. Er fuhr zurück, öffnete den Mund, ein kühler, ekelhaft süß riechender Nebel sprühte ihm leise zischend ins Gesicht und er hörte etwas Schweres zu Boden poltern.

Plötzlich war es gleißend hell. Halogenlicht blendete ihn, jemand verabreichte ihm in gleichmäßigem Rhythmus Ohrfeigen und eine Frauenstimme rief wieder und wieder seinen Namen. Sie schien von sehr weit her zu rufen, durch eine Wand oder ein Kissen, ihm war schwindlig und zum Sterben übel. In seinem Mund war ein bitterer Geschmack, als hätte er erbrochen, und es roch brenzlig.

»Marc!« Wieder eine Ohrfeige. »Marc, was ist hier los?«

Stöhnend schloss er die Augen. Schritte entfernten sich, eine Tür klappte. Nach unbestimmter Zeit beugte sich ein Schatten über ihn, etwas Kaltes klatschte auf seine Stirn.

»Marc! Wach auf!«

Endlich erkannte er die Stimme: Zora. Blinzelnd öffnete er die Augen. Das Licht war grauenhaft.

»Ich muss kotzen. Wie spät ist es?«

Sie wischte mit dem triefenden Handtuch sein Gesicht ab. »Kotzen kannst du später. Hinsetzen jetzt! Los!«

Sie zerrte ihn hoch, er unterstützte sie ungeschickt, rutschte auf dem glatten Parkett immer wieder zurück. Dann, endlich, saß er mit dem Rücken an der Wand neben dem Schuhschrank. Der Flur kreiselte um ihn herum, Zora ging in die Hocke.

»Marc, nun sag schon, was ist hier los? Was ist passiert?«, fragte sie mit gepresster Stimme.

Keuchend hielt er sich am Fußboden fest. »Wasser! Scheiße, ist mir schlecht!«

Sie sprang auf und war nach Sekunden wieder da. Er trank gierig und verschüttete die Hälfte. »Mehr!«

Sie wiederholten die Prozedur dreimal. Nur langsam wurde ihm besser. Aber das Licht war nicht mehr so grell und Zora bekam zunehmend deutliche Umrisse.

»Marc, sag mir jetzt um Himmels willen, was passiert ist!«

»Keine Ahnung. Jemand war in der Wohnung.«

»Und warum stinkt's dann hier so grausam?«

»Ich hab gekocht«, murmelte Marc.

Aber dann roch er es auch, diesen brenzligen Geruch. Mühsam stemmte er sich hoch. Zora zerrte mit und endlich war er, wenn auch schwankend, auf den Füßen und sah sich um. Der Flur sah aus wie immer. Auch in der Küche nichts Auffälliges. Die Tür zu seinem Arbeitszimmer stand offen. Er machte eine vage Bewegung und wankte auf Zora gestützt hinüber. Sie machte Licht.

Es war unschwer zu erkennen, was das Ziel der Einbrecher gewesen war: Die Safetür hatte ein schwarz umrandetes Loch und stand weit offen. Der Safe selbst war vollkommen leer.

Marc setzte sich zitternd auf den nächsten Stuhl und hielt sich den Kopf.

»Wie spät ist es?«

»Halb zwölf vorbei.«

»Kurz vor elf sind sie gekommen. Sie sind noch nicht lange weg.«

»Was war in dem Safe?«, fragte Zora und man konnte ihrer Stimme anhören, dass sie es schon wusste.

»Geld. Kontoauszüge. Verträge. Und unsere Backups.«

»Viel Geld?«

Marc verzog den Mund. »Paar tausend Mark vielleicht.«

Zora ging zum Schreibtisch und zog den Papierkorb darunter hervor. Wortlos hielt sie ihn Marc hin. Er enthielt eine Menge Papier, zum Teil angesengt.

»Ordentlich waren sie, da kann man nicht meckern.« Marc durchwühlte den Inhalt oberflächlich.

»Das scheint der Papierkram zu sein. Sogar das Geld liegt drin. Was fehlt, sind die CDs.« Er sah auf. Jetzt erst dämmerte ihm die Tragweite dessen, was geschehen war. »Zora, unsere gesamten Sicherungskopien sind weg!«

Sie packte ihn am Oberarm und zog ihn hoch. »Lass uns hinfahren! Jetzt sofort! In die Firma!«

Sie schleifte ihn mehr hinter sich her, als dass sie ihn stützte. Im Flur half sie ihm ungeduldig, den Mantel überzuziehen.

»Und nimm deine Autoschlüssel mit. Bei meinem ist auf der Herfahrt der Auspuff abgefallen.«

»Wann wirst du dir endlich ein anständiges Auto kaufen?«, fragte er mit gequältem Grinsen.

»Wenn du endlich anständige Gehälter zahlst«, erwiderte sie ungerührt und öffnete die Tür.

»Was machst du eigentlich hier?«, fragte er, als er sich die Treppe hinunterhangelte. »Wieso bist du hier? Mitten in der Nacht?«

Zora wandte sich nicht um. »Ich hab so ganz allein in meiner Wohnung gesessen und ›Bullit‹ hab ich doch schon mindestens fünfmal gesehen. Und da hab ich gedacht, dass du jetzt auch allein in deiner Wohnung sitzt und ob wir nicht mal wieder ein bisschen in meinen Mathebüchern schmökern sollten ...«

»Du bist und bleibst unmöglich!« Marc musste trotz allem lachen. Das Schwindelgefühl hatte inzwischen ein wenig nachgelassen, aber das Gehen machte ihm immer noch Mühe. Glücklicherweise stand der neue Saab vor der Tür. Er warf ihr die Schlüssel zu.

Schon in der Erzbergerstraße bemerkten sie den roten Schein am Himmel. Ohne ein Wort trat Zora noch mehr aufs Gas, bog in die New-Jersey-Straße im ehemaligen Amerikaner-Viertel, dann sahen sie am Ende der kurzen Straße das einstöckige Haus vor sich, und was sie befürchtet hatten, wurde zur Gewissheit: Die Flammen schlugen bereits aus dem Dach. Zora hielt mit quietschenden Reifen wenige Meter vor dem Eingang, riss noch im Fahren die Tür auf und rannte schon auf das Haus zu.

»Zora!«

»Der Server!«, hörte er sie schreien. »Der Serverraum brennt noch nicht!«

Er rief noch einmal: »Zora! Mach keinen Quatsch!«, aber da war sie schon verschwunden. Das Feuer prasselte und krachte. Das Fenster seines Büros zerplatzte mit einem Knall, ein Scherbenregen und eine Wolke aus Qualm und Funken schossen heraus. Marc zögerte noch eine Sekunde, dann warf er den Mantel auf den Rücksitz, riss sich den Pullover über den Kopf und rannte los.

Vor der Tür atmete er ein, was seine Lungen fassten, presste den Colucci-Pullover vors Gesicht und stürzte ins Haus. Nur die obere Hälfte des Flurs war voller Rauch, darunter konnte man noch gut sehen. Weit vorne flackernde Helligkeit, die Hitze noch erträglich. Irgendwo krachte es, etwas Schweres stürzte herunter. Sechzig Sekunden, dachte er und sah auf die Uhr. Länger kann ich auf keinen Fall die Luft anhalten.

Zora fand er im Serverraum unter einem Tisch liegend, wo sie verzweifelt versuchte, den File-Server hervorzuzerren. Er packte sie am Fuß und zog sie zurück. Hier war die Hitze fast unerträglich. Der Brandherd schien nebenan in seinem Büro zu liegen. Wer immer das hier angerichtet hatte, hatte gewusst, was er tat. Nach Luft schnappend krabbelte Zora rückwärts, Marc warf den Pullover weg, packte den PC mit beiden Händen und riss ihn heraus. Es ging jedoch nur ein Stück weit, dann hing er fest. Marc fluchte. Joschka hatte mal wieder jeden einzelnen gottverdammten Stecker festschrauben müssen, als müsste man ständig damit rechnen, dass die Kabel geklaut wurden.

Zora hatte schon verstanden, mit fliegenden Fingern machten sie sich gemeinsam daran, die Stecker zu lösen. Nebenan stürzte donnernd das Dach ein, der Boden bebte, Scheiben klirrten. Marc sah auf die Uhr: fünfundvierzig Sekunden. Der Monitor-Stecker ließ sich nicht lösen, hier brauchte man einen Schraubenzieher. Er stieß Zora weg, packte den PC und riss mit aller Kraft daran. Der Monitor knallte vom Tisch, die Röhre implodierte, das Kabel riss irgendwo, der PC war frei.

Marc wandte sich um, stolperte über Zora und stürzte der Länge nach hin. Der PC flog in die Ecke, Marc rappelte sich hoch, Zora bewegte sich nicht mehr. Er rannte zum PC, zwei Meter neben ihm zerbarst die Tür, glühende Hitze, Staub und beißender Qualm von brennendem Kunststoff hüllten ihn ein. Marc zögerte noch eine halbe Sekunde, dann ließ er den Rechner liegen, packte Zora unter den Achseln und schleifte sie davon.

Als er sie ins Freie schleppte, hörte er endlich die Feuerwehr. Und plötzlich war jemand neben ihm und half ziehen. Er sah auf, es war Edith. Als sie Zora neben dem Saab mehr fallen ließen als ablegten, brach Marc hustend und würgend in die Knie.

»Du brauchst einen Arzt! Du hast bestimmt eine Rauchvergiftung!«, rief Edith.

Marc schüttelte den Kopf und würgte und schnappte nach Luft. »Hab die Luft angehalten da drin. Kümmere dich um sie!«

Edith beugte sich über Zora. »Sie atmet«, sagte sie nach Sekunden. »Sie ist okay.«

Scheinwerfer kamen um die Ecke, schwere Diesel dröhnten heran, plötzlich Blaulichter überall, ein weiterer Teil des Dachs krachte herunter. Männerstimmen brüllten Befehle, metallene Türen donnerten auf, Schläuche flitzten von Rollen, Stiefel trampelten, Metall schepperte, Pumpen heulten los, Schläuche knackten und knallten und dann, endlich, rauschte Wasser. Schwere Schritte kamen auf sie zu.

»Ist jemand verletzt?« Ein beruhigend kräftig gebauter Feuerwehrmann mit schwerer Jacke, Helm und Genickschutz.

»Er.« Edith deutete auf Marc.

Marc wies auf Zora. »Sie.«

Als der Mann neben Zora in die Hocke ging, schlug sie die Augen auf. Minuten später hatte sie viel getrunken, sich ausgehustet und stand wieder auf den Beinen, wenn auch etwas schief. Einer ihrer Absätze war abgebrochen. Inzwischen war ein Notarzt gekommen, der darauf bestand, sie umgehend in ein Krankenhaus zu fahren. Sie schob ihn weg und schrie ihn an: »Lass mich in Ruhe! Mir fehlt nichts!«

Den Sanitäter, der beruhigend auf sie einredete, stieß sie vor die Brust. »Weg! Weg! Weg!«

Sie stolperte herum und rief wieder und wieder: »Marc!«

Endlich entdeckte sie ihn, torkelte auf ihn zu, fiel ihm um den Hals und begann zu weinen. Ihre Haare waren angesengt, das Nadelstreifen-Jackett zerrissen, alles voller Ruß.

Sie wimmerte: »Marc!« und es klang wie: »Sie haben uns alles weggenommen!« Das nächste »Marc!« klang dann schon nach: »So tu doch endlich was!«

»Soviel zum Thema Gespenster und eingebildete Bedrohung!«, sagte er rau und sah auf das in sich zusammensinkende Haus. »Das war's. Wir sind am Arsch, Zora.«

Sie trat mit dem Fuß auf. »Bitte! Marc!«

»Nichts mehr zu machen. Die waren verdammt gründlich.«

Plötzlich richtete sie sich auf und starrte ihm ins Gesicht. Der Schein der Flammen und der Blaulichter zuckte über ihr mit Ruß und Tränen verschmiertes Gesicht und für einen Moment fürchtete Marc, sie sei wahnsinnig geworden.

»Der Taucher!«, schrie sie, um eine Pumpe zu übertönen, die neben ihnen angesprungen war.

»Was?«, rief er zurück.

Sie packte ihn an den Armen und schüttelte ihn. »Der Taucher hat alles! Er hat alle Quellen!«

»Dann wird er tot sein«, sagte Marc erschöpft.

»Sie wissen es vielleicht nicht!«

Mit Tränen der Wut in den Augen wies er auf die Trümmer seiner Firma und brüllte: »Meinst du, hier ist eine einzige E-Mail rein oder raus gegangen, die die nicht mitgelesen haben? Ein Telefonat, das sie nicht auf Band haben?«

»Aber vielleicht!« Zoras Nägel krallten sich schmerzhaft in seinen Arm. »Vielleicht wissen sie es nicht! Wir müssen es wenigstens versuchen! Marc! Du musst es versuchen!«

»Wie weit ist es bis Neurod?«

»Weiß nicht. Zwanzig Kilometer. Höchstens. Vielleicht.« Plötzlich zitterte ihr Unterkiefer, sie drehte den Kopf zur Seite und erbrach ins Gras. Sie richtete sich wieder auf, fuhr sich mit dem Ärmel über den Mund.

»Ich kann nicht fahren«, sagte Marc mit hängenden Schultern. Dann noch einmal lauter: »Ich kann unmöglich fahren! Mir ist nur noch schlecht!«

Erst jetzt entdeckte Zora Edith, die ein paar Schritte abseits stand und stumm die Löscharbeiten beobachtete.

»Edith! Du fährst!«

Edith schüttelte entsetzt den Kopf und presste die Arme noch enger an sich. Zora humpelte zu ihr hin und schrie sie an: »Du musst aber! Du musst!«

Edith sah an ihr vorbei. »Nichts muss ich! Das hier ist euer Problem! Das geht mich nichts an!«

»Du spinnst wohl!«, kreischte Zora und stieß dem Sanitäter, der sie ständig am Ärmel zupfte, den Ellenbogen in den Magen. »Und ob dich das was angeht!« Sie wies auf Marc. »Er ist dein Mann! Verstehst du? Verstehst du? Und deshalb ist das hier auch dein Problem!« Sie packte Edith am Mantelkragen, zerrte sie zu Marc und schrie: »Der da ist dein Mann! Also hilf ihm!«

Edith sah abwechselnd auf Zora und Marc, zugleich wütend, verstockt und ratlos. Marc hielt den Blick gesenkt und schwieg. Zora gab Edith einen Stoß, so dass sie gegen Marc fiel, und sah jetzt aus wie eine Furie, die eben der Hölle entstiegen ist.

»Hast du schon vergessen, was du damals auf dem Standesamt gesagt hast?«, kreischte sie mit überkippender Stimme. »Du wirst zu ihm halten, in guten wie in schlechten Zeiten! In guten wie in schlechten, hörst du? Und im Augenblick sind schlechte Zeiten, verstehst du? Verdammt schlechte Zeiten!«

Edith wandte sich trotzig ab und verschränkte wieder die Arme vor der Brust. Zora starrte sie noch eine Sekunde mit hängendem Mund an, dann kippte sie um, der Sanitäter fing sie auf und legte sie ins Gras. Marc fand nicht die Kraft, ihm zu helfen. Der Lärm schien von Sekunde zu Sekunde leiser zu werden und er hatte jetzt nur noch das Bedürfnis, sich neben sie zu legen und zu schlafen.

Da fühlte er eine Berührung an der Schulter. Er las es von Ediths Lippen ab: »Komm. Ich fahre.«

Sie fasste ihn am Arm und stützte ihn, so gut es ging. Willenlos taumelte er neben ihr her. Hinter dem Saab stand Ediths kleiner Renault. Er zwang sich, tief zu atmen, und auf dem Weg zum Wagen wurden die Geräusche wieder lauter.

»Wir nehmen den Saab«, sagte er heiser. »Der ist schneller. Und von unterwegs rufen wir die Polizei an. Wer weiß, wie's da oben aussieht.«

Er fiel in den Sitz, Edith ließ den Motor an, wendete in einem engen Bogen und Sekunden später rasten sie den Kanalweg entlang. Die Uhr am Armaturenbrett zeigte fünf nach zwölf. Marc kam es vor, als seien viele Stunden vergangen, seit er am Boden des Flurs zu sich gekommen war.

Er spreizte zwei Finger und fragte zaghaft: »Peace?«

»Nein«, sagte sie knapp, bog auf die Linkenheimer Landstraße und schaltete hoch.

»Wie hast du uns gefunden?«, fragte er, um das Gespräch in Gang zu halten. »Wie kommst du plötzlich hier her?«

»Ich war in der Wohnung. Es war ja klar, was das mit dem Safe zu bedeuten hatte.«

»Was wolltest du dort?«, fragte er mit einem Funken Hoffnung.

Sie ließ sich Zeit mit der Antwort. »Mit dir sprechen.«

»Ich hab bei Fred angerufen. Es war niemand da.«

Mit wimmernden Reifen bog sie auf den Adenauer-Ring.

»Ich war laufen. Ich musste nachdenken.«

Es war nicht herauszuhören, was das Ergebnis ihres Nachdenkens war. Ihre schmalen Augen sahen nur die Straße.

»Und Fred?«, fragte er, nur um etwas zu sagen.

»Habe ich in das Lokal geschickt, wo sie diesen Polizisten getroffen hat. Ich habe ihr gesagt, sie soll ihm schöne Augen machen, und wenn sie vor morgen früh zurückkommt, bin ich nicht mehr ihre Freundin«, sagte Edith mit unbewegter Miene. Am Mühlburger Tor war die Ampel grün.

»Du weißt, wo's lang geht?«

»Ich bin nicht so dumm, wie du zu vermuten scheinst.«

Marc biss die Zähne zusammen. »Ich hab nie angenommen, dass du dumm bist, Edith.«

»Das hast du aber immer wieder gut zu verbergen gewusst«, erwiderte sie kalt.

Der Bunkerbau der Bundesanwaltschaft und der futuristische Filmpalast blieben zurück, die Straße wurde breiter und dunkel, sie waren aus der Stadt heraus. Edith trat das Gaspedal durch.

»Ich habe übrigens vorhin mit Hannes telefoniert.« Sie warf einen Blick in den Rückspiegel, wechselte die Spur und überholte ein Taxi. »Er erinnert sich jetzt wieder an den Unfall.«

»Und?«

»Ein junger Kerl auf einer Vespa hat ihn überholt und abgedrängt. Vermutlich ein Irrer. Hannes sagt, er habe sogar versucht, auf die Motorhaube zu treten.«

»Einer von den Jungs!« Unter anderen Umständen hätte Marc gelacht. Das war es also: Eifersucht wegen Angelica. Und eine solche Kinderei hätte fast ein Menschenleben gekostet.

»Worüber wolltest du mit mir reden?«, fragte Marc nach einer Weile mit belegter Stimme.

»Nicht jetzt«, sagte sie nur.

*

Petzold sah Frederike erst, als sie sich neben ihm an die Bar setzte und mit einem verwischten Lächeln »Hallo!« sagte.

»Hallo«, murmelte er, »hab schon gedacht, du tauchst überhaupt nicht mehr auf.«

Im nächsten Augenblick hätte er sich am liebsten an den Kopf geschlagen. Das war ja nun wirklich die blödeste aller Begrüßungen gewesen. Aber heute war ihm nicht nach Flirten und Smalltalk. Steffi hatte auf dem Anrufbeantworter angespannt und verlegen geklungen. Sie schien Stress zu haben und er verspürte nicht die geringste Lust, sich ihre Probleme anzuhören. Den Anrufbeantworter hatte er kurzerhand abgestellt. Nun konnte sie anrufen, solange sie wollte.

Wieder einmal dachte er über diesen merkwürdigen Fall nach. Natürlich hatte Birgit am Telefon Recht gehabt. Irgendwas war an dieser Geschichte noch dran, was sie bis jetzt nicht verstanden, ja vermutlich nicht einmal ahnten. Und so lange er auch hin und herüberlegte, es wollte ihm nichts einfallen, was das Interesse des MAD auch nur in Ansätzen erklären konnte. Zwischendurch schweiften seine Gedanken immer wieder zu Birgit. Er dachte an ihr Lachen, ihr blondes Wuschelhaar, ihr leises, fast nur zu erahnendes Summen, wenn sie neben ihm im Wagen saß.

Frederike schien die Begrüßung nicht krumm zu nehmen. Vielleicht hatte sie auch gar nicht zugehört. Mit einer nervösen Handbewegung bestellte sie ihren Daiquiri.

»Hatte leider sehr viel zu tun in der letzten Woche.«

Petzold unterdrückte ein Gähnen und wandte sich ihr zu. Ein bisschen Abwechslung konnte ja nicht schaden.

»War's denn schön in Amerika?«

»Arbeit. Nichts als doofe Arbeit.« Sie nippte an ihrem Drink, lutschte den Strohhalm ab und erzählte. Glücklicherweise redete sie von alleine. Die Bar war heute nicht einmal zur Hälfte besetzt, dennoch saß sie verflucht nah und schien immer noch näher zu kommen. Ständig gab es leichte, zufällige Berührungen. Sie war zapplig, lachte ohne Grund und bestellte schon den zweiten Drink. Petzold nahm noch ein Pils und war nun doch froh um die Ablenkung. Ihr Knie berührte seines, zuckte zurück. Frederike warf ihm einen verwirrten Blick zu, sah weg, fummelte an ihrem Ohrläppchen. Sie schien Probleme mit den silbernen Anhängern zu haben.

»Und wie geht's bei dir?« Plötzlich sah sie ihm ins Gesicht und legte eine Hand auf seinen Unterarm. »Auch viel zu tun?«

Nach einer Schrecksekunde legte Petzold seine Hand auf ihre. Sie zog sie nicht weg.

»Na ja«, sagte er lahm. »Wir haben da so einen blöden Fall.«

»Du bist nicht ... böse wegen ... letztem Mal?«, fragte sie leise und sah ihm immer noch in die Augen.

Petzold schüttelte langsam den Kopf. Ihrem Zettelchen verdankte er ja immerhin die Erkenntnis, dass der Trick mit den Phermonen nicht funktionierte. Frederike bestellte den dritten Cocktail und wirkte jetzt, als ob alle Augenblicke Fieberschauer über ihren Rücken liefen. Und Petzold begann sich zu ärgern, weil ihm wieder einmal gar nichts zu reden einfallen wollte. All die auswendig gelernten Sprüche waren wie weggeblasen, all seine tollen Regeln auf einmal leer und sinnlos. Frederike hielt sich mit zwei Fingern an ihrem Strohhalm fest und sah irgendwohin, wo es nichts zu sehen gab. Aus den Boxen klimperte etwas, was nach Jazz klang. Seine Hand lag immer noch auf ihrer. Er neigte sich ein wenig zur Seite, so dass seine Schulter ihre berührte. Sie kam ihm sogar entgegen, verstärkte den Druck und lächelte ihn verschämt an.

»Hast du vielleicht 'ne Ahnung, was für 'ne Musik das ist?«, fragte Petzold schließlich, damit überhaupt etwas gesagt wurde. Sie schien die Frage überhört zu haben, sah eine Weile schweigend in ihr Glas. Dann richtete sie sich auf, trank es in einem Zug aus und sah ihm entschlossen ins Gesicht.

»Sag mal, Thomas, du hast doch bestimmt ein Hobby? Ich meine, jeder hat doch ein Hobby.«

»Was?«, fragte er verdutzt. »Wieso?«

»Sammelst du vielleicht irgendwas, zum Beispiel?«

»Modellautos, ja«, sagte Petzold. »Warum?«

»Und hast du viele davon? Sind die schön?«

»Na ja. Schon. Vor allem Oldtimer, so aus den Fünfzigern und Sechzigern. Interessierst du dich denn für so was?«

Da sah sie ihm tief in die Augen. »Die würde ich mir ja zu gerne mal ansehen, du!«

Petzold begann zu schwitzen. »Jetzt? Ich meine ... meinst du ... etwa jetzt gleich?«

Sie nickte zugleich sehr leicht und sehr heftig.

Petzold kippte sein Pils hinunter, hob eine feuchte Hand: »Zahlen!« und dachte nicht mehr an Birgit und noch weniger an Steffi.

Beide gaben viel zu viel Trinkgeld.

*

»Es war Zora«, sagte Marc ohne aufzusehen.

»Wie?«

Er wiederholte lauter: »Es war Zora. Fred hat sich nicht getäuscht.«

»Was ist das für ein Verhältnis zwischen euch?«, fragte sie im Ton eines Untersuchungsrichters.

Marc ließ das Fenster herunter. Schwindelgefühl und Brechreiz wurden jetzt schnell schwächer.

»Sie ... Es ist nichts. Nichts, was dich beunruhigen müsste.«

Ediths Gesicht blieb steinern. »Was war an diesem Sonntag? Sie wird doch wohl nicht im roten Samtkleid zur Arbeit gehen?«

»Wir haben ...« Marc schloss das Fenster wieder, um nicht so laut sprechen zu müssen. Der Saab raste jetzt mit hundertfünfzig die Bundesstraße entlang auf Ettlingen zu. »Wir haben bis acht gearbeitet. Und dann waren wir noch in ihrer Wohnung, weil wir in einem von ihren Büchern was nachlesen wollten. Wir mussten doch den ganzen mathematischen Mist jetzt selber machen, nachdem das mit Giga passiert war. Es hat dann ein bisschen gedauert, weil wir beide nicht viel Ahnung von dem Kram haben, und du warst weit weg, in Amerika, und wir waren beide durcheinander und irgendwie auch aufgekratzt und dann ...«

Edith machte es ihm nicht leichter, indem sie Fragen stellte. Marc räusperte sich, aber der Kloß in seinem Hals war wie ein Stein.

»Sie ist eine attraktive Frau. Und sie weiß verdammt genau, was sie will. Und ich bin ein Idiot.« Zögernd legte er eine Hand auf ihr Knie. »Edith! Es war ein einziges Mal! Sonst war da nichts und ist da nichts und das ist die Wahrheit!«

Sie gönnte ihm keinen Blick. Das Holiday Inn wischte vorbei, die Autobahnauffahrt blieb zurück. Marc nahm die Hand weg, gähnte und wunderte sich, wie man in einer solchen Situation gähnen kann.

»Sie hat sich dann umgezogen, wollte noch auf 'ne Geburtstagsparty, aber ich wollte nicht mit. Auf der Straße hat sie sich auf ihre herzliche Art von mir verabschiedet. Und dabei muss Fred uns wohl gesehen haben. Und das war alles.«

»Mir reicht es, Marc.« Sie bremste vor einer roten Ampel. »Für mich ist es schon zu viel.«

»Edith! Bitte!«

»Nein«, sagte sie. »Und es ist ja nicht nur das.« Ihr Stimme verriet keine Gefühlsregung.

Marc fasste sie an der Schulter. »Edith!« Er strich über ihr Haar. »Es wird nicht wieder vorkommen!«

»Nein«, sagte sie noch einmal. »Ich habe mich entschieden.« Sie schob seine Hand weg.

Die Ampel wurde grün, sie fuhr wieder an.

»Wir bringen das hier noch hinter uns. Und dann ist Schluss. Ich weiß nicht mal, warum ich das hier für dich tue.«

»Edith! Lass es uns doch noch mal versuchen! Mein Gott, so was ... Wir sind doch nicht ...«

Plötzlich trat sie hart auf die Bremse. Der Saab schleuderte auf den Seitenstreifen, kam zum Stehen.

»Was ist los?« Abwechselnd sah er auf die Straße und in ihr Gesicht. »Warum hältst du?«

»Der Tunnel. Ab hier fährst du.«

»Der ist gerade mal dreihundert Meter lang! Den schaffst du spielend!«

Sie stieß die Tür auf und sprang aus dem Wagen. »Du fährst.«

Sekunden später brauste der Saab weiter. Vorne tauchte als helles Viereck die Einfahrt des Wattkopftunnels auf. Edith schloss die Augen, Marc ließ den Saab laufen, was er konnte. Inzwischen hatte ihn eine wütende Entschlossenheit gepackt und er fühlte sich hellwach. Der Tunnel war zu Ende, ein erleuchtetes Industriegebiet zuckte vorbei.

»Scheiße!«, brüllte er plötzlich und ging vom Gas. »Die Polizei! Mein Handy liegt in der Küche neben dem Herd!« Hektisch sah er zu Edith. »Hast du eines?«

Sie schüttelte nur stumm den Kopf. Die S-Bahnhaltestelle Busenbach blieb zurück. Marc zögerte noch einen Moment, dann trat er das Pedal wieder durch.

»Irgendein Nachbar wird ja wohl ein Telefon haben. Ich glaub, da vorne ist es schon!«

Sekunden später holperten sie im zweiten Gang über ein dunkles Nebensträßchen. Finstere, alte Mietshäuser aus den Anfängen des neunzehnten Jahrhunderts zogen vorbei. Arbeiterwohnungen einer Industrie, die es längst nicht mehr gab. Dann ein altes Fabrikgebäude, in dem jetzt alle möglichen kleinen Firmen hausten. Im Schritttempo fuhren sie an dem weitläufigen, von wenigen trüben Lampen beleuchteten Gebäude entlang. Die Fahrbahn wurde immer schlechter und Marc bemühte sich, den Schlaglöchern auszuweichen. Gespenstisch aussehende, schrottreife Straßenbaumaschinen tauchten im Scheinwerferlicht auf. Ein rostiger Bagger, eine Planierraupe ohne Ketten. Dann waren Gebäude und Beleuchtung zu Ende, die Straße knickte ab. Vor ihnen tauchte ein allein stehendes dunkles Haus unter schwarzen Tannen auf. Noch vielleicht fünfzig, sechzig Meter entfernt.

Marc stellte den Motor ab, plötzlich war es dunkel und still. Glücklicherweise war der Himmel nahezu wolkenlos und der Mond noch fast voll.

»Da vorne«, sagte Marc und schluckte. »Das muss es wohl sein.«

Edith starrte auf das Haus, dann auf Marc. Im Mondlicht war ihr Gesicht kalkweiß.

»Ich steige auf keinen Fall aus!« Sie versuchte, ihn festzuhalten. »Und du auch nicht! Marc! Das ist Wahnsinn!«

Er machte sich los und versuchte, seiner Stimme einen festen Klang zu geben. »Bleib einfach sitzen. Ich bin gleich wieder da.«

Die Wagentür ließ er offen. Langsam ging er auf das Haus zu. Im Rücken spürte er Ediths entsetzten Blick. Und er wusste, er wäre sonst nach zehn Metern umgekehrt.

Mit tastenden Schritten über den holprigen Kiesweg näherte Marc sich dem dunklen Haus. In der Nähe gurgelte und rauschte die Alb, in den Bäumen zwitscherte ein Vogel im Halbschlaf, sonst war es still. Rechts, wenige Meter vom Haus entfernt, glitzerte ein Weiher im Mondlicht. Weiter hinten schimmerte noch mehr Wasser. Möglicherweise ehemalige Fischteiche. Dort quakte ein gelangweilter Frosch. Im Laub neben dem Weg raschelte etwas, ein Igel, oder vielleicht gab es hier auch Ratten, so nah am Wasser.

Das Haus war alt, und soweit man bei dieser Beleuchtung sehen konnte, ein wenig ungepflegt, aber sonst recht hübsch. Zweistöckig mit Mansardendach und Holzläden. Bei Tageslicht sicherlich die perfekte Idylle. Vermutlich würde der Bewohner wenig begeistert sein, wenn er jetzt den Klingelknopf drückte.

Die Klingel schien nicht zu funktionieren. Er trat zwei Schritte zurück und sah sich um. Weiter rechts, im Schlagschatten einer der riesigen Tannen, entdeckte er einen großen, unbeleuchteten Wagen. Ein Audi, soweit er erkennen konnte. Dieser Taucher schien nicht zu den Ärmsten zu gehören.

Marc klopfte. Erst vorsichtig, dann kräftiger. Der Frosch verstummte, sonst geschah nichts. Unschlüssig sah Marc zurück zum Wagen. Hinter der Windschutzscheibe meinte er Ediths weißes Gesicht zu erkennen. Alles war still. Nichts war zu hören, was auf die Anwesenheit von Menschen schließen ließ.

Noch einmal klopfte er, diesmal mit der Faust. Wieder nichts. Er zögerte. Dann schüttelte er den Kopf. Nein, Schluss, aus. Hier war niemand. Entschlossen machte er kehrt.

Aber dann tauchte Zoras verzerrtes, im Feuerschein zuckendes, verheultes, wütendes, anklagendes Gesicht vor ihm auf und seine Füße wollten nicht mehr weiter. Verdammt! Wieder ein Blick auf das Haus. Es war so still. So harmlos. Das war ja alles so entsetzlich albern. Mit wenigen Schritten war er bei der Tür, drückte die Klinke. Die Tür gab nach.

*

Petzold hatte kaum die Wohnungstür geschlossen, als Frederike ihn schon gegen die Wand drückte und begann, an seinen Hemdknöpfen zu fummeln. Irgendwo krähte Pedro beleidigt, weil niemand ihn beachtete.

»Es gibt da aber ein Problem«, sagte Petzold zwischen zwei Küssen.

»Du bist doch nicht verheiratet?«, fragte sie atemlos. »Gummies habe ich in der Handtasche. Genug für heute und morgen und übermorgen.«

»Nein. Es ist nur, ich hab momentan kein richtiges Bett.« Er erstickte in einem feuchten Kuss. Ein Hemdknopf kullerte auf dem Fußboden.

»Mir reicht ein Teppich«, hauchte sie.

Endlich hatte Petzold ihre Bluse auf, sie fiel zu Boden.

»Oder ein Tisch«, seufzte sie und biss in sein Ohrläppchen. »Einen Tisch wirst du doch wohl haben?«

Petzold trat nach dem Kater, der sich an den herumliegenden Sachen zu schaffen machte und fand endlich den Verschluss ihres BH, der zum Glück von der problemlosen Sorte war. Ihre Brüste waren schwer und heiß und Frederike verströmte einen Duft, der einen um den Verstand bringen konnte. Petzold ging unter ihren Küssen die Luft aus, das Wummern in seinen Ohren wurde lauter und lauter, ihm wurde schwindlig.

Aber irgendetwas stimmte nicht. Vielleicht machte ihn Pedros Gemaule nervös, vielleicht überforderte ihn Frederikes Tempo. Er versuchte, sich auf ihr Spiel einzulassen, und gab sein Bestes. Dies war die Situation, die er so oft in Gedanken durchgespielt hatte, und nun, wo es endlich so weit war, war er nicht bei der Sache. Frederike ging mit dem Unterleib ein wenig auf Abstand, damit er ihren Gürtel öffnen konnte, half ihm ungeduldig, als es nicht gleich klappen wollte. Ihre Zunge löste sich keinen Augenblick von seinem Mund. Petzolds Verwirrung steigerte sich mehr und mehr. Er wünschte nichts sehnlicher, als das zu tun, was Frederike von ihm erwartete, aber da war dieses kleine, hartnäckige Gefühl, dass etwas völlig falsch lief.

Und plötzlich wusste er, was es war. Plötzlich wusste er, dass er wünschte, diese seufzende Frau in seinen Armen wäre blond und ein klein wenig pummelig und würde Birgit heißen. Mit einem Schlag wurde ihm bewusst, dass er ganz nebenbei und ohne sie zu suchen, die zehnte Regel gefunden hatte: Wenn es dich erwischt, dann erwischt es dich.

Der Rock war inzwischen irgendwohin verschwunden, Frederike presste ihren Bauch gegen seinen, begann zu stöhnen und Birgits Bild verblasste. Ein hauchdünner, seidiger Slip, pralle Pobacken, glühende Haut, Zittern, Seufzen, das Telefon.

Stöhnen, plötzlich war auch der Slip weg, seine Jeans hing nur noch an einem Fuß und ließ sich nicht abschütteln, feuchte Hände überall, heißer Atem, nasse Lippen, immer noch das Telefon.

Frederike erstarrte, Petzold hielt sie fest.

»Vergiss es. Keiner daheim.« Er wusste ja genau, wer das war, der da so lange klingeln ließ.

Aber das Telefon gab nicht auf. Frederike löste sich von ihm und sah mit fiebrigen Augen um sich. Pedro meckerte, weil Petzold nicht abnahm.

»Mich ruft niemand an um diese Zeit«, knurrte Petzold und zog sie wieder an sich. Dann verstummte das Telefon endlich, Frederike wurde wieder geschmeidiger und Pedro spielte wieder mit den hübschen Dingen am Fußboden. Aber Petzold war nicht mehr bei der Sache.

»Da hinten ist das Schlafzimmer«, sagte Petzold schließlich wütend. »Vielleicht versuchen wir es doch mal mit der Luftmatratze. Solange dieses Vieh um uns rumschleicht, kann ich mich nicht konzentrieren.«

Er verscheuchte den Kater und sie begannen, ihre Sachen zusammenzusuchen. Da begann das Telefon von Neuem. Augenrollend nahm Petzold ab, um Steffi gründlich die Meinung zu sagen. Aber es war Birgit und sein Puls kam nun endgültig ins Schlingern.

»Thomas, kannst du bitte sofort kommen?«

»Was? Wohin denn?« Sie musste ihn für restlos bescheuert halten, und momentan vermutlich mit Recht.

»Na, ins Präsidium! Hier ist so eine Art Krieg ausgebrochen. Aber mach bitte schnell!«

Er erklärte Frederike mit linkischen Bewegungen und flauen Formulierungen die neue Situation. »Dienst ist Dienst, nicht wahr?«

Nachdem sie ihn einige Sekunden fassungslos angestarrt hatte, begann sie sich wortlos anzuziehen. Ebenso erschöpft wie erleichtert zog er die Tür hinter sich zu und freute sich auf die frische Luft und auf Birgit.

*

Der Flur war dunkel, Marc fand nach einigem Tasten einen Schalter, aber auch das Licht funktionierte nicht. Im Hintergrund fiel schwaches, kaltes Mondlicht durch eine halb offene Tür.

Marc rief: »Hallo«. Keine Reaktion. Vorsichtig durchquerte er den kurzen Flur. Es roch nach selten gelüfteter Junggesellenwohnung und da war noch ein anderer Geruch. Wie an Silvester, von Feuerwerkskörpern.

Noch einmal rief er, diesmal lauter, wieder keine Antwort, alles war still. Aber dann hörte er doch etwas: Irgendwo vor ihm tutete ein nicht aufgelegtes Telefon. Eine Diele knarrte unter seinem Gewicht. Endlich hatte er die Tür erreicht. Er stieß die Luft durch die Zähne.

Der Anblick dieses Zimmers im Mondlicht war ihm seit neuestem so vertraut. Ein Schreibtisch unter dem Fenster mit herausgerissenen Schubladen, ein an seinem Kabel baumelnder, traurig tutender Telefonhörer, ein umgekippter Bürostuhl, Scherben einer zerbrochenen Fensterscheibe, ein von der Wand gerissenes kleines Ledersofa, überall fahlweißes Papier am Boden, Bücher, eine zerbrochene Bierflasche in einer Pfütze. Etwas Kleines, metallisch Glänzendes auf dem Teppich, das vielleicht eine Patronenhülse war. Rechts eine weitere Tür, zweiflügelig, auch diese offen. Dahinter ein Fuß, ein Gipsfuß, und eine bleiche Hand, die ein breites Messer umkrampft hielt. Ein Tauchermesser. Und der tutende Hörer an seinem Kabel, der so friedlich baumelte wie ein Kind, das sich selbst in den Schlaf summt.

Marc wagte noch einen kleinen, zögernden Schritt nach vorn. Der Körper des Mannes, zu dem Fuß und Hand gehörten, lag im Dunkeln, nur zu erahnen. Wie ein Stich kam Marc die Erkenntnis, dass da ein Toter lag und dass ein Telefonhörer nicht sehr lange baumelt, bis er zur Ruhe kommt. Und dann erscholl tief innen der unmissverständliche Befehl: Weg! Nichts wie weg! Renne! Renne um dein Leben!

Als er sich umwandte und stolpernd zu laufen begann, klirrte hinter ihm eine Scheibe, es knallte dumpf und er brauchte sich nicht umzuwenden, um zu wissen, dass das Zimmer soeben in Flammen aufging. Als er aus dem Haus stürmte, krachte es schon zum zweiten Mal und dann war es bereits so hell, dass er ohne die Gefahr zu stolpern laufen konnte, was seine Beine hergaben.

Etwas pfiff an seinem Kopf vorbei, ein kleiner Knall, er wusste ohne zu denken: Jemand schießt auf mich! Instinktiv ließ er sich aus vollem Lauf fallen, landete hart und kullerte hinter eine kleine, nach Teer und Dieselöl riechende Straßenwalze. Er schlug sich den Ellenbogen und den Kopf an, schürfte sich eine Hand auf, aber er fühlte keinen Schmerz.

Hinten klappte eine Autotür, leichte, schnelle Schritte kamen näher.

»Marc, was ist?« Ediths ängstliche Stimme. »Bist du gestolpert? Bist du verletzt?«

Wieder knallte es. Diesmal hatte er das Mündungsfeuer gesehen. Der Schütze saß in dem Audi. Er riss Edith herunter.

»Die schießen auf uns!«

Sie warf sich neben ihn und sah ihn mit weiten Augen an.

»Und nun?«

»Keine Ahnung.« Er spähte über die schmutzig-gelbe, ölverschmierte Motorhaube. »Woher soll ich das wissen?«

Schon wieder schlugen Flammen aus einem Haus. Aber noch hörte man es nicht. Noch war es still.

*

Als Petzold auf den Hof des Polizeipräsidiums fuhr, stand der große neue Siebener-BMW schon mit laufendem Motor und eingeschalteten Scheinwerfern bereit. Er stellte den Porsche schräg in eine Lücke und Augenblicke später rasten sie die Beiertheimer Allee hinunter. Petzold pappte das Blaulicht aufs Dach.

»Was ist denn eigentlich los? Wo geht's hin?«, fragte er atemlos.

Birgit überholte mit quietschenden Reifen einen Lkw der Post.

»Die Firma, bei der unsere Leiche gearbeitet hat, brennt momentan gerade ab. Es ist ziemlich sicher Brandstiftung, aber wir haben bisher keinen blassen Schimmer, was da eigentlich los ist. Einer der Mitarbeiter dieser Firma wohnt draußen in Neurod. Und eben haben wir einen Anruf gekriegt, dass sein Haus jetzt auch brennt.«

Das Funkgerät gab Signal. Petzold hörte einen Augenblick zu.

»Jetzt wird da oben auch noch geschossen! Wir brauchen unbedingt Verstärkung!«

Birgit ging ein wenig vom Gas und überquerte bei roter Ampel die Ebertstraße.

»Ist schon organisiert. Feuerwehr ist auch unterwegs.«

Einige Zeit fuhren sie schweigend. Petzold überprüfte das Magazin seiner Pistole.

»Schade eigentlich«, sagte er, als sie mit einhundertzwanzig am Ostendorfplatz vorbeirasten.

»Was ist schade?«, fragte sie mit einem flüchtigen Lächeln.

»Einen Moment hab ich tatsächlich gedacht, du rufst wegen was ganz anderem an.« Petzold schlug das Magazin in den Griff, lud durch und war froh, dass es dunkel war.

Birgit warf ihm einen unergründlichen Blick zu. Sie lächelte wieder. »Na ja«, sagte sie schließlich. »Wer weiß.«

Wegen einer roten Ampel musste sie vom Gas gehen, dann

trat sie das Pedal wieder durch. Plötzlich musste Petzold lachen, obwohl es dazu wirklich keinen Anlass gab, und Birgit stimmte nach zwei Sekunden ein. Sie lachten immer noch, als sie die Autobahn überquerten.

*

Inzwischen war es nicht mehr still. Man hörte das Feuer brodeln und krachen. In der Ferne klappten Fenster, eine Frauenstimme schrie. Endlich. Gut. Die würden hoffentlich die Feuerwehr alarmieren. Und die Polizei. Weit hinten ein Automotor, der schnell näher kam. Vermutlich schon der erste Streifenwagen.

Marc riskierte wieder einen Blick über die Motorhaube. Sofort knallte ein Schuss, er zuckte zurück. Plötzlich weitere Schüsse, wütendes Feuer, Kugeln pfiffen über sie hinweg, ein Geräusch in nächster Nähe, ein Luftzug von einer schnellen Bewegung. Er fuhr herum. Jemand warf sich neben ihm in den Staub.

»Puh, das war aber knapp! Tach zusammen.« Eine helle, wohlbekannte Frauenstimme: Näschen. Sie lag auf dem Bauch, spähte dicht über dem Boden an der Walze vorbei und hielt einen schweren Revolver mit beiden Händen.

»Die da drüben mögen Sie wohl nicht besonders?« Ein Lächeln zur Seite, dann wieder ein professioneller Blick über Kimme und Korn.

»Was ... Aber ...?«

Näschen rutschte eine wenig aus der Deckung, um besser zu sehen, und lag dabei so flach am Boden, wie es nur jemand tut, der solche Situationen oft geübt hat. Und sie wirkte seltsam unaufgeregt. Marc war immer noch sprachlos. Sie drückte ab, die Waffe bäumte sich in ihren Händen auf, es stank nach Pulverqualm. Dann nickte sie Edith freundlich zu.

»Gestatten Sie, Dorothea von Waldenburg, Oberleutnant

beim Militärischen Abschirmdienst.« Sie reichte Edith flüchtig die Hand. »Mein Auftrag ist, ein bisschen auf Sie aufzupassen.« Sie sah wieder auf den Audi. »Aber ich fürchte, ich habe es ziemlich vermasselt.«

»Das hier ist ... ähm ...« Marc sah abwechselnd auf Edith und die Frau, von der seit eben wusste, dass sie Dorothea hieß und MAD-Agentin war. »Gräfin von ...«

Drüben knallte ein Schuss, er zog den Kopf ein.

»Freifrau«, sagte Näschen bescheiden und schoss zweimal zurück. »Das mit der Gräfin war geflunkert.«

Edith riss die Hände an die Ohren und rollte sich zusammen. Für eine endlos scheinende Zeit blieb es ruhig. Hinten bei den Mietshäusern schrieen immer mehr Stimmen durcheinander, die Flammen loderten jetzt meterhoch aus zwei Fenstern, das Feuer brummte.

»Warum sind die eigentlich nicht längst weg?« Näschen richtete sich ein wenig auf. »Was wollen die noch hier? In spätestens zehn Minuten ist die Polizei da.«

»In zehn Minuten erst?« Edith machte sich noch kleiner. »Ich will weg! Jetzt! Sofort!«

Marc legte den Arm um sie und zog sie an sich. Nach kurzem Zögern gab sie nach. Plötzlich fühlte er keine Angst mehr, sondern nur noch Wut, eine eiskalte, lebensgefährliche Wut. Näschen rollte einmal um die Längsachse, schoss und rollte zurück. Massives Gegenfeuer. Zwei Kugeln knallten in die Blechverkleidung der Walze.

»Der Krieg ist ein einfaches und raues Handwerk«, sagte sie leise.

»Musil?« Sie nickte. »Sie haben das tatsächlich gelesen?«

»Die ersten hundert Seiten, das gehört zur Tarnung. Aber, um ehrlich zu sein, es ist zum Schreien langweilig.«

Wieder rollte sie aus der Deckung und drückte zweimal ab. Wütend heulten Querschläger über sie hinweg. Zufrieden zwinkerte sie Marc zu.

»Nun habe ich doch immerhin schon mal den Wagen getroffen. Die Herrschaften da drüben werden zunehmend ungehalten. Die beginnen zu verstehen, dass sie an uns nicht vorbeikommen.« Sie wies mit dem Lauf nach rechts. »Die Straße ist da hinten zu Ende und hier kommen sie nicht durch. Zur Zeit möchte ich nicht in deren Haut stecken.«

»Ich in meiner eigentlich auch nicht«, sagte Marc heiser.

Seufzend betastete sie ihr Knie. »Ausgerechnet jetzt, wo mal etwas los ist, muss ich Dussel natürlich ein Kleid tragen.«

Eine Weile beobachteten sie schweigend die aus dem Dach aufsteigenden Funken.

»Wer sind die überhaupt?«, fragte Marc. »Libyer? Iraker? Russen?«

»Wir tippen auf Amerikaner.«

»Amerikaner? Aber sind wir nicht Bündnispartner? Nato und so?«

»Das heißt ja nicht, dass sie begeistert sind, wenn Europa einen eigenen Raketenschutzschild aufbaut. Sie verlieren einen wertvollen strategischen Vorteil dadurch.« Näschen sah zu ihm herüber. »Haben Sie schon mal was vom Echelon-System gehört?«

Marc schüttelte erst den Kopf und nickte dann heftig. »Doch, ja. Ist das nicht ein Abhörsystem der Amerikaner, mit dem sie weltweit den gesamten E-Mail-Verkehr und die Mobilfunktelefone abhören können?«

»Sie können es nicht nur, sie tun es auch kräftig, wie wir inzwischen wissen. Ihre Computer scannen alles nach bestimmten Suchbegriffen ab. Einer davon dürfte seit einigen Monaten ›Dark Eye‹ lauten.«

»Sie meinen, die haben die ganze Zeit gewusst, was bei uns läuft?«

Näschen nickte. »Davon müssen wir wohl ausgehen.«

»Und als sie gemerkt haben, dass wir es schaffen werden, haben sie die Notbremse gezogen?«

»Sie haben sozusagen die Hand noch am Griff.«

»Aber wenn man sie schnappt? Das gibt doch einen internationalen Skandal allergrößten Ausmaßes! Sabotage unter befreundeten Mächten?«

»Denken Sie denn, die da drüben haben amerikanische Pässe in der Brieftasche? Vermutlich sind sie Schweizer oder Brasilianer oder Bayern. Wir wissen seit längerem, dass die NSA zusammen mit der CIA eine spezielle Eingreiftruppe für solche ... etwas heikle Aufgaben unterhält. Wir nennen sie die NASTAF, wie die Amerikaner sie nennen, wissen wir nicht einmal.«

»Und was bedeutet das?«

»North American special task forces«, dozierte Näschen und drückte mal wieder ab. »Das sind alles Söldner, hervorragend ausgebildete Leute für die ganz schmutzigen Jobs.«

»Seit wann wissen Sie davon?«

Näschen sah auf die Uhr. »Seit einer Stunde und siebenundzwanzig Minuten. Wir haben nicht mit einem Angriff gerechnet und bis eben sind sie ja auch in der Deckung geblieben. Ihre Sorgen während der letzten zwei Wochen waren also wirklich unbegründet.«

»Woher wissen sie davon?«

»Nun ja.« Ein spöttisches Lächeln huschte über ihr Gesicht. »Es gehört zu unseren Aufgaben, Verschiedenes zu wissen.«

Eine Weile schwiegen sie.

»Sie haben es nicht gefunden«, sagte sie dann nachdenklich. »Sie haben natürlich nach Ihren Programmen gesucht, um alles zu vernichten. Und sie sind noch hier, weil sie nichts gefunden haben. Eine andere Erklärung gibt es nicht.«

Er nickte. »Wahrscheinlich hab ich sie gestört. Und jetzt sitzen sie in der Falle.« Plötzlich fuhr er auf. »Um Gottes willen!« Näschen riss ihn mit erstaunlich hartem Griff herunter, eine Kugel pfiff über ihn hinweg. »Da ist noch einer im Haus! Der Taucher! Er lebt vielleicht noch!«

Näschen schüttelte sehr langsam den Kopf. »Nichts zu machen«, sagte sie leise und sah weg. Wieder war es eine Weile still. Marc hoffte, endlich Martinshörner und Motoren zu hören, aber da war nur das Krachen und Brummen des Feuers und das aufgeregte Geschrei der Nachbarn im Hintergrund.

»Die werden doch wohl nicht versuchen, zu Fuß zu türmen?«, fragte Näschen sich selbst und streckte den Kopf etwas weiter heraus. Prompt knallte es, sie fuhr zurück. »Nein, das offenbar nicht.« Seufzend klappte sie die Trommel aus dem Revolver. »Jetzt habe ich doch schon wieder vergessen, die Schüsse zu zählen!«

Sie zupfte die leeren Hülsen heraus und lud nach. Die Patronen kullerten lose in ihrem Rucksack. Sie schwenkte die Trommel zurück und fuchtelte empört mit der Waffe.

»Vor Monaten habe ich schon eine vierzehnschüssige Automatik beantragt! Bei diesem blöden Teil kommt man vor Laden kaum zum Schießen!«

»Sie haben es nicht gefunden, obwohl sie das Zimmer restlos auseinandergenommen haben«, sagte Marc verwundert.

»Jetzt ist es jedenfalls zu spät.« Näschen deutete auf das brennende Haus. »Dort drüben löst es sich eben in Rauch auf.«

Ein Motor wurde angelassen.

»Der Audi!«, rief Marc. »Die wollen durchbrechen!«

»Die Zeit wird ihnen knapp«, erklärte Näschen mit einem Blick auf ihr silbernes Armbandührchen. »Wenn sie nicht bald verschwinden, sind sie dran.« Sie schoss zweimal ungefähr in die Richtung des Wagens. »Nur zur Erinnerung, dass wir noch da sind.«

Edith lag mit offenen Augen regungslos und ruhig atmend auf dem Bauch. Offenbar hatte sie die erste Panik überwunden. Marc drückte ihre Schulter und wagte einen Blick über die Walze.

Der Audi war im Feuerschein jetzt gut zu sehen. Der Weiher neben dem Haus spiegelte die lodernden Flammen. Die ersten

Ziegel prasselten herunter und klatschten ins Wasser, das plötzlich aussah, als würde es kochen. Er fuhr herum.

»Ich glaub, ich weiß es!«, sagte er gepresst. »Der Laptop!«

Näschen musterte ihn skeptisch.

»Der Taucher hat 'nen wasserdichten Laptop, an dem er die ganze Zeit gearbeitet hat! Den Laptop hab ich aber nirgends gesehen! Und das Fenster war zerbrochen! Und er hat ... vielleicht!« Mit aufgerissenen Augen starrte er sie an.

»Sie meinen, er hat ihn im letzten Moment aus dem Fenster geworfen?«, fragte sie zweifelnd. »Ins Wasser?«

»Na ja, wär doch denkbar? Wasser war sein Element!«

Sie überlegte kurz.

»Können Sie schießen?«

Marc schüttelte entsetzt den Kopf. »Ich hab Zivildienst beim ASB gemacht. Essen auf Rädern. Ich kann Ihnen jedes Menü aufwärmen, aber ich würd nicht mal das Haus da treffen!«

Näschen öffnete den Rucksack und zog mit ruhigen Bewegungen einen zylindrischen Gegenstand heraus.

»Nun gut, dann machen wir es anders«, sagte sie in amtlichem Ton. »Dies hier ist eine Blendgranate. Wenn die hochgeht, dann sehen die da drüben für eine Weile nichts. Sie haben sechzig Sekunden. Ich gebe Ihnen Feuerschutz.«

»Ich? Aber ...! Was, ich?«

»Wir haben keine Wahl«, sagte sie kühl und lud schon wieder nach. »Das Haus kann jeden Augenblick einstürzen.« Sie zog den Stift aus der Granate, zählte »drei, zwei, eins« und warf sie weg.

»Augen zu, Gesicht auf die Arme!«

Marc und Edith gehorchten, es knallte leise und noch durch die geschlossenen Lider drang der Blitz.

»Und los!«, zischte Näschen, rollte sich aus der Deckung und begann zu feuern, was ihre Smith & Wesson hergab.

Marc sprang auf und lief mechanisch auf das Haus zu.

»Links halten!«, hörte er Näschen schreien. »Aus der

Schusslinie bleiben!« Wieder drückte sie ab. Sie rief: »Ich gebe Ihnen die Zeit! Wenn ich zweimal kurz nacheinander abdrücke, kommen Sie zurück!«

Marc lief und wunderte sich. Darüber, dass sie sich auf einmal ganz automatisch siezten, dass sie ihm Befehle erteilte und er wie selbstverständlich gehorchte, dass sie ausgerechnet heute Abend ein Kleid trug und trotz allem immer noch Musil zitierte. Und dass er wie ein Soldat beim Sturmangriff auf ein brennendes Haus zu rannte und in der nächsten Sekunde tot sein konnte und dennoch kein bisschen Angst fühlte. Er überlegte, dass die Soldaten vor Verdun sich so gefühlt haben mussten, wenn sie morgens um halb vier zum Sturmangriff aus ihren matschigen Schützengräben getrieben wurden und wussten, dass jeder zweite von ihnen in einer Minute nicht mehr leben würde.

Da war das Wasser, er breitete die Arme aus und warf sich einfach hinein. Der Teich war nicht groß, fast quadratisch, vielleicht vier auf vier Meter und keinen halben Meter tief. Der Boden war weich und sumpfig.

Ein Schuss knallte in der Ferne. Etwas glitschte durch seine Finger, er fühlte die mörderische Hitze des nahen Feuers, hörte es prasseln und robbte auf allen vieren durch den Schlamm. Wieder ein Schuss, ziemlich laut diesmal, ganz in der Nähe. Sie schossen also schon wieder zurück. Nicht gut, aber vielleicht hatten sie ihn ja noch nicht entdeckt. Hell war es hier und heiß, so verdammt heiß. Einen Meter über ihm tobten die Flammen aus den Fenstern. Automatisch tauchte er den Kopf ins brackige Wasser. Näschen hatte jetzt länger nicht mehr geschossen, vielleicht musste sie wieder nachladen, um später seinen Rückzug zu decken. Dann wieder Schüsse ganz nah. Oben krachte und schepperte es, eine Ladung Ziegel knallte nicht weit von ihm ins Wasser, er ließ sich flach hinfallen. Dann weiter. Einfach weiter. Alles ganz okay. Feuer, Schüsse, aufgeschürfte Hände, angesengte Haare, fallende Ziegel, alles so seltsam vertraut. Der

Krieg ist ein einfaches und raues Handwerk – was für ein Satz voller ungeahnter Wahrheiten. Sollte man doch einmal versuchen, Musil zu lesen? Mit plötzlicher Wehmut dachte er an die neuen Garlando-Schuhe, die vierhundertfünfzigtausend Lire gekostet hatten und nachher wohl reif für die Mülltonne waren. Falls es ein Nachher geben sollte. Das Haus über ihm knackte und krachte, das Feuer tobte mit immer noch zunehmender Wut, Schüsse, viele Schüsse, keine Ahnung, von wo. Weiter, einfach nur weiter. Ein einfaches und raues Handwerk. Wasser in den Augen, in den Ohren, ein taubes Gefühl überall, zugleich blitzwach und sterbensmüde. Die Wirklichkeit so unendlich fern und zugleich so nah und heiß und laut. Wieder Schüsse. Aber wen interessierte das noch? Eine Minute zu leben für jeden Zweiten. Würde er der Erste oder der Zweite sein? Gleichgültig jetzt, er hatte hier eine Aufgabe zu erfüllen. Das hier war sein Job, Zora hatte das gesagt, er trug ja die Verantwortung. Zora, wie es Zora jetzt wohl ging? Sie war wirklich ein verdammt tapferes Mädchen. Und sie gab einfach niemals auf.

Jemand rief seinen Namen. Wieder und wieder. Plötzlich erwachte Marc aus seiner Trance. Das war Näschens Stimme. Also aufspringen, schwerfällige, platschende Schritte aus dem Tümpel und dann laufen, laufen, nur noch laufen.

»Zickzack!«, hörte er sie schreien. »Rennen Sie im Zickzack, um Himmels willen, im Zickzack!«

Schüsse, pfeifende Kugeln, viele Schüsse, heulende Querschläger, Zickzack, nun gut, warum nicht Zickzack? Wieder zwei Schüsse, ein Schlag am Oberschenkel, kein Schmerz. Marc stolperte, fiel und kroch hinter die Walze neben Edith.

»Sind Sie verrückt?«, schrie Näschen ihn an. »Sie sind vierzig Sekunden zu spät!«

»Ich hab nichts gefunden«, ächzte Marc. »War wohl 'ne blöde Idee.«

»Sie sind verletzt.« Fachmännisch betastete sie sein Bein. »Scheint aber nur eine Fleischwunde zu sein. Tut es sehr weh?«

»Was? Weiß nicht.«

»Sie werden nämlich gleich noch einmal laufen müssen. Wir müssen weg, ich habe nicht mehr genug Munition.« Sie deutete auf Edith. »Sie fahren, er sitzt vorne rechts und ich steige hinten ein. Aber erst später, damit ich sie Ihnen so lange wie möglich vom Leib halten kann. Sie öffnen die hintere Tür und fahren los. Dann wenden sie hier in der Nähe und halten nicht an. Ich werde aufspringen. Verstehen Sie, Sie halten auf keinen Fall an! Auch wenn ich nicht komme, hören Sie? Wir fahren dann in Richtung Stadt. Der Polizei entgegen. Wo ist der Schlüssel?«

»Steckt«, stöhnte Marc und hielt sein Bein.

»Gut. Und los!« Ohne Zögern sprang Edith auf.

»Tief halten!«, rief Näschen ihr nach und begann wieder zu schießen.

Geduckt rannten sie auf den Wagen zu und erreichten ihn ohne weitere Verletzungen. Marc riss beide Türen auf und warf sich auf den Beifahrersitz, während Edith schon den Motor aufheulen ließ. Sie setzte zum Wenden an, trat das Gaspedal durch, als hinten die Tür zufiel, und legte einen fast professionellen Power-Slide hin. Schon donnerte der Saab über die Schlaglöcher, schlingerte, bockte, sprang über die Gleise der Albtalbahn, vorne tauchte schon die Landstraße auf.

»Schneller!«, schrie Näschen, »sie kommen!«

Edith trat das Gas durch, schloss für eine halbe Sekunde die Augen, der Saab sprang mit einem weiten Satz auf die zum Glück leere Straße.

»Die kriegen uns nicht!«, brüllte Marc mit vor Schmerz und Anspannung verzerrtem Gesicht.

»Na hoffentlich!«, schrie Näschen zurück.

Edith hielt das Gaspedal durchgetreten. Die S-Bahnhaltestelle fegte vorbei, ein Wagen, der über ihre Fahrbahn abbiegen wollte, machte im letzten Augenblick mit rauchenden Reifen eine Vollbremsung, eine rote Ampel wischte vorbei. Marc drückte sein Bein, fühlte heißes Blut am Unterschenkel und etwas im Gesicht, was nur Tränen sein konnten. Aber noch war der Schmerz erträglich.

»Sie kommen näher!« Näschen schoss zweimal durch die Heckscheibe. »Die geht ja gar nicht kaputt!«, rief sie nach einem Augenblick empört. »Ich habe gelernt, dass man als erstes die Heckscheibe herausschießt! Aber die geht ja nicht kaputt!«

»Die ist aus Folie! Das hier ist ein Cabrio!«, brüllte Marc.

»Das ist aber sehr unpraktisch!«, schimpfte sie und drückte erneut ab.

»Das ist Ihr erster Job dieser Art, nicht wahr?«

»Jeder muss mal anfangen«, erwiderte sie pikiert.

Plötzlich ruckte der Wagen und wurde langsamer.

Mit weit aufgerissenen Augen starrte Ediths nach vorn. »Marc! Der Tunnel!«

»Hilft nichts«, brüllte er. »Du musst!«

»Was hat sie?«, rief Näschen. »Sie soll schneller fahren!«

»Haben Sie denn nicht ein paar Handgranaten in Ihrem Rucksäckchen?«

»Aber ich kann sie ja nicht werfen, weil diese blöde Heckscheibe nicht kaputt geht!«

Marc versuchte die Blutung abzudrücken. »Edith! Du musst!«

Der Saab verlor immer mehr an Geschwindigkeit. Näschen begann wieder zu schießen.

»Schneller! Das sind die letzten Patronen!«

Der Saab beschleunigte kurz, wurde wieder langsamer. Vorne tauchte die erleuchtete Tunneleinfahrt auf.

Marc brüllte: »Edith! Bitte!«

Da trat sie das Gaspedal durch. Marc wurde in den Sitz gedrückt. Edith saß senkrecht, mit starrem Blick am Lenkrad festgekrallt. Der Wagen wurde schneller und schneller, dann waren sie im Tunnel, die Lichter zuckten rasend über ihr Gesicht, der Mund zu einem Strich zusammengepresst, die Augen blinzelten, wollten sich schließen, aber sie riss sie immer wieder auf, hielt den Wagen in der Mitte der Fahrbahn, er schlingerte, fing sich wieder, aber sie ging nicht mehr vom Gas.

»Edith! Du schaffst es!«

Sie reagierte nicht. Etwas wie ein verzerrtes, wehmütiges Lächeln erschien auf ihrem Gesicht, das Licht wurde wieder heller, dann war es plötzlich dunkel und sie waren draußen.

»Danke«, jubelte Näschen. »Das war große Klasse!«

»Da!«, rief Marc. »Na endlich!«

Weit vorne kamen ihnen Scheinwerfer und Blaulichter entgegen. Voraus mit hoher Geschwindigkeit ein Pkw, weiter hinten die Feuerwehr.

»Sie kommen näher!«, kreischte Näschen. »Und mein Revolver ist leer!«

Da trat Edith auf die Bremse, der Wagen schleuderte, alles drehte sich, Reifen quietschen, kreischten, ganz nah gellte ein Martinshorn, blaue Blitze, Krachen, Klirren, überall knallten Airbags auf, Marc wurde gegen die Tür geworfen, der Saab stand.

»Das war zwar nicht gerade elegant, aber überaus praktisch gedacht«, sagte Näschen nach einer Weile sachlich. »Sie sind weg.« Lkw-Motoren dröhnten vorbei, Blaulichter fackelten, dann war es still.

»Du hast es geschafft«, sagte Marc leise. »Mädchen, du hast es tatsächlich geschafft!«

»Du sollst mich doch nicht immer Mädchen nennen!«, erwiderte Edith mit ungläubigem, erschöpftem Lächeln. »Und jetzt brauchst du schon wieder ein neues Auto!«

»Bestimmt krieg ich Rabatt«, murmelte er mit zusammengebissenen Zähnen. »Bei meinem Umsatz.«

»Ich glaube, ich habe Ihren Mantel ruiniert«, sagte Näschen hinten und hob Marcs Trenchcoat hoch. »Er lag auf dem Rücksitz. Tut mir Leid. Aber die CDs in der Tasche sind zum Glück noch heil.«

»Welche CDs?«, fragte Marc, und noch während er sprach, wurde ihm klar, was sie meinte. »Ich bin doch ein seltener Idiot«, sagte er niedergeschmettert und sank in sich zusammen. »Ich bin ja ein solches Riesenrindvieh.«

»Weshalb?«

»Später. Geben Sie sie bitte her.«

Näschen reichte die CDs nach vorn und Marc betrachtete kopfschüttelnd die Etiketten, auf die Zora mit ihrer steilen, sauberen Handschrift »Software Projekt Megakohle, Version 7.04, Montag, 7. Mai, 17 Uhr 30« geschrieben hatte. Kopie A und B.

»Ich denke, ich sollte mal aussteigen«, sagte Näschen. »Die Kollegen da draußen werden etwas ungeduldig.«

Marc sah hinaus und erst jetzt wurde ihm bewusst, was geschehen war. Sie waren mit dem ersten Wagen kollidiert, einem BMW der Polizei. Genauer, Edith hatte ihn gerammt. Der BMW stand schief im Graben, das Blaulicht auf dem Dach funktionierte noch.

Auf der Straße stand ein großer Blonder mit wutverzerrtem Gesicht und einer Waffe im Anschlag. Daneben eine Frau, ebenfalls blond und mit einer Pistole in den Händen.

»Ganz langsam bewegen«, dozierte Näschen. »Und bitte Vorsicht mit den Händen. Am besten, Sie bleiben sitzen, bis ich die Situation geklärt habe.« Sie hielt die offenen Hände ans Fenster und rief: »Nicht schießen! Ich bin Kollegin! MAD! Ich komme jetzt raus! Nicht schießen!«

In Zeitlupe öffnete sie die Tür, die Frau richtete die Pistole auf sie und trat zwei Schritte zur Seite. Näschen zeigte ihren Ausweis herum. Da ließen die anderen die Waffen sinken, der blonde Hüne entspannte sich und bald waren die drei in ein lebhaftes Gespräch vertieft. Näschen erklärte mit großen Gesten. Streifenwagen heulten vorbei.

»Ich bin durch den Tunnel gefahren!«, flüsterte Edith fassungslos. »Hast du gesehen, Marc? Ich hab's wirklich getan!« Sie hielt das Lenkrad immer noch fest.

»Du hast uns gerettet.«

»Ich habe Angst um dich gehabt«, murmelte sie, als sei das sehr verwunderlich.

Das Blaulicht zuckte über ihr blasses Gesicht. Lange schwiegen sie. Draußen debattierte Näschen mit den Polizisten, aber sie verstanden nichts.

Edith wies mit dem Kinn hinaus. »Sieh mal, die Turteltäubchen!«

Der große Polizist hatte den Arm um seine Kollegin gelegt, die einen Kopf kleiner als er und ein bisschen pummelig war. Und vielleicht ohne es zu wissen, hatte sie den Kopf an seine Schulter geschmiegt. Lachend sprachen sie auf Näschen ein und hielten immer noch die Pistolen in den Händen.

»Was hältst du davon, wenn wir das noch mal mit einem längeren Tunnel üben?«, fragte Marc nach einer Weile. »Ich kenn da ein hübsches Haus in Ligurien.«

Endlich ließ Edith das Lenkrad los.

»Ja«, sagte sie so leise, dass Marc Mühe hatte, sie zu verstehen. »Vielleicht hast du Recht. Vielleicht sollten wir es wirklich noch mal versuchen.«

Der Autor

Wolfgang Burger wurde 1952 in Oberwihl geboren und wuchs in Bad Säckingen auf. Er ist Ingenieur und arbeitet an der Universität Karlsruhe. Nach »Mordsverkehr« und »Marias Sohn« – beide in zweiter Auflage – ist »Projekt Dark Eye« der dritte Krimi des Autors bei Espresso mit Kriminaloberkommissar Petzold.

ESPRESSO Krimi
ES 921

Umschlaggestaltung Blank/Holtfreter
Gestaltung und Satz
Agentur Marina Siegemund
Druck Preses Nams Corp.,
Jana Seta Printing Group, Riga
Printed in Latvia
ISBN 3-88520-921-7
www.espresso-verlag.de